AF139458

Manfred Sporken

Gott
ist wie der Wind

Eine Erzählung aus dem letzten Krieg
und der Zeit bis Ende 1948

novum pro

Dieses Buch ist auch als
e-book
erhältlich.

www.novumverlag.com

Bibliografische Information
der Deutschen Nationalbibliothek:

Die Deutsche Nationalbibliothek
verzeichnet diese Publikation in
der Deutschen Nationalbibliografie.
Detaillierte bibliografische Daten
sind im Internet über
http://www.d-nb.de abrufbar.

© 2016 novum Verlag

ISBN 978-3-95840-183-9
Lektorat: Katja Wetzel
Umschlagfoto:
Sergey76 | Dreamstime.com
Umschlaggestaltung, Layout & Satz:
novum Verlag

Gedruckt in der Europäischen Union
auf umweltfreundlichem, chlor- und
säurefrei gebleichtem Papier.

www.novumverlag.com

I

Wir hatten November und eine Grippewelle hatte mich erwischt. Ich lag mit nachlassendem Fieber den dritten Tag im Bett. Es war Nachmittags – meine Frau musste ihrem Beruf nachgehen –, und ich blickte vor mir auf die nackte Wand meines Zimmers und ab und zu nach rechts in das trübe Stück Himmel draußen vor meinem Fenster unseres Reihenhäuschens. Und da marschierten laut derbe Stiefelschritte auf dem gepflasterten Weg draußen vor meinem Haus vorüber: Touk – Touk – Touk – Touk de Touk polterten sie und erinnerten mich plötzlich wieder an meine Geschichte als kleiner Junge, in der Stiefelschritte wie diese ein bleibendes Merkmal meines Erlebens in einer finsteren Dezembernacht geworden waren. Mir Riesenangst vor der Person des Stiefelträgers machend, aber unfähig dieser auszuweichen. Am Schluss der Geschichte aber in einer Synthese endend in Form eines unerwarteten Geschehens.

Begonnen hatte alles in einer Dezembernacht im Krieg im Luftschutzbunker in unserer Heimatstadt im Ruhrgebiet im Jahr 1944.

Nach einem Fliegerangriff wohl nach Mitternacht, denn eine Uhr besaßen die Schlafzellen des Bunkers nicht.

Wir übernachteten schon seit dem Frühjahr nur noch in diesem Luftschutzbunker. Meine Mutter, mein zweijähriger Bruder Bernd und ich. Mein Name ist Heino. Ich war acht Jahre alt.

Unser Vater war vermisst als Soldat in Russland.

Wir übernachteten im Bunker, weil die Nächte nicht mehr sicher waren vor Fliegerangriffen auf das Ruhrgebiet.

Zum Glück für uns lag der Bunker an unserer Straße und nur etwa zehn Minuten Fußweg entfernt von unserem Zuhause, sodass der Marsch hierher und morgens zurück nach Hause keine Strapaze für uns war.

Die Luftschutzbunker waren jedoch der einzige Schutz vor den Bomben in den Städten.

Und das Ruhrgebiet, in dem unsere Heimatstadt lag, war für feindliche Fliegerangriffe ein bevorzugtes Gebiet mit seinen vielen Hochöfen, Stahl- und Walzwerken und Kohlezechen. Denn schließlich wurden hier neben der Kohleförderung fast nur Eisen und Stahl erzeugt, was zum Herstellen von Panzern, Kanonen, Bomben, Gewehre, Lastkraftwagen, Eisenbahnwaggons und Gewehrkugeln benötigt wird; alles Gegenstände, die zum Töten dienen, sowie das „schwarze Gold", wie man die abgebaute Kohle nannt.

Die Flugzeuge kamen – wenn nicht täglich – dann doch jetzt jede zweite oder dritte Nacht und warfen irgendwo über einer unserer Städte des Reviers ihre Lasten ab.

Sie warfen aber nicht nur auf Fabriken ihre Bomben, sondern auch auf Wohngebiete.

Aber schließlich schien es nach Ansicht unserer Mutter Absicht der alliierten Gegner Deutschlands jetzt zu sein, auch die Zivilbevölkerung mit den Familien der im Krieg befindlichen Soldaten zu demoralisieren. „Kampfgeist zu schwächen", meinte sie, sei unter anderem auch ihr Ziel.

Kein Wunder aber erklärte sie mir: Denn die von Deutschland überfallenen Länder Polen, Dänemark, Norwegen, dann die Länder Belgien, Niederlande und Luxemburg und danach unser Nachbar Frankreich, hatten nicht den Krieg angefangen mit Deutschland, sondern Deutschland hatte diese Länder einfach überfallen. Von einer „verrückten deutschen Regierung", wie meine Mutter diese heimlich nannte.

„Heimlich", weil wer so etwas offen sagte, machte sich strafbar und wurde eingesperrt.

Aber die Tatsache allein genügte, dass einem jeden Deutschen dieser Gedanke von selbst sich eigentlich aufdrängen musste: Ein europäisches Land überfällt sieben andere europäische Länder! Wie soll das normal sein? Noch heute fasst man sich beim Nachdenken darüber an den Kopf!

Und zuletzt die allergrößte Dummheit: Die deutsche Wehrmacht überfiel dann auch noch Russland im Juni 1942, mit dem es zuvor auch noch – man glaubt es nicht – einen Nichtangriffspakt abgeschlossen hatte. „Wie konnte ein Volk wie Deutschland nur eine Regierung aus solchen Lügnern wählen?!", meinte meine Mutter im Stillen.

Zu diesem Feldzug gegen Russland war dann unser Vater – der schon zuvor als Soldat eingezogen worden war – im Laufe des Jahres 1942 von einem Truppenkommando zu einem anderen abkommandiert worden.

Schon beim Aufzählen der überfallenen Länder müsste die ganze Welt sich fragen, nach meiner Mutter, ob die Deutschen verrückt geworden seien.

Aber es war ja so.

Ein vom deutschen Volk gewählter Reichstag in Berlin erhielt im Frühjahr 1933 bei einer Wahl für die Abgeordneten zum Deutschen Reichstag eine Mehrheit von 2/3 der Reichstagsabgeordneten für die Partei der Nationalsozialisten der (NSDAP) und des Deutschen Zentrums einer sich katholisch nennenden, konservativen Partei; die dann für ein Ermächtigungsgesetz stimmten, das dem Führer der mächtigsten Partei, der NSDAP (den Nationalsozialisten), erlaubte, in der Regierung gegenüber dem eigenen Land und auch gegenüber dem Ausland zu verfahren, wie er wollte und meinte. Beide Parteien zusammen stimmten im Reichstag – dem Parlament der Deutschen bis dahin – für das gewünschte Gesetz, das der Partei der Nationalsozilisten und deren Führer Hitler dann alle Rechte zubilligte, die um das Land zu regieren nach dessen Meinung erforderlich waren.

Ich wusste das alles von meiner Mutter und vom Hörensagen auf dem Schulhof.

Beide Parteien zusammen haben das Parlament damit aufgelöst, und den Reichstag als nicht mehr relevant behandelt.

Das Sagen über ganz Deutschland hatte nach diesem Gesetz nur noch eine Person, und das war Hitler, der dann die Kriege gegen die genannten Länder begonnen hatte und der sich jetzt Führer nennen ließ.

Das hatte zunächst dazu geführt, dass dann Deutschland alle oben genannten Länder überfiel und sich in den überfallenen Ländern wohl die Meinung bildete, dass dies die Meinung und auch Absicht des ganzen Volkes Deutschlands sei. In Wirklichkeit war es nie gefragt worden.

Allerdings sprach sich später unter den Menschen Deutschlands offen nie dagegen jemand aus nach meiner Mutters Ansicht, weil niemand als Gegner Deutschlands in Verruf geraten und eingesperrt werden wollte; denn das war die Folge solcher geäußerten Meinungen gewesen. Die kommunistischen Reichstagsabgeordneten waren zuvor verhaftet und eingesperrt worden. Nach der Anstimmung geschah Gleiches mit den Sozialdemokraten, weil diese auch gegen das Ermächtigungsgesetz und gegen Hitler waren.

Die Nordamerikaner halfen schließlich dem überfallenen Russland mit militärischer Ausrüstung. Aber erst am 6. Juni 1944 – zwei Jahre später! – kamen sie dann den Engländern und Frankreich militärisch zu Hilfe und schließlich damit auch Russland, mit der Invasion in der Normandie an der französischen Atlantikküste.

Und seitdem nahm dann auch die Bombardierung bei uns im Rheinland zu. Mehr nachts als am Tag.

Und gleichzeitig wurden jedoch auch deren Bomben gefährlicher. Insbesondere die, die man Luftminen nannte, waren jetzt nach dem Erzählen der Leute und laut Radioberichten erheblich stärker und auch raffinierter geworden: Sie fielen nicht mehr bis auf die Erde, um dann zu explodieren, sondern explodierten kurz zuvor noch in der Luft in Hausdachhöhe. Somit rissen sie von dort die Dächer ab oder auf, mit der Folge für die Flieger, dass sie nun ihre Brandbomben von oben in die unbedeckten Dachböden der Häuser regnen lassen konnten.

So wurden ganze Wohnsiedlungen und später ganze Stadtteile in Brand gesteckt. Hamburg und Dresden waren später Beispiele dazu.

Alles brannte nach diesem Vorgehen lichterloh und die Feuerwehren der Städte waren oft nur noch Stafette; eine hilflose Gruppe, die nur noch das weitere Ausbreiten des Feuers versuchen konnte zu verhindern, wenn sie wegen der zuvor auf die Straßen gefallenen Dächer überhaupt noch rankamen zu den brennenden Häusern.

Die Brandbomben waren wohl gefüllt mit Pech und Phosphor und ähnlichem Inhalt.

Und man stelle sich vor: eine solche Brandbombe fällt ungehindert auf den trockenen – jetzt offenen daliegenden, weil abgerissenen – Dachboden eines Hauses, vor allem eines mehrstöckigen. Das brennt dann wie eine Fackel gen Himmel.

Nicht selten wurden dabei auch flüchtende Bewohner und Passanten unten auf der Straße beim Davonrennen von Splittern der Brandbomben getroffen und rannten dann mit brennender Kleidung wie Fackeln über die Straßen, wurde erzählt. Lebendig brennende Menschen!

Und irgendwo im Ruhrgebiet jaulten, zumindest bei Nacht, nunmehr jetzt immer irgendwo die Alarmsirenen. Und meist begannen dann auch die Sirenen der anderen Städte des Ruhrgebiets zu singen.

Man sagte „singen", aber es war kein Singen: Es war mehr ein Jaulen: Ooooouuuuuuuuuuuu! und wieder Ooooouuuuuuuuuuuu! So hörte es sich an. Und immer auf und ab im Ton bei Alarm. Eine ganze Weile. Und sogleich folgte die Nachbarstadt mit dem Heulen ihrer Sirenen. Und dann oder gleichzeitig folgten auch die anderen Städte des Ruhrgebiets. Man hörte auch sie, denn die Städte hier sind ja fast alle übergangslos, eng und an- oder nebeneinander gebaut, sodass man auf der Straße die Sirenen schließlich jaulen hörte aus allen Horizonten. Und eine Verständigung im Freien war auf der Straße wegen des Lärms dann kaum noch möglich. Oooooooouuuuuuuuuuuu – Oooooooouuuuuuuuuuuu, so klang es immer in den Ohren. Es begann mit O am Anfang und lief weiter bis zum Ende mit U. Und sowohl das O am Anfang als auch das lange U danach machte einem schon Angst, dass es einem die Schulterblätter und den Nacken zusammenzog.

Die Sirenen verdeckten mit ihrer Lautstärke freilich dabei auch das sonst meist hörbare Brummen der feindlichen Flugzeuge am Himmel über einem, sodass man – war man dabei auf der Straße – nicht wusste, ob die Flieger jetzt direkt über einem waren oder nicht. Musste man in den nächsten Eingang irgendeines Hauses fliehen oder mindestens unter einen Dachvorsprung oder gar nur unter den scheinbaren Schutz eines Baumes? Oder waren sie weiter weg? Und in welche Richtung flogen sie? Und man dazu noch überlegen konnte: was tun? Wohin laufen? Oder Abwarten, was geschehe …?

All das war nicht möglich mangels des Hörens der feindlichen Flieger während des Jaulens der Sirenen. Viele schimpften deswegen und meinten, die Städte sollten ihre Sirenen nur kürzere Zeit singen lassen.

Zu Hause eilte man dann in den Keller. Aber wissend nach Beobachtungen und den Meinigen meiner Mutter und anderer Hausbewohner von uns, dass der nicht viel Schutz bot. Und die Gefahr darin bestand des Lebendig-zugeschüttet-Werdens vom Feuer oder einfach nur zu ersticken unter dem Zusammenfall des Hauses über einem.

Eine Nachbarin unseres Hauseingangs hörte ich mal zu einer anderen Frau und zu unserer Mutter sagen, als wir wegen eines Alarms am Tage zusammen die Treppe in den Keller gingen: „Dann will ich lieber gleich tot sein, als vom Haus hier über mir zugedeckt zu werden oder vom Feuer oder einfach nur ersticken zu müssen hier unten."

Das stellte einen vor die Frage, ob man lieber unten im Keller zugedeckt werden wolle vom brennenden, zusammengestürzten Haus oder oben in der Wohnung und die Bombe direkt auf den Kopf über einem.

Egal aber wo man war: Hörte man das Fallen der Bombe oder von mehreren Bomben mit dem Wumm oder ähnlichen Tönen, wusste man, man lebte noch. Hatte überlebt. Denn ein Toter hört nichts mehr, weil der Schall immer erst nach dem Ereignis kommt.

Wenn nicht gleich danach das nächste Wumm kam und wer weiß wie viele und wie oft noch.

Man dankte dann Gott, weil man unversehrt geblieben und die Bombe oder Bomben anderswo niedergefallen waren.

„Ein Dank, dass lieber andere getroffen wurden?", fragte ich mal unsere Mutter. „Nein!", sagte sie. „Dass woanders überhaupt niemand getroffen werde, meine und bete ich."

Tatsächlich aber hörte ich mal auf unserem Hinterhof am Haus eine Nachbarin von uns zu einer anderen sagen, sie glaube nicht mehr an Gott, weil er nicht eingreife und etwas unternehme.

Diesen Krieg hatten nach den Worten meiner Mutter die Deutschen angefangen. Sie las – mit Ausnahme sonntags – täglich eine Tageszeitung und hörte abends Nachrichten im Radio. Und auf das, was meine Mutter sagte, war Verlass, wie ein Schneckenhaus auf sein Tierchen hat. Und was sie sagte, hatte Hand und Fuß und stimmte meistens so sicher, wie ein Punkt auf ein kleines i gehört. Das war so und ist noch heute so!

Die Bomber hatten hier im Rheinland die Schachtanlagen der Kohlenbergwerke des Ruhrgebiets, seine Kokereien, die Hochöfen und die Stahl- und Walzwerke im Visier.

Aber es schien, als warfen die Flieger ihre Lasten auf alles, was unter ihnen war oder sie nur erahnten oder vermuteten. Wohnhäuser schienen inbegriffen, das schien sicher! Sonst wären die Abwürfe nicht auch weit von einer Fabrik auf Wohn- oder Siedlungshäuser erfolgt.

Einen älteren Jungen aus der Schule hörte ich mal während eines Fliegeralarms unten im Keller unter der Schule sagen: Seine Mutter habe gesagt, dieser Krieg sei gnadenlos gegenüber Bewohnern der bombardierten Städte; denn ein Soldat im Krieg habe vielfach sogar die Möglichkeit, sich notfalls seinem Feind zu ergeben und damit sein Leben zu retten. Die Frauen und Kinder in den Städten, auf die die Bomben fielen, hätten eine solche nicht!

Aber Kriege hielt unsere Mutter sowieso für ein Verbrechen und unzulässig. „Nicht die Kriege", berichtigte sie sich mal, „die Menschen, die sie machen, sind nicht gescheit. Jeder, der mit Worten schon dafür ist, gehört eigentlich sofort eingesperrt", sagte sie mir mal. „Damit er Zeit bekommt, zu überlegen, warum das falsch ist, was er denkt."

Sie sagte mir das aber mit dem Finger vor dem Mund. Denn sie war eine strikte Gegnerin der herrschenden Regierung und wurde auch oft deswegen angefeindet. Sie war aber wohl vorsichtiger geworden, wenn sie etwas in diese Richtung sagte, denn solche Leute wurden angezeigt und eingesperrt. Wer etwas gegen die herrschende Regierung oder ihre Kriege sagte, war nicht einfach ein Mensch mit anderer Meinung, sondern ein Feind der Regierung und wurde als Staatsfeind behandelt und verhaftet und eingesperrt. Wenn nicht gar mit dem Tode bedroht.

„Deutschland ist ein Land von Idioten geworden", flüsterte sie mir mal. „Aber das behalte für dich!"

Die neuesten Bomben bewiesen, dass der Krieg immer schlimmer und heftiger wurde.

Aber Schuld hatten ja nicht die gegnerischen Länder; denn Deutschland hatte ja den Krieg angefangen und hätte ihn jeden Augenblick beenden können. Das wurde auch auf dem Schulhof gesagt.

Nach dem, was aber im Radio gesagt und berichtet wurde, meinte man: Ach du armes, von Bomben bedrohtes Deutschland …

„Das stimmt, Junge, glaub mir", hatte mir meine Mutter jedoch auch gesagt. „Die Deutschen sind von ihrer Regierung überhaupt nicht gefragt worden, ob sie Krieg wollten. Und Wahlen und Meinungsfreiheit waren von den jetzt Regierenden verboten worden. Wer sie fordert, wird eingesperrt", sagte sie.

Als Ergebnis konnte man jetzt nicht mehr ruhig schlafen oder am Tag im Freien auf der Straße spazieren gehen. Immer und jeden Augenblick war die Angst vor Fliegeralarm und dem darauf folgenden Gebrumme mit anschließendem Wumm der Bomben – nah oder fern oder auch neben sich oder auf einen drauf ...

Und befand man sich in einer solchen Gefahr, wusste man nicht, ob man in zehn – ja fünf – Sekunden noch lebe oder nicht.

II

Unser Luftschutzbunker zum Übernachten war daher nach unserer Meinung ein sicherer Ort des Aufenthaltes, zu mindestens in der Nacht und zum Schlafen – vor allem mit seinen für uns drei nur zehn Minuten Fußweg.

Im Bunker übernachten durften jedoch nur Mütter mit ihren Kindern. Keine Männer. Bis zu halbstündige Wege hatten viele Mütter mit ihren Kindern auch abends und morgens zurückzulegen. Zu laufen gar, wenn keine Straßenbahn oder ein Autobus in der Nähe fuhr.

Wir drei, mit unseren kaum 10-minütigen Fußmärschen, wurden daher von vielen als Glückspilze angesehen. Nur hatte diese Nähe in der jetzigen Nacht dann seine Schattenseite, wie wir dann erlebten.

Wegen unserem Vater kam kurz, nachdem er von einem Heimaturlaub an die Front im Herbst 1942 zurückgekehrt war, eine Nachricht von der Wehrmacht an unsere Mutter, dass er von einem Einsatz an der Front nicht wieder zurückgekehrt sei. Ob er gefallen (also den Tod gefunden habe) oder gefangen genommen worden sei, wisse man nicht. Man betrachte ihn daher bis auf Weiteres als „vermisst".

So hieß das im Amtsdeutsch. Vermisst, statt tot oder tot, statt vermisst. In Gedanken konnte man es sich aussuchen: Hoffnung machen oder nicht. Bangen und Hoffen, von einem zum anderen Tag.

Es war die letzte Nachricht über unseren Vater, die wir hatten. Wir haben danach nie mehr was von ihm gehört.

Unsere Mutter war hernach lange Zeit krank gewesen und hatte nur noch geweint.

III

Unser Bunker war ein großer, hoch aufgerichteter, grauer, viereckiger, fensterloser Klotz aus Beton aus angeblich meterdicken Wänden. Und hoch gebaut, ich glaube, fast doppelt so hoch wie er breit war. Viele Etagen hoch. Und er stand etwas abseits von der Straße in einem Park.

Ein Luftschutzbunker sollte möglichst viele Mütter mit Kindern in den Nächten aufnehmen können und vor nächtlichen Fliegerangriffen schützen.

Untergebracht war man auf engstem Raum in einer kleinen Zelle mit zwei sich gegenüberliegenden Zweier- oder Dreier-Etagenbetten. Alles eng und schmal.

Einen Schlafplatz erhielten nur Mütter mit Kindern. Kinderlose Stadtbewohner erhielten keinen Platz. Auch Männer von Kindern nicht. Nur die Mütter. Es sei denn, die Mütter seien nachweislich schwer krank, dass sie nicht mit ihren Kindern zum Bunker gehen konnten.

„Das hat aber mit Kinderliebe des Staates nichts zu tun", das habe ich mal auf dem Schulhof von drei älteren Mitschülern aus meiner Schule flüstern hören, „sondern der Schutz der Kinder erfolge nur deshalb, weil aus Jungen einmal Soldaten werden können, und aus Schulmädchen Fabrikarbeiterinnen für Waffen und Munition!" Das sei der Grund, und nicht etwa Kinderliebe der Regierung, wie viele glaubten und meinten und auch noch erzählten und vielleicht anderen weismachen wollten, hörte man sagen.

Zu Hause fragte ich meine Mutter, ob die drei Schüler recht haben könnten, und sie fragte: „Was meinst du?"

Ich sagte: „Klar. Wenn unser Vater gefallen ist, gibt es einen Soldaten weniger. Einer von uns beiden, von uns Brüdern, ersetzt ihn später. Und der andere ist sogar ein zusätzlicher Soldat!"

Meine Mutter sagte nichts darauf und streichelte nur meine Haare.

Sie hatte vor nicht allzu langer Zeit mal zu mir gesagt: „Dein Vater war ein heftiger, ernster Kriegsgegner. Er war Mitglied einer gegnerischen Partei zu dem jetzigen Machthaber. Und in einer Gewerkschaft. Im Deutschen Metallarbeiterverband! Die waren beide für Frieden, Freiheit und Gerechtigkeit. Beide sind jetzt verboten. Er ist gezwungen worden, Soldat zu werden. Wer das verweigert, wird eingesperrt. Und wer weiß, was man mit denen dort macht oder mit ihm gemacht hätte …"

Das waren ihre Worte.

Seitdem ist und war ich riesig stolz auf meinen Vater; er war für mich ein Held, weil er nicht zu den Verrückten gezählt hatte, die diesen Krieg gewollt hatte, sondern dagegen gewesen war. Und nicht nur ein Achselzucker nach dem Motto: „Was weiß ich – mich geht's nichts an." Ein Held war er daher für meine Mutter ganz sicher auch! Und klug!

Dass trotzdem ein solcher Mensch gezwungen wird, gegen sein Gewissen andere totzuschießen, ist für mich nicht begreiflich.

IV

Zurück in unseren Bunker: Auf seinem Dach war eine Luftschutz-
sirene angebracht, deren Heulen bei Alarm und Entwarnung man
trotz des dicken Dachs und der dicken Betonwände drinnen leise
jaulen oder singen hörte.

So wussten wir auch immer, wann Alarm draußen in der Nacht
war und wann nicht. Denn wenn sie heulte – und sie heulte bei
jedem Fliegeralarm – und auch danach zur Entwarnung –, hörte
man sie drinnen, wenn man wach war, leise singen oder jaulen.

Ich wurde meistens wach dabei. Dachte aber: „Durch den
Bunker können uns die Flieger nichts anhaben."

Bei Entwarnung – wenn sie wieder weg waren – sangen die
Sirenen einen nur gleichmäßigen Ton: Ouuuuuuuuuuuuuuuuuuuu…
Ziemlich lange anhaltend. Zu lang, um zu versuchen, ihn hier
wiederzugeben.

Am Tage kamen die feindlichen Flugzeuge seltener, weil man sie
ja bei einem wolkenlosen oder leicht bewölkten Himmel sehen
konnte und sie daher leichter abgeschossen werden konnten von
den Flakabwehrkanonen an den Rändern der Städte oder im
übrigen Land.

In der Dunkelheit nachts waren sie daher einigermaßen geschützt
vor einem Abschuss von hier unten. Ob sie oben am Himmel von
deutschen Flugzeugen verfolgt wurden, weiß ich nicht.

Sagte auch niemand.

Dafür versuchten aber die Abwehrkanonen der Flak auf der
Erde rund um die Städte diese nachts mit starken Suchschein-
werfern am Himmel einzufangen. Und wenn sie eine Maschine
in ihrem Lichtkegel am Himmel erfasst hatten, schoss die Flak
sofort darauf – mit dem Ziel, dass sie abstürze.

Über den Städten war das bloß ein Problem für die Bewohner: Wohin die abstürzende Maschine fallen würde.

Nach Hörensagen gelang das der Flak aber nicht so oft. Die feindlichen Flieger waren meist zu weit oben in der Luft und dann nur als Winzling im Lichtschein erkennbar – einem silbernen, kleinen Fisch ähnlich.

Die Flieger warfen wohl deshalb lieber eher blindlings Bomben von weit oben herab, als genauer und gezielter und sich selbst dabei aber in Gefahr zu bringen. Statt Fabriken oder Schachtanlagen von Kohlebergwerken trafen sie dann Wohnhaussiedlungen mit Frauen und Kindern. „Aber es sind ja nicht deren eigne Frauen und Kinder", hörte ich mal einen älteren Mann auf unserem Hinterhof sagen.

Am Tage in der Schule – ich ging ins zweite Schuljahr zu der Zeit –, mussten wir, wenn Alarm während des Unterrichts aufkam, hinunter in enge Kellerräume unter dem Schulgebäude und dort so lange warten und hocken – auch auf der Erde mangels Platz – bis die Sirenen der Stadt wieder Entwarnung heulten.

Wir hatten aber Angst, denn die Schule war nicht als Bunker gebaut. Die Kellerräume waren „eng wie Hühnerställe", sagte mal ein Schüler und die Decken niedrig, dass die Lehrer sich oft bücken mussten.

Seit dem letzten Frühjahr kamen die Flieger auch am Tage schon mehrmals!

Der Staat versuchte daher immer heftiger, wie meine Mutter mir sagte, auf die Eltern von schulpflichtigen Kindern einzuwirken, um ihre Kinder in eine sogenannte Kinderlandverschickung herzugeben. Gemeint war damit ein Sammellager außerhalb von Großstädten auf dem Land, wo man mit vielen anderen Kindern wie in einer Kaserne in Wohnheimen untergebracht war und dort zur Schule gehen musste. Die Eltern durften einen nur gelegentlich mal besuchen.

Welche Eltern wollten schon dafür ihre Kinder hergeben? Zumal solche Unterkünfte ja auch nicht bombensicher waren.

Meine Mutter wehrte sich immer wieder gegen solche Forderungen der Regierung. Und auch ich wollte sowieso nicht in ein solches Lager, sondern bei meiner Mutter und meinem kleinen Bruder bleiben. Bislang noch mit Erfolg. Meine Mutter sagte immer: „Was soll das?" Und sie wurde sicher wütend dann dabei. „Wozu? Hört sofort auf mit dem Krieg!", sagte sie, „dann ist das alles überflüssig, die Kinder von ihren Müttern zu trennen. Und zwar sofort! Dann kommen sofort keine Flugzeuge mehr und werfen Bomben auf uns ab. Hört auf, sofort!" Das waren ihre Worte gewesen, als einer von einer Behörde oder dem Schulamt mal in unserer Wohnung war. Ich glaub, sie war sehr mutig dabei, machte sich damit bei Regierungsfreunden aber unbeliebt. Wer zu laut und bei seinen Worten gegen die Regierung sprach, konnte sogar einsperrt werden, hörte ich mal Nachbarinnen von uns reden.

Denn das Normalste in der Welt, das Einleuchtendste, wurde – wie ich meinte, mitbekommen zu haben – mit Unfreundlichkeit und Feindseligkeit zurückgewiesen von Autoritätspersonen und Partei- und Regierungsleuten und jedem, der meinte, auch was zu sagen zu haben oder sich schlauer fühlte, wie ich von Nachbarn hinter unserem Haus und neben unserem Kinderspielplatz habe reden hören.

„Aber was ich sage, verhallt sowieso wie ein Schrei gegen den Wind", sagte unsere Mutter mal zu mir.

Und man feindete sie sogar deswegen an, sagte sie mir mal ins Ohr.

Ich glaube aber, mein Bruder und ich haben eine mutige Mutter gehabt, in dieser Zeit.

Sie hatte jedenfalls Angst, dass man mich einfach von ihr nehme und damit basta! Schließlich gehörten nach Meinung bestimmter Autoritätspersonen die Kinder dem Staat, statt der Staat den Kindern, wie es nach meiner Mutters Meinung wohl hätte sein sollen! Man warf – genau umgekehrt – ihr Bösartigkeit und Uneinsichtigkeit vor. Vernünftiges und folgerichtiges Denken, wie man als Kinder zunächst meint, in der Schule lernen zu sollen, schien verboten, verpönt, ja strafbar zu sein.

V

Wenn bei uns in der Stadt Fliegeralarm war, heulten die Sirenen sofort auch reihum aus den angrenzenden Städten des Ruhrgebiets.

Und weil man das Brummen der feindlichen Maschinen am Himmel während des Heulens nicht hörte, konnte man auch nicht hören oder schätzen, ob viele Feindflugzeuge gerade jetzt über einem flogen und ihre Bomben abwerfen konnten oder wollten oder nur wenige oder einzelne. Oft kamen sie auch einfach mit geleerten Bäuchen von irgendwo aus dem Osten unseres Landes zurück, wo sie ihre Lasten bereits abgeladen und wahrscheinlich Tote hinterlassen hatten und auf ihrem Weg nach Hause waren.

In unserem Keller zu Hause erlebten wir im Frühsommer an einem Sonntag bei Tage den Niedergang zweier Bomben in unserer Nachbarschaft. Zum Glück für uns fiel sie aber von uns aus hinter einem hohen Eisenbahndamm, der nach den Worten unserer Mutter „wie ein Schutzwall gewirkt haben musste gegen den Luftdruck der Luftminen".

Dennoch sahen wir in unserem Keller sitzend bei der Erschütterung der Erde durch die Explosionen Kalk von unserer Kellerdecke und den Wänden rieseln. Ganz fein und sachte.

Unser Haus schien zu beben und zu zittern. Und in unserer Mutters Kellerregal aus Holz neben uns klirrten dabei sogar die leeren Einmachgläser.

Wir bekamen Angst, unser Haus stürze ein und wir könnten hier unten begraben werden und ersticken.

Durch den Schutz des hoch gebauten Bahndamms, hinter dem die Bomben – an einem Sonntag war es – gefallen waren, wurde vom Luftdruck der Bomben zum Glück jedoch kein Haus auf unserer Seite des Damms beschädigt.

Hinter dem Damm, am Ort des Abfalls, lag aber eine Bergarbeitersiedlung. Wohnhäuser von Bergarbeitern mit kleinen Gärtchen gesäumt. Zum eigenen Gemüseanbau der Bewohner oder auch für Blumen. Und weiter davon, von der Siedlung aus nur aus der Ferne zu sehen, lag ein Lager mit russischen Kriegsgefangenen, russischen Soldaten, die in Russland von deutschen Soldaten gefangen genommen worden waren und jetzt hier in Holzbaracken schliefen und Untertage – in der Erde unten – Kohle abbauen mussten für Deutschland.

Die Wohnhäuser der Bergarbeiter waren meist einstöckige werkseigene, kleine sogenannte Doppelhäuschen mit zu Schlafzimmern ausgebauten Dachböden im Obergeschoss. Nicht weit von der Kohlezeche mit Förder- und Einfuhrschacht entfernt, für deren Kumpels und Familien.

Das Wort „Kumpels" ist die übliche Bezeichnung für die werkseigenen Untertagearbeiter.

Mit „werkseigenen" oder auch „zechenangehörigen" Arbeitern waren oder sind nicht Arbeiter gemeint, die der Zeche gehörten wie früher vielleicht in den Geschichtsbüchern der Schule beschriebene „leibeigene", fast rechtlose Landarbeiter der adeligen Landbesitzer, sondern solche, die nur durch Arbeitsvertrag an die Zeche gebunden waren oder sind.

Was aber auch für jeden Arbeiter oder auch Angestellten der Zeche so was wie ein Kaufvertrag mit der Zeche ist. Denn er muss und darf seine Arbeitskraft nur der Zeche zur Verfügung stellen und darf für niemand anderen für Geld arbeiten. Und wenn einer die Zeche verließ, das heißt, den Arbeitsplatz im Bergbau aufgeben wollte, musste er auch das Haus aufgeben oder eine zecheneigene Wohnung. Ausziehen also!

Etwas entfernter, näher zum Bergbauschacht hin, lag das Russenlager, wie es nur genannt wurde. Ein Lager mit gefangenen russischen Soldaten, die untertage Kohle für Deutschland abbauen mussten.

Es war mit hohem Stacheldraht und Wachtürmen mit militärischen Wachposten umzäunt und zuweilen in der Nacht mit Scheinwerfern bestrahlt.

In der Nähe der Umzäunung war man unerwünscht. Das merkte man am drohenden Verhalten der Wachposten, wenn man dem Lager näher kam oder nach Ansicht der Wachposten zu nahe.

Anderntags, als das mit den Einmachgläsern in unserem Keller war, kamen drei Jungs und zwei Mädels aus dieser von Bomben getroffenen Wohnsiedlung nicht mehr zur Schule. Denn es war ja ein Sonntag gewesen, und sie waren zu Hause. Eines der beiden Mädels war aus unserer Klasse. Viele von uns – besonders unsere Mädels – weinten und konnten nicht aufhören, als sie und wir alle davon erfuhren.

Ein Unterrichten schien den Lehrerinnen oder Lehrern nicht mehr möglich an dem Tag. Wir standen nur auf dem Schulhof mit blassen Gesichtern.

Aber die herrschende Partei (die Nationalsozialisten) machte daher auf die Eltern der Schüler noch mehr Druck, ihre Kinder freizugeben zu der sogenannten Kinderlandverschickung in Orte außerhalb von bombenbedrohten Städten. In Jugendheime mit eigenen Schulen.

Auch an meine Mutter gingen solch Aufforderungen wegen mir. Bislang hatte sie sich dagegen aber immer erfolgreich wehren können, wie sie mir sagte. Und ich wollte schon gar nicht in solch ein Lager! Sie hatte ja recht mit ihrer Behauptung, die Deutschen brauchten nur mit ihrem angefangenen Krieg aufzuhören, dann kämen auch keine Bombenflieger mehr. „Wahrscheinlich schon ab morgen oder übermorgen nicht mehr", sagte sie mal zu mir und mir schien das auch einleuchtend! Denn der Grund für Bombenabwürfe lag dann nicht mehr vor.

Meine Mutter ging Tage später durch die Straßenunterführung unter der Eisenbahn in die Siedlung hinüber, um sich die Zerstörung in der Nachbarschaft hinter dem Bahndamm nur anzuschauen. Sie kam mit auffallend blassem Gesicht zurück, das den ganzen Tag – wie ich meine – noch angehalten hatte. Sie schüttelte nur den Kopf beim Kommen, wobei sie meinte, nicht sprechen zu wollen.

Und sie sagte auch nichts.

Ob das russische Gefangenenlager mit getroffen worden war, wusste sie nicht und hatte das auch nicht in der Zeitung erfahren.

Uns interessierte das, weil Russland schließlich keinen Krieg mit Deutschland angefangen hatte, sondern zuvor einen Nichtangriffspakt abgeschlossen hatte mit Deutschland. Die gefangenen Russen konnten einem leidtun.

Mit einem Nachbarsjungen von uns schlich ich mich einen Tag darauf, an einem schulfreien Nachmittag, hinüber durch die Unterführung des Damms der Eisenbahnbrücke.

Wir blieben gleich hinter dem Brückendurchgang stehen, weil wir außer zwei riesengroßen, gelben Sandlöchern fast nur ganz oder halb zertrümmerte Häuser und Steine, Balken, Dachlatten und Dachziegel und auch Möbel herumliegen sahen. Nur die Häuser am Rand – die Hälfte der Häuser war unzerstört und verschont geblieben oder hatte nur eingedrückte Fenster oder Türen.

Feuerwehrmänner und Aufräumarbeiter waren jedoch noch jetzt überall am Ort. Und ein weißes Auto, ein Krankentransporter und zwei schwarz lackierte Wagen mit schwarzen Gardinen hinten rundum (Leichentransporter), standen irgendwo abseits.

Der Sand aus dem Loch der Bombe, („Krater", sagten die Leute dazu, oder Trichter), war an einer Stelle bis gegen den Damm der Eisenbahn hochgeworfen und bis zu deren Gleisen geschleudert worden.

Auch dort oben auf den Gleisen sahen wir Arbeiter mit Eisenbahnermützen auf den Gleisen arbeiten.

Wie kehrten gleich wieder zurück nach Hause. Uns verging der Anblick.

Es sollen zwei Sprengbomben gewesen sein. Brandbomben waren keine gefallen, sodass die Zerstörung nur vom Luftdruck der Sprengbomben stammte. Wahrscheinlich hätten sie die Förderschächte mit ihren Förderkörben treffen sollen, sind aber weit danebengefallen.

Hinterher machte meine Mutter sich Vorwürfe, dass sie mir das Rübergehen nicht verboten hatte. Denn sie meinte, es würden sicher auch noch Tote geborgen werden und wir sollten das als Kinder nicht sehen.

Die Häusersiedlung war etwa zwei- bis dreihundert Schritte im Durchmesser breit gewesen und etwa anderthalb mal so lang längs des Bahndamms gelegen, mit ihren kleinen Gärten drumherum. Als Wohnsiedlung war das immer eine interessante Wohngegend gewesen. Vor allem wegen der kleinen Gärten.

Auf dem Rückweg sahen wir uns die Eisenbahnüberführung – die Brücke – von unten an, durch die wir gekommen waren. Hier waren an den Mauerwänden allerlei schon leicht verblasste Bemalungen angebracht: Parolen, sagte man dazu: mit Pinsel und roter und weißer Farbe: „NAZIS RAUS!" und „KPD" und „Wählt SPD" und „Wählt Zentrum". „Alles Parteien für die letzte Wahl zum Deutschen Reichstag vor mehreren Jahren", sagte mir meine Mutter zu Hause, seien das gewesen. Von denen es jetzt nur noch die Nationalsozialisten (die Nazis, sagte sie) gebe. Alle anderen seien von den Nazis verboten worden. Auch die Gewerkschaften der Arbeiter und die Gewerkschaft meines Vaters, der Deutsche Metallarbeiterverband, in der unser Vater so etwas wie ein Vertrauensmann gewesen war – gewählt von seinen Kollegen und deren Sprecher gegenüber ihrem Arbeitgeber und der Gewerkschaft selbst.

„Man darf in Deutschland jetzt nur noch eine Meinung haben, und das ist die der Oberen, dieser einen Partei!", sagte mir unsere Mutter mal. „Im Ausland zeichnet man die Deutschen mit Schlafmütze auf dem Kopf, weil sie nicht mehr sehen und gesehen haben, was sie sich mit den Nazis eingehandelt haben", sagte mir meine Mutter, die viele Bücher an der Wand unseres Wohnzimmers zusammen mit den Büchern unseres Vaters hatte.

„Wer eine andere Meinung heute hat und diese äußert, wird jetzt eingesperrt", sagte sie. „Das haben die Deutschen sich selbst gewählt, Heiner, aber rede daher draußen und in der Schule oder auf dem Schulhof nicht über das, was ich hier vielleicht zu Hause oft sage oder gesagt habe! Oder worüber wir uns unterhalten haben. – Hörst du?"

Ich hatte heftig genickt, denn ich hatte meine Mutter viel zu gern, um sie auch nur in die geringste Gefahr zu bringen. Darum hatte ich mir ihre Worte eingebläut!

Daher redete ich draußen oder auf dem Schulhof lieber zu wenig als zu viel. Obwohl es mich oft reizte, weil ich glaubte, etwas und einiges besser zu wissen, als was andere sagten.

Aber ich redete am liebsten gar nichts über das, was wir zu Hause über draußen redeten oder geredet hatten. Stellte stattdessen aber oft Fragen und berichtete meiner Mutter über das, was andere meinten oder sagten.

Ich kannte beide getroffenen Mädchen aus der Nachbarschafts-Siedlung gut. War oft mit jener aus meiner Klasse stammenden zur Schule und zurück ein Stück Weg mit ihr gegangen.

Ich war danach tagelang – nach meiner Mutters Aussage – unkonzentriert! Konnte nicht verstehen, dass es sie nicht mehr gebe. Dass sie nicht mehr komme, einfach nicht mehr da sei. Verschwunden. Tod. Aus. Nie wieder zu sehen! Ihr Lachen! Etwas so Lebendiges. Lebendiger und freudiger als ich. Nie wieder … Einmal, an einem Morgen zur Schule, sah ich in der Ferne ein Mädchen kommen und ich dachte: „Da kommt sie doch wieder." Aber es war ein Irrtum. Es war ein anderes Mädchen, das aus der Richtung der Unterführung kam.

Es war mein erstes Erlebnis mit einem Menschen, den ich gut kannte und gemocht hatte, der durch Tod gegangen war.

Die hinter dem Damm unter den Trümmern der Häuser und dem Sand Begrabenen waren wohl einfach erstickt von der über sie geworfenen Erde und dem Sand aus den Löchern und den Trümmern der Häuser über sich.

Das muss grausam sein.

Wir beide, der Junge, mit dem ich in der Siedlung war, sind gleich wieder zurück auf unsere Seite des Damms. Ich jedenfalls hatte keine Lust mehr, mir das Zerstörte noch weiter anzusehen und wirre Bilder im Kopf entstehen zu lassen. Trotzdem hatte ich dann welche im Kopf, die immer mal wiederkamen. Vor allem wegen dem Mädel!

Wochen später wurde ich dann mal auf dem Heimweg von der Schule vom Fliegeralarm überrascht. Aber die Flieger waren weit weg von meinem Weg, meinte ich, und ich hatte nur entfernt ihr Brummen am Himmel gehört.

Dann aber hörte ich zwei, drei Mal ein Donnern der Explosionen von Bomben. Und von der Entfernung her viel näher, als ich mir das nur vom Hören des Brummens der Maschinen vorgestellt hatte.

Meine Mutter warnte mich beim Nach-hause-Kommen nach meinem Bericht und sagte: „Erstens: Heiner, halt dich künftig auf dem Schulweg und auch von der Schule zurück überhaupt nirgendwo mehr auf. Ob Alarm ist oder nicht. Und sollte Alarm kommen unterwegs und du hörst schon Flugzeuge am Himmel brummen – egal wie weit du meinst, dass sie noch weg seien: geh' nicht weiter! Such dir einen Hauseingang, wo du rein kannst – in den Flur zur Not. Klopf an, dass dich jemand hört, und ruf einfach Hallo, dass sie an deiner Stimme erkennen, dass du noch kein Erwachsener bist. Vielleicht holt dich jemand rein oder vielleicht sogar mit in den Keller, bis die Sirenen wieder Entwarnung singen.

Wenn nicht, hock dich in den Hausflur. Und wenn die Tür verschlossen ist, hock dich dicht an die Außenseite der Haustür und mach dich klein. Und falls es knallt vor dir auf der Straße oder gegenüber, halte immer deine Hände schon vorher schützend über den Kopf wegen der Splitter, oder noch besser deinen Tornister – deinen Ranzen – gegen das Gesicht! Wenn das Dröhnen der Bomber am lautesten wird, sind sie über dir. Dann mach dich so klein, wie du kannst."

Zuvor hatten wir uns nämlich mal, noch im Frühjahr an einem warmen Sonntag, getraut, den Duisburger Tierpark zu besuchen.

Wir hatten blauen Himmel mit herrlicher Sonne. Was die feindlichen Flieger allerdings auch zu lieben scheinen, weil ihnen dann
keine Wolken die Sicht nach unten auf ihre beabsichtigten Ziele
versperren. Nur war das noch vor der Invasion der Amerikaner
an der Küste in Frankreich gewesen und die Gefahr auf Fliegeralarm noch geringer als danach.

Im Tierpark kamen die Flieger jedoch ohne Vorwarnung
durch Alarm von Sirenen! Der kam später erst: Wir hatten gerade
den Kassenschalter verlassen und spazierten nun erwartungs-
voll, mit nur wenig anderen Besuchern – denn es war noch früh
am Morgen – in den Park, da kamen sie an: im Tiefflug. Von
hinten. Aus Westen.

Der Sirenen-Alarm kam erst, nachdem sie schon da und vorbei
waren: im Tiefflug kamen sie von hinter uns angesaust und dabei
so tief über der Erde fliegend, dass die Flugzeuge Schatten von
der Sonne unter sich auf die Erde warfen und vorbei waren, ehe
wir sie überhaupt richtig hatten erblicken können. Und sie ließen
obendrein ihre Schusskanonen an Bord blindlings vor sich zur
Erde knattern.

Es waren drei Maschinen gewesen. Hintereinander.

Wobei Asphalt, Erde und Sand und Steine von den Geschossen
der Bordkanonen auf die Erde in die Luft hochspritzten und wir
uns gerade noch mit unserem Kinderwagen links an eine Hauswand hatten flüchten können, unter einen schmalen Dachvorsprung, eng gegen die Wand gepresst, aber mit dem Rücken
den Fliegern zu. Meine Mutter den Kleinen auf den Arm gegen
die Brust gehalten, mich gegen ihren Rock, den Fliegern den
Rücken zugewandt.

Zum Glück trafen sie – auch nach meiner Mutters Zeitung
am Tag darauf – niemanden im Park und wohl auch keine Tiere.

Seitdem hasste ich die Flieger jedoch! Denn Frauen und Kinder
und Tiere hatten denen nichts getan!

Wir waren gleich wieder umgekehrt und mit der Straßenbahn nach Hause gefahren. Nicht mit dem Zug. Denn dieser hielt
nicht, wenn Flieger angeflogen kamen. Die Straßenbahnen aber
sehr wohl! Sodass man raus an den Straßenrand rennen und in

einem Hauseingang Schutz suchen konnte, so lange, falls man meinen oder befürchten musste, dass sie die Bahn beschießen wollten oder sie weg waren.

Aber wenig später wurde unsere Schule dann wegen der zunehmenden Fliegeralarme geschlossen und ich konnte – oder musste sogar – zu Hause bleiben. Denn ich ging nicht ungern zur Schule.

Seit diesem Sommer etwa heulten die Alarmsirenen aber immer öfter am Tag. Und wir waren froh, abends noch meistens ohne Alarm unseren kurzen Weg hin zum Bunker in vermeintlicher Sicherheit gekommen zu sein.

Meine Mutter wollte, dass der Krieg beendet wird. Aber was andere Leute dachten, wusste ich nicht. Meine Mutter war schon oft froh, wenn sie am Tag zum Einkaufen im Konsum, unserem Einkaufsladen an unserer Straße in der Nähe unserer Wohnung, heil hin- und zurückgekommen war.

„Der fette Göring in Berlin ist doch völlig machtlos", hatte mal, als die Schule noch nicht geschlossen war, ein Schüler der Oberklasse neben mir im Keller der Schule während eines Alarms geflüstert.

Mit „der fette Göring" meinte der Schüler des obersten Feldherrn, Hitlers Luftfahrtminister: „Marschall Göring". So nannte der Dicke sich laut Zeitung meiner Mutter oder laut Radio. Einer, dessen Bild in meiner Mutters Tageszeitung öfters abgebildet war und auffiel wegen seines Aussehens: einem breit grinsenden Gesicht mit eiskalt wirkenden Äuglein und einem Bauch wie ein Bierfass von einer Bierkutsche vor einem Bierlokal in unserer Straße. In einer Uniform, die ihm wohl zu eng war und mit Orden behangen so viel, dass man sie selbst auf dem Bild nicht hätte zählen können.

Mit einem Degen am Schenkel hängend, „wie früher wohl Napoleon", sagte der Schüler.

Und während einer Pause hatte mal einer den Göring nachgemacht: streckte den Bauch vor sich heraus wie den Halbkreis eines Flitzebogens, hielt einen Haselnussstecken mit der rechten

Hand neben seine kurze Hose als Degen und spazierte ihn nach-äffend und uns Umstehenden Befehle erteilend mit dem Stock umher, mit den Worten: „Sagt Heil Hitler, Herr Generalfeld-marschall zu mir, los!", vor uns im Kreis. Während wir ihm den Gefallen taten, nur weil er es war.

Derweil aber sogleich von der Schultreppe her ein Pfiff er-ging von einem Oberschullehrer, der das Ganze wohl beobachtet oder gar gehört oder nur erraten hatte, wen der Junge da gerade vor uns rumstehenden, lachenden Schülern nachäffen wollte.

Den „GröFaz", den Hitler, den „Größten Feldherr aller Zeiten" wie die Abkürzung heißen sollte, der nach meiner Mutters Hand-bewegung mir gegenüber mal nicht wenig spinnertsch im Kopf sei, hatte mal Tage zuvor ein Junge auch auf dem Schulhof in der Pause markiert, in dem er sich mit einem von zu Hause mit-gebrachten Kohlestückchen nach einem Bild aus der Zeitung ein schwarzes, rechteckiges Bärtchen unter seine Nasenlöcher ge-malt hatte. Vor einem Spiegel in der Jungentoilette. Und seine Haare dreieckig in die Stirn gekämmt: Wie Hitler in der Zeitung stolzierte er hinterm Haus der Schule dann umher.

Zum Glück hatte das keiner von den Lehrern, sondern nur wir Schüler gesehen.

Und ein ganz Kecker von uns humpelte mal – auch noch im Frühjahr – einen Klumpfuß nachmachend an einem Vormittag in der Pause auch um die hinteren beiden Ecken des Schul-gebäudes herum, damit ihn die Lehrer vorn am Eingang auf der Treppe nicht sehen konnten; in dem er tat, als habe er einen dicken, schweren Stein an seinem Schuh hängen, den er immer beim Gehen mit dem Fuß nachziehen müsse, sodass er hinkte, aber versuchte, das Hinken zu verbergen. Aber viele Schüler wussten wohl vom Reden ihrer Eltern her, dass der Schüler den Reichspropagandaminister Goebbels mit dem Hinkefuß meinte, der so was wie einen Klumpfuß hatte und ihn nach Hörensagen immer hinter sich herziehen müsse. „Als Gottes Strafe", sagte seine Mutter, hatte ich mal einen Jungen über ihn sagen hören.

Goebbels, das war der Redner vom „totalen Krieg", wie er im Radio zu hören war. Oder Sänger, weil wenn er im Radio in einem Saal redete, meinte man, dass er jeden Augenblick auch noch einen Ton anschlagen könne und den Rhythmus dirigieren wolle wie ein Musikchorleiter.

Dabei hatten wir den totalen Krieg schon längst, schlimmer, als er kaum noch möglich sei, sagte unsere Mutter, die am Tag die Tageszeitung las und Nachrichten aus dem Rundfunk hörte.

Der Junge mit dem Propagandaminister auf dem Schulhof sagte uns, er sei nicht lange zuvor mal mit seiner Mutter in Berlin gewesen und habe den Reichspropagandaminister Goebbels dort irgendwo laufen sehen auf der Straße. Von vielen Leuten umgeben, aber abgesperrt von Polizisten und von Militär umgeben.

Beim Gehen sei er immer weiter vorne gewesen, als sein Fuß hinterherkam, weil er ihn halt ziehen musste. Am weitesten vorne sei immer seine Nase gewesen. „Gott hat den damit bestraft", habe er hinter sich eine Frau flüstern hören, sagte der Junge.

Zum Glück hatten wir in unserer Schule keine Klatschmäuler, die den Lehrern das Nachäffen von Witzfiguren tratschten.

„Wozu braucht der so'n Ding in der Innenstadt in Berlin?", fragte ich meine Mutter mal wegen des Degens des Görings, wie uns Unterklässlern auch ein Schüler unserer Oberklasse in der Pause mal gefragt hatte.

Aber unsere Mutter grinste nur und nickte mit dem Kopf, als wolle sie sagen: „Recht hast!" Stattdessen aber sagte sie: „Musst mal drauf achten im Leben: Angeber sind meist Dummköpfe, die mit irgendetwas angeben, um aufzufallen. Kluge sind meist zurückhaltend, weil sie wissen, dass Klugsein Anstrengung kostet, weil es Wissen fordert. Nämlich nachdenken und überlegen, wie's auch anders sein könnte. Nur bei Goebbels ist das zum Beispiel völlig verkehrt und andersherum im Kopf gelaufen", sagte sie. Denn angeblich sei er hochintelligent, würde gesagt. Zum Beispiel bei der Beeinflussung von Menschen während seiner Rede in einem Saal über den totalen Krieg. Er appelliere geschickt an die niedrigen Instinkte des Menschen. Die ihm dann aber nachlaufen wie Schafe ihrem Hirten. Ihm fehle aber halt wie dem

Führer und wohl noch anderen Führungsköpfen das zweite Gehirn, das Gefühlszysten – oder es sei demoliert – das für Ausgleich beim Handeln und Nachdenken sorge, und besonders beim Herrschen über andere Menschen zur Wirkung kommen sollte und müsse. Bei gefühllosen Verbrechern liege aber meist ein gestörtes Gefühlsystem vor, das aber gebraucht werde für ein abgewogenes, ausgeglichenes Denken vor dem Handeln. Das sich gleich unter dem Bauchnabel eines Menschen bemerkbar mache. „Wer's nicht hat oder ein verkümmertes, der ist gefährlich, der kennt kein Mitleid", sagte sie.

Ich wollte sie noch Weiteres fragen, kam aber nicht dazu, zu fragen, wieso und warum, weil sie das Abendessen zubereiten wollte.

Ein einziges Mal waren wir zur Nacht wegen Fliegeralarm, als wir das Haus verließen, nicht in den Bunker gekommen und schnell wieder nach Hause gelaufen, dort geblieben und hatten gewartet, dass der Alarm aufhöre.

Aber er hörte nicht auf. Es dunkelte. Und in der Dunkelheit später hörten wir draußen in der Ferne zwei Bomben fallen und sahen dann durchs Fenster über den Dächern gar nicht so fern Feuer gegen den Himmel flammen und danach schwarze Rauchwolken die Flammen umhüllend und mit ihnen in die Nacht aufsteigen. Und ich dachte: „wenn das unser Haus hier jetzt wäre?"

Anderentags erfuhr unsere Mutter, in welchem Stadtteil das war; denn wenn der Abwurf noch früh am Tag war, stand es anderentags als Nachricht schon in ihrer Zeitung.

Bei Nacht strahlten allerdings bei Alarm auch Suchscheinwerfer der Flak mit ihren hellen Strahlen den Himmel ab über der Stadt und den Nachbarstädten, um ihn nach den feindlichen Flugzeugen abzusuchen. Und ein Junge hatte mal in der Schule erzählt – kurz bevor sie geschlossen worden war – wie beobachtet wurde, wie die breiten hellen Strahlen dreier Suchscheinwerfer am Nachthimmel ein feindliches Flugzeug mit ihrem Licht eingefangen hatten und dieses dann wie ein Silberfisch Kurven fliegend, glitzernd aus den Strahlen zu entkommen versuchte. Aber es sei ihm nicht gelungen, weil plötzlich aus dem Bauch des Flugzeugs seitlich ein Feuerstrahl geschossen sei, weil eine Flak ihn wohl getroffen habe. Das Flugzeug sei explodiert und gleich zur Seite gekippt und dann auch schon taumelnd irgendwo zur Erde gefallen.

Dabei aber habe man gesehen, wie der Pilot der Maschine im Scheinwerferlicht sogleich nach dem Treffer noch aus seinem Flugzeug rausgesprungen war und mitten in den Scheinwerfern mit seinem Fallschirm der Erde zu gefallen sei, dann der Schirm breit auseinandergeflogen sei, wodurch der Flieger gebremst wurde und langsam dann, mit den Beinen voran, dem Boden zu gesegelt sei.

Auf einem Kirchplatz der Stadt habe man ihn im Mondlicht beobachtet, wie er dort gelandet sei, seine Pistole gezückt und weggeworfen habe und die Hände in die Höhe gehoben, als Zeichen, dass er sich ergebe, egal anscheinend, wer da komme.

Aber das habe dem Piloten „nichts genützt", hatte der Schüler gesagt. Er habe gerade zu der Zeit mit seinem Großvater aus dem Fenster zum Kirchplatz hingeblickt und gesehen, wie der Pilot nach dem Landen noch die Schnüre seines Schirms losgebunden, sich davon befreit, seine Pistole gezogen und weit weggeworfen und dann sogar noch die Hände sofort erhoben habe, als Zeichen, dass er sich ergebe, obwohl noch weit und breit kein Mensch in seiner Nähe zu sehen gewesen sei, außer an wenigen Fenstern der Hauswände um den Kirchplatz herum in den Fenstern liegende, herausguckende Bewohner. Die wohl auch die Suchscheinwerfer zuvor beobachtet hatten. Und er und sein Großvater hätten diesen zuvor auch zugeschaut.

Dann seien urplötzlich aus der Dunkelheit vom Rand des Kirchplatzes Männer in Zivil aufgetaucht, die man jetzt im Mondlicht auf dem freien Platz gut habe sehen können.

Sie hätten so was wie Zaunlatten in den Händen gehabt und seien einkreisend auf den Piloten zu geschlichen.

Dieser habe ruhig weiter dort gestanden, die Hände unbeweglich in die Luft gehalten und sich nicht gerührt.

Als die Männer mit den Latten nahe genug waren, sei einer von ihnen zwei, drei Schritte vorgetreten und habe mit einem Schlag auf ihn ausgeholt und wohl auch getroffen. Ein zweiter habe es ihm nachgemacht. Beim dritten sei der Mann zu Boden gefallen, worauf alle fünf oder sechs der Reihe nach mit ihren Latten auf den Mann auf dem Boden eingeschlagen hätten.

Nur einmal habe der Pilot noch abwehrend seine Hände und Beine erheben können. Dann wohl nicht mehr.

Denn dann müsse einer der Lattenmänner den unter sich Liegenden auf den Kopf getroffen haben.

Der Pilot habe sich plötzlich nicht mehr gerührt. Habe ohne Regung unter den Hieben gelegen, bis die Zuschlagenden aufgehört und der Pilot anscheinend nicht mehr am Leben gewesen sei.

Dann erst hätten die Lattenmänner aufgeblickt und zu den vom Mondlicht beschienenen Hauswänden geschaut. Und wohl noch auf Applaus von dort gewartet. Was auch geschehen sei. Von ihm und seinem Großvater aber nicht, hat der Junge erzählt.

Aus zwei, drei Fenstern habe man aber Händeklatschen gehört. Aus den meisten Fenstern aber nichts. Viele der Bewohner seien aber wohl in ihren Kellern gewesen, weil ja noch gegenwärtig Fliegeralarm und noch keine Entwarnungssirene geheult hatte.

Einer der Zivilisten aus der Runde der Zaunlattenmänner habe noch mal seine Latte danach auf den Kopf des Liegenden gehalten, so, als wolle er genaues Maß nehmen, und habe dann mit Wucht ausgeholt und draufgeschlagen. Aber vom Körper habe sich nichts mehr gerührt. Der Pilot sei wohl schon tot gewesen.

Als ich das meiner Mutter zu Hause erzählt hatte, so wie von dem Jungen im Frühjahr in der Schule noch gesagt, erwiderte sie: „Das war Mord! Arno! Junge! Das war Mord, was die da gemacht haben. Kein Töten, wie es im Krieg zwischen Soldaten halt – sozusagen – leider erlaubt ist. Mann gegen Mann oder Soldaten gegen Soldaten im Kampf.

Es war glatter Mord: kriminell! Weil der Mann sich ja ergeben hat. Es gibt ein internationales Abkommen, eine Vereinbarung, ein Gesetz, es gilt für die ganze Welt. Es nennt sich ‚Schweizer Konvention‘. Sie gilt für alle kriegsführenden Länder und deren Personen. Auch unserem Land! Und ein Verstoß dagegen ist unter Strafe gestellt!"

„Gilt das für den Adolf und den Göring also auch?", fragte ich.

Aber meine Mutter sagte nichts; sie konnte nämlich antworten, ohne dass sie etwas sagte.

Das sei ein Verbrechen von den Männern auf dem Kirchplatz gewesen, sagte sie nur. „Ein Mann, der sich ergibt und dadurch gefangen genommen werden kann, ist kein wehrhafter Soldat mehr. Der darf nicht mehr getötet werden. Das ist ein sich schon in Gefangenschaft begebener Mensch. Müsste jedem Kind einleuchten!

Das gilt für alle Länder. Auch für Deutschland. Der fällt unter den internationalen Schutz der Menschenrechte.

Stell dir vor: Der Mann musste für England in den Krieg ziehen. Wie dein Vater für Deutschland. Er hat sich – als er geboren wurde – ja nicht aussuchen können, in welchem Land er als Kind zur Welt kommen wolle. Genau wie du! Genau wie du als mein und deines Vaters Kind in Deutschland zur Welt gekommen bist und vielleicht auch noch Soldat werden musst wie dein Vater. Für den GröFaz, wie du ihn immer nennst. Und dann kämpfen musst als deutscher Soldat gegen Soldaten aus anderen Ländern. Welche Soldaten sind mehr wert?", fragte sie mich.

Ich hob nur die Schultern, worauf sie sagte:

„Wenn du so was noch mal zufällig erzählen hörst, Heiner, geh weg. Geh einfach weg. Sag nichts. Bleib still und geh einfach, als interessiere es dich nicht. Dreh dich um und geh. Denn du kannst es ja nicht verhindern. Das zu hören und zu sehen ist unerträglich.

Und wenn das alle anständigen Menschen täten, würde sich so was schnell niemand mehr erlauben.

Außerdem: Wenn das alle tun und jedes Mal bei solchen Vorkommnissen, kriegen die das da oben mit in Berlin. Die haben Zuträger. Mehr als du glauben wirst. Und wenn die Angst kriegen – denn meine Beobachtung nach der Zeitung, was man zwischen den Zeilen lesen kann, dauert es nicht mehr allzu lange mit dem Krieg. Denn was darin nicht geschrieben steht, muss man sich denken. Es ist irgendwann mit Deutschland Matthäi am Letzten, zu Ende, am Ende, meint man damit. Die können sich gegen die zuvor von ihnen überfallenden ausländischen Armeen als auch gegen die zugenommen und noch immer zunehmenden Bombenflieger nicht mehr wehren. Insbesondere seit dem 6. Juni, seit die Nordamerikaner im Atlantik an der französischen Küste, der Normandie, gelandet sind und den Franzosen, Engländern und Russen zu Hilfe kommen. Es wird wohl bald Schluss sein. Ich glaub sehr bald. Denn Schlechtes hielt sich in der Welt schon immer nicht ewig. Aber sag so was nicht draußen. Zu keinem! Es ist verboten, hier bei uns so was zu sagen. Strafbar!

Aber wenn man das liest in der Zeitung, was in der Zeitung nicht geschrieben steht, nicht drinsteht, was weggelassen wurde, muss man zum Ergebnis kommen, dass der Krieg bald zu Ende ist für Deutschland. Deutschland redet auch nicht mehr von Sieg, sondern nur noch von Endsieg. Und das ist Unsinn. Es gibt nur Sieg oder Niederlage. Alles andere ist Geschwätz. Egal, von wem es stammt. Denn Sieg ist entweder Sieg oder Nicht-Sieg. Dazwischen gibt's nichts. Wie es kein nasseres Wasser gibt als nasses. Etwas aufzublasen, was sich nicht aufblasen lässt, weil es dann platzt. So platzt dann schließlich dem sein Endsieg im schlichten Sieg der sich gegen uns, gegen Deutschland wehrenden Länder.

Wenn du so was Unlogisches hörst in der Schule oder auf der Straße: denk selber nach. Das sind Vergewaltiger der Sprache, die so unsinniges Zeug quasseln. Brauchst ja nichts zu sagen oder zu erwidern, um sich mit denen anzulegen, die vermeintlich noch Mehrheiten von Menschen in Deutschland hinter sich haben. Nur nachdenken, den Kopf schütteln und weggehen. Dann werden die weniger Klugen oder auch Nachdenklichen vielleicht auch gehen. Merke dir: Schlaumeier tun so, als hätten sie nie Zweifel. In Wirklichkeit sind das Angsthasen, weil sie nichts wissen und immer den Mehrheiten nachlaufen. Mit solchen zu streiten, wenn sie in der

Mehrheit sind, lohnt nicht. Horch mal mit im Radio: Die reden nur noch von Endsieg. Es gibt also einen Krieg mit Sieg und einen mit Endsieg. Welchen wollen wir denn? Die denken vielleicht, das Volk in Deutschland bestehe aus Schwachsinnigen, mit denen man das machen kann. So ein Unsinn! Aber freies Reden, sagen, was du meinst, ist in Deutschland seit dieser Regierung ja verboten und wird bestraft als Hetze. Daher das Sprichwort: Schweigen sei Gold. Reden nur Silber. Auf alle Fälle weniger an Wert oder gar wertlos und obendrein nun strafbar in Deutschland!

Pass auf, was du in der Schule lernst. Ein Krieg laut Propaganda-minister, der noch totaler als total sein soll. Also ein Feuer, das heißer als heiß ist! Oder Wasser, das nasser als nass. Also jemand dümmer als dumm? Oder meinen die sich selbst? Das kann natürlich sein!", sagte sie, und winkte ab, so, als ob es wertlos sei, das weiter zu kommentieren.

Sie hielt den Finger vor die Lippen, bei ihrem Blick auf mich.
„Die Siegerländer werden dann Deutschland das heimzahlen. Und wenn die, die jetzt noch das Sagen hier haben, Feiglinge sind, töten die sich vorher selbst. Wir werden es vielleicht noch erleben.
Und noch mal: Kein Mensch kann und konnte sich vor seiner Geburt aussuchen, in welchem Land er geboren wird. Du nicht. Ich nicht. Keiner! Außerdem hat Deutschland angefangen mit Überfällen auf andere Länder und dann gegen Frankreich. Dann gegen Polen. Und dann gegen Russland. Nicht eines der Länder hat den Krieg gegen Deutschland angefangen. Und von Rechts-wegen müsste gegen Hitler und den Göring und Goebbels An-klage erhoben werden vor einem internationalen Gericht! Man müsste sie gefangen nehmen. Und weil sie davor Angst haben, wehren sie sich so heftig und schicken Soldaten vor! Und hetzen nur noch mehr. Die kämpfen nur noch für sich selbst – aus Angst. Wir werden es vielleicht noch erleben. Wie sie dann am Ende nur noch … Ich rede zu viel, mein Junge.
Hast du schon mal gehört, was mit Juden in Deutschland passiert?", fragte sie mich plötzlich.

Ich nickte: „Die werden eingesperrt. Sagt man auf dem Schulhof."

„Eingesperrt nur? Heiner? Das wäre noch hinnehmbar, wenn die nur eingesperrt würden. Nach meinen Ohren munkelt man ganz was anderes."

Meine Mutter war richtig wütend und sagte: „Zurück zu dem Piloten: Und der dann unten auf dem Platz angekommene Pilot hatte sicher gehofft, jetzt sei für ihn jedenfalls dieser Krieg vorbei. Er brauche daher auch keine Bomben werfen auf Unschuldige wie dich und mich werfen.

Und der Pilot ist vielleicht auch ein Vater von Kindern. Und dann so was!

Ein Vater von Kindern, die zu Hause auf ihn warten. Und die schlagen ihn einfach tot.

Das sind Bestien und sehen nur aus wie Menschen, die nur auf so etwas wie den Piloten warten, um sich gehen zu lassen.

Klar schmiss er Bomben auf uns. Aber warum? Aus Notwehr! Wir haben mit dem Krieg auf Frankreich angefangen. Und den anderen Ländern! Und auch angefangen mit Bombenkrieg. Und wir haben auch den Krieg mit Russland angefangen. Und mit Polen zuvor. Dein Vater kann da nichts für. Der musste! Wer sich dagegen wehrt, wird eingesperrt. Und was dann mit ihm passiert, kann niemand mehr feststellen. Der ist für die nämlich ein Saboteur und muss bestraft werden. Und die Strafe bestimmt kein unabhängiges Gericht mehr, wie wir mal eines vor dem Wahlsieg der jetzigen Regierung hatten, vor dem Ermächtigungsgesetz", sagte sie.

„Die anderen Länder haben sich nur gewehrt und tun es jetzt noch. Und Rowdys wie die Flugzeugpiloten im Tierpark mit uns gibt es überall. In jedem Land. Sie waren bestimmt schon Rowdys, bevor sie Piloten geworden sind. Ihre Eltern haben vielleicht nicht auf sie geachtet. Es ist ihnen vielleicht nicht aufgefallen. Oder sie selbst waren früher selbst Rowdys und ihre Kinder machen es nach.

Es ist nicht in der Muttermilch, das Rowdy-Werden; es beginnt erst später. Bei halb Erwachsenen. Pass daher auf dich auf, Heiner.

Und auch auf Bernd, später. Der Umgang mit anderen Jugendlichen, die schon auf diesem Weg vielleicht sind, ist gefährlich! Wenn's sein muss, dreh dich einfach um und geh' eigene Wege. Wenn andere dir dann nachlaufen, weil sie ähnlich sind oder denken wie du, dann nimm sie mit. Sonst lass sie ihre eigenen Wege gehen. Jeder hat dazu ein Recht. Soll und muss selbst entscheiden, was er für gut oder nicht gut hält. Und wenn dich einer zum Jungvolk oder der HJ, der Hitlerjugend, einlädt, geh weg. Sag nichts. Schüttele nur den Kopf. Reden ist Silber, Schweigen Gold! Sag nur, du magst keine Uniformen, wie die jetzt schon Soldaten tragen.

Was ich dir hier sage, ist die Wahrheit. Die zu sagen ist bei uns jedoch verboten! Denke immer daran, Heiner, wenn du außerhalb unserer Wohnung über den Krieg und das Töten dabei etwas sagst oder sagen willst.

Was ich dir hier eben gesagt habe über Deutschland, ist in Deutschland zu sagen verboten. Man würde mich wahrscheinlich sofort einsperren. Behalte alles für dich.

Schweige! Es kommen auf der Welt immer mal andere Zeiten. Und auch bei uns. Das ist so sicher, wie die Erdkugel sich immer um die Sonne dreht. Dass die da oben anders denken, hat damit zu tun, dass die Deutschen bei der letzten Reichstagswahl den Schreihälsen unter den Politikern ihre Stimme gaben. Den Schwachköpfen. Den Leuten mit lediglich großem Mundwerk und schlechtem Charakter."

Sie schüttelte nur den Kopf. Sie hatte nicht weitergesprochen und sagte dann noch: „Ob Gott diesen Totschlägern auf dem Kirchplatz so was verzeiht?"

Aber „Gott sei tot", hatte ich auch mal in der Schule gehört und ihr jetzt auch gesagt. Soll ein deutscher Dichter gesagt oder geschrieben haben.

Worauf sie mir antwortete: „Wenn du so was noch mal hörst, frag nur, ob der, der das gesagt hat, den toten Gott denn gesehen hat. Und wo ... Oder frag den, der so was einfach weiterplappert.

Selbst wenn es der Lehrer ist. Damit denen dann ein Licht auf-geht. Vielleicht hat der Dichter das ganz anders gemeint. Weil Gott nicht eingreift, in der Welt, seiner Meinung nach. Und den Krieg nämlich beendet.

Aber wer weiß, was kommt? Seine Geduld ist halt nicht die Geduld des Dichters oder deine und meine. Wer weiß, was morgen ist. Aber vielleicht tut er bald was. Vielleicht schon jetzt. Wir bemerken es nur noch nicht. Gott ist wie der Wind. Man sieht ihn nicht. Man sieht nur, wenn er etwas bewegt. Oft aber auch nicht das. Oder wir sehen es nur noch nicht. Oder es kommt noch. Ich bin mir jedenfalls sicher, etwas anderes wird kommen! Vielleicht war er es ja aber, der die Nordamerikaner am 6. Juni am Strand der Normandie in Frankreich hat landen lassen, um den von Deutschland überfallenen Ländern und besonders den von der hier herrschenden Partei in den Konzentrationslagen eingeschlossenen Menschen zu helfen. Tausende sollen das sein, hört man flüstern. Jedenfalls: Jedenfalls: Wenn du das noch mal hörst so was hörst, frage nach. Du möchtest es gerne wissen, ob jemand den toten Gott gesehen hat. Mit einer guten Frage zu antworten, ist oft oder meistens das Beste. Und fragen ist vielleicht noch erlaubt. Aber Vorsicht – Junge: Vor Fragen haben Menschen mit schlechtem oder fehlendem Gewissen Angst. Jeder Lehrer müsste dich bei dieser Frage eigentlich unterstützen. Aber …" Sie brach ab. Dann fügte sie nur noch hinzu: „Aber am besten ist gegenwärtig in Deutschland jedoch, du stellst auch diese oder eine ähnliche Frage nicht. Denn wer verblüffte Fragen stellt, macht sich oft unbeliebt und wird diffamiert als Feind. Lass es sein", waren ihre letzten Worte. „Im Augenblick kriegen wir in Deutschland nur Ärger und ganz sicher noch weit mehr als wir denken oder ahnen!"

Ich muss sagen: Was meine Mutter sagte, machte Angst vor dem Land Deutschland und dessen Menschen.

VI

Hier drin in unserem Luftschutzbunker fühlte man sich in der Nacht vor Gefahren und Sorgen draußen bei Alarm eigentlich ziemlich sicher! Den Bunker zu zertrümmern mit einer Bombe war nach Meinung vieler nicht möglich. Jedenfalls zurzeit. Und brennen tat Beton nun einmal nicht.

Ich hatte jedoch unsere Zellenmitbewohnerin mal zu unserer Mutter sagen hören: „Geschützt hier im Bunker sind wir nur so lange, wie es keine noch stärkeren Bomben gibt, die auch diesen Bunker in Stücke reißen können."

Auf die Frage von mir an meine Mutter am darauf folgenden Tag, ob das stimme, dass wir auch mit solch starken Bomben rechnen müssten, sagte sie nur: „Heiner, das weiß ich nicht. Und wenn ich etwas nicht weiß, kann ich es dir nicht beantworten. Oder jedenfalls nicht anders, als ich es jetzt gerade tue."

Aber für uns galt dieser Bunker halt bislang als sicherer Ort für die Nächte.

Für am Tag draußen, ohne Bunker, gab es „keine Sicherheit mehr; nirgendwo" hatte unsere Zellennachbarin mal zu meiner Mutter gemeint. Und die hatte darauf keine Antwort gegeben. Also dürfte die Aussage stimmen, meiner Meinung nach.

Aber ein sicherer Ort für uns war er wohl nur für uns selbst und dem, was wir am Körper oder bei uns trugen; nicht für unsere sonstige Habe zu Hause. Was wir dann hatten feststellen müssen, mit dem, was dann geschah:

VII

Es war wohl schon irgendetwas nach Mitternacht – eine Uhr gab es ja keine in der kleinen, engen Schlafzelle. Und Armbanduhren oder Taschenuhren besaßen – wie ich hörte – nur finanziell begüterte Personen und Parteigenossen. Meine Mutter hatte aber eine kleine Armbanduhr von unserem Vater geschenkt erhalten – schon zur Hochzeit vor Jahren, wie sie mir sagte. „Eine Kostbarkeit aus der Schweiz", sagte sie. Aber freilich weckte ich sie nie wegen der Uhrzeit, denn in unserer Küche hatten wir eine Uhr an der Wand hängen mit einem Pendel dran, und wenn man die auf eine bestimmte Uhrzeit stellte und aufzog, weckte sie einen bislang so sicher, wie die Sonne anderentags im Osten am Horizont erscheint. Mehr brauchten wir nicht.

Ich schlief hier im Bunker auf der oberen Liege unseres zweistöckigen Etagenbetts. Meine Mutter und Bernd auf der unteren. Das Etagenbett unserer Nachbarn lag gegenüber.

Die Sirene draußen hatte wohl gerade erst begonnen mit ihrem schnellen auf und nieder heulenden Ton für Alarm, da war ich auch schon wach und hörte das Wumm der Explosion. Den Knall.

Der Alarm muss wieder einmal zu spät gekommen sein, weil der Knall unmittelbar oder noch während des Heulens erfolgte.

Nur, einen solchen Knall hatte ich – im Bunker schon gar nicht – bislang noch nicht vernommen. Ich meinte aber, er sei ähnlich, aber nur dumpfer gewesen, als wir einmal zu Hause im Sommer an einem heißen Tag, als wir in der Küche vor offenem Fenster am Tisch beim Essen saßen und draußen auf der Straße, direkt vor unserem Haus von einem aufziehenden Gewitter ein

Blitz in einen Baum einschlug, der nur wenig entfernt vor unserem Haus und von unserem offenen Fenster stand.

Wir dachten erst, er sei ins Haus, ins Zimmer oder zumindest in die Fensterbank eingeschlagen. Unsere Wohnung liegt in der zweiten Etage.

War er aber nicht, sondern nur in einen Baum draußen ein paar Meter davor. Aber er hatte sich – dem Dröhnen in den Ohren nach – angehört, als sei der Blitz im Zimmer eingeschlagen. Der Knall tat einem nämlich in den Ohren weh.

Aber der Knall hier war ihm ähnlich, nur kräftiger und dumpf. Durch die Bunkerwände wohl abgedämpft.

Aber ich meinte vor allem auch wuchtiger. Ich meinte, der Bunker habe gezittert. Gebebt. Ich dachte sogar, er wackele.

Und dann hörten wir hier im Bunker jetzt einen zweiten Knall.

Genau wie der erste: dumpf, aber kräftig. Und wieder das Gefühl, der Bunker zittere und bebte oder wackele.

Ich hatte jetzt nur noch Summen oder Dröhnen im Ohr.

Man vergisst wohl erst mal alles andere bei so etwas und beschäftigt sich erst mal nur mit seinem Gehör. Was damit sei? Man glaubt erst, es sei weg. Man sei taub. Und es käme auch nicht wieder. Man höre jetzt nichts mehr.

Doch dann ließ es nach. Mein Gehör wurde wieder normal. Aber ich hatte ja nichts, um das zu kontrollieren, denn keiner sprach oder sagte etwas.

Aber Angst hatte ich bekommen, der Bunker könne umfallen. Könne wackeln. Der Bunker könne umfallen, denn er dröhnte und zitterte und brummte und vibrierte. Beinahe als schüttele er sich. Aber die Stärke des Knalls war vielleicht gar nicht so laut, sondern die Angst machte es, weil die beiden Knalle durch die dicken Wände des Gebäudes sich nur so laut anhörten.

„Umfallen" war vielleicht nicht abwegig, glaubte ich: Ich wartete darauf. Denn er war ja einiges hoch an Metern und Etagen gebaut. Einem Turm nahekommend – der viereckige Kasten. Viel höher als er breit war. Er sollte ja viele Mütter mit

Kindern nachts aufnehmen. Und die Stadt hatte die Aufgabe – laut meiner Mutter – für ausreichend Bunker für Frauen mit Kindern zu sorgen. Kinder müssten geschützt werden, hieß es oft.

Ich erwartete noch einen weiteren Knall, aber er kam nicht. Stattdessen hörte man mehrere Male ein Bong, Bong, Bong.

Aber meine Mutter stand aufrecht neben unserer Liege mit dem Kleinen im linken Arm und fasste nach mir mit dem rechten und hielt ihn fest und schaute mich an; mit Augen, als seien sie viel größer als normal.

Ihre Finger fassten meinen linken Arm, dass die Haut mich schmerzte. Und sie ließen nicht los.

Und dann erst fing der Kleine an zu weinen. Laut! Obwohl es keinen weiteren Knall mehr gab. Es schien vorbei zu sein. Aber ich wartete weiter.

Und dann begann der Kleine unserer Zellennachbarn zu weinen, einer Frau mit zwei Kindern. Einer so alt etwa wie unser Kleiner, der andere in meinem Alter. Und beide Kleinen weinten miteinander und ergänzten sich abwechseln im Luftholen.

Meine Mutter und ich waren ganz still. Auch die beiden anderen der Nachbarn, die Frau und der Junge, waren nicht zu hören.

Mein Gehör wurde wieder normal.

Aber es blieb still. Und der Bunker fiel nicht um. Er hatte wohl anscheinend nur gezittert und gebebt, aber wohl nicht gewackelt. Ähnlich wie damals der Keller in unserem Haus, als Kalk von den Wänden gerieselt und die Gläser geklirrt hatten, das Haus aber stehen geblieben war.

Ich dachte jetzt nur: „der Knall! Und der zweite: so laut? So nah? Wo können die Bomben hingefallen sein? "

Und dann hatte man ein mehrmaliges wie Bong, Bong, Bong oder ähnlich gehört. Oder noch öfters. Aber ich hatte noch Angst wegen der beiden wuchtigen Erschütterungen.

Und ich dachte an die Tür. Die Ein- und Ausgangstür des Bunkers.

Ob es einen Hintereingang oder sonst einen zweiten Ausgang, einen Notausgang gebe, wusste ich nicht. „Denn wenn die Bomben oder nur eine vor der Tür des Eingangs oder daneben eingeschlagen sind oder ist, was dann? Dann kommen wir nicht mehr raus! Dann sind wir einsperrt. Verschüttet. Können ersticken …", waren gleich meine Gedanken. Meine Mutter musste Ähnliches denken, meinte ich.

Sie stand immer noch aufrecht und hielt mich fest im Griff, derweil die Betäubung meiner Ohren nun nachgelassen hatte.

Ich vernahm nur noch das Weinen unserer beiden Kleinen.

Meine Mutter zog mich jetzt immer noch an sich heran und ließ nicht los. Ihre Finger schmerzten. Ich rutschte näher und ihre Augen schauten mich dabei an, wie ich meine, später nie wieder so gesehen zu haben.

Und unser Kleiner schrie an ihrer linken Brust als habe er Schmerzen, als sei ihm was passiert. Unentwegt. Er hörte nicht auf. Und der Kleine der Nachbarn begann nun auch zu weinen. Zwei im Duett, aber das Aufhören und Luftholen kam zu unterschiedlichen Zeiten. Aber es war wohl nur die Angst wegen des Knalls bei unserem gewesen, von ihm angesteckt nun der Nachbarskleine. Sie waren ja beide gerade erst knapp 2 Jahre alt. Sechs Jahre jünger als ich. Sie taten mir leid.

Ich rutschte noch näher zu meiner Mutter ran.

Bislang hatten wir hier im Bunker nämlich immer ungestört schlafen können. Trotz des Heulen-Hörens der Sirene durch die Wände des Öfteren nachts.

Aber: Unser Wohnhaus lag nicht weit entfernt. In etwa zehn Minuten Fußmarsch. Aber mir schien wegen des Knalls, die Bomben wären draußen vor unserem Bunker gefallen.

Beide Mütter versuchten nun die Kleinen zu beruhigen. Da hörten wir von draußen durch die Zellentür Stimmengemurmel vom Flur und Treppenaufgang.

Aber dann ging das Licht aus. Und das hatten wir im Bunker nun noch nie erlebt: totale Finsternis. Totales Nichts-mehr-Sehen in einem verschlossenen Raum.

Nichts mehr vor den Augen erkennbar.

Auch durch die Ritzen der Zellentür vom Flur herein war kein Lichtschimmer wahrzunehmen.

Dem ganzen Bunker, dem ganzen großen, schweren Kasten, schien das Licht ausgegangen zu sein. Ein stockfinsterer Kasten.

Das Gemurmel vom Flur draußen war völlig verstummt. Nichts zu sehen – nichts mehr zu hören. Nichts mehr war wahrzunehmen hier drin: keine Wände, keine Decke, keinen Boden, kein Bett, meine Mutter vor mir nicht mehr – nur ihren Atem noch und ihre Hand spürend. Dagegen war mein Bruder jetzt ganz still.

Auch meine Nasenspitze sah ich nicht mehr. Langte mit dem rechten Zeigefinger an die Nase und versuchte, den Finger wenigstens zu sehen. Aber nichts.

Solche Dunkelheit hatte ich noch nicht vor mir gehabt. Ähnliches ein einziges Mal, als wir uns im Frühjahr gerade zum Bunker aufmachen wollten, abends zu Hause, als es losging mit dem Heulen der Alarmsirenen, und zwar gleichsam – nicht nur über unserer Stadt, sondern vermutlich mit dem Heulen wieder aus allen Horizonten.

Wir hatten sofort kehrtgemacht und waren in unsere Wohnung in der zweiten Etage geeilt. Denn auf der Straße war man vor Fliegern geschützt wie Mücken im Sommer vor fliegenden Schwalben.

Wir sind dort aber in der Wohnung geblieben und nicht in den Keller gegangen, weil wir nach dem Abflauen des Alarms durch das geöffnete Fenster keine Flugzeuge am Himmel brummen gehört hatten.

Der Abend draußen war warm für einen Februartag gewesen und wir hatten das Schlafzimmerfenster auch deswegen jetzt aufgemacht, um vom Himmel zu hören, ob was über uns brumme oder dröhne, um dann doch noch schnell in den Keller zu fliehen, denn wir wohnten im obersten Stock, der zweiten Etage. Über uns war nur der Dachboden mit dem Dach.

Aber es war alles still.

Erst nach einiger Zeit hörte unsere Mutter vom Fenster aus etwas brummen und wartete, was geschehe. „Scheinwerfer huschen aber vergebens über den Himmel", sagte sie zu mir.

Die Maschinen flogen aber nach ihrer Ansicht weiter nach Osten, benachbarten Städten zu. Das Brummen draußen verschwand dann auch und Stille trat ein.

Es war noch Ende Februar und es wurde noch immer früh dunkel.

Und da draußen bei Alarm keine Straßenlaternen mehr leuchteten und alle Lichter vorschriftsmäßig ausgeschaltet waren oder sein mussten, wurde es schnell finster bei sternenlosem Himmel. Und erst recht bei uns im Raum.

Meine Mutter lauschte weiter nach Flugzeugen am Fenster.

Sie hörte jedoch nichts. Unser Kleiner krabbelte neben mir auf dem Bett unseres Vaters. Unsere Mutter kam zu uns und musste nach uns tasten, weil sie vor Dunkelheit wohl nichts sehen konnte. Der Himmel draußen schien jedenfalls mondlos und wohl auch sternenlos, der Dunkelheit im Zimmer zufolge.

Solche Dunkelheit und bei Gefahr vergisst man beim ersten Mal nicht so schnell.

VIII

Hier im Bunker nach dem Knall aber hatte ich jetzt nur blitzschnell die Befürchtung im Kopf, eingeschlossen zu sein. Eingeschlossen in dem dicken, viereckigen Klotz aus Beton.

Eingeschlossen und verschüttet, weil ein Berg von einem Bombenkrater hoch aufgeschüttet vor und oder auf der Ein- und Ausgangstür des Bunkers liegen könne. Und alles versperre. Niemand mehr rein- oder rauslasse.

Denn ob es einen Hinterausgang oder gar Notausgang des Bunkers gebe, wusste ich nicht.

Meine Mutter, die ich mal kürzlich danach gefragt hatte, auch nicht.

Sie meinte zwar, dass es so was geben müsse, wusste es aber nicht.

Und eine ausgegangene Beleuchtung im Bunker hatten wir noch nie erlebt. Denn eine Notbeleuchtung über der Tür brannte wohl Tag und Nacht. Aber jetzt halt auch nicht mehr.

Alles also nur schwarz rundum. Man bekommt Angst, weil man überhaupt nichts mehr erkennt und sieht. Man fängt an zu blinzeln und blinzelt, glaube ich, immer heftiger, weil man wohl meint, es läge an den Augen, man könne an dem Blindsein mit Blinzeln was ändern. Irgendwas tun. Aber alles ist nutzlos. Es rührt sich nichts vor den Augen.

Ich hatte mal von Panik gehört. Es war im Keller in der Schule. Wir waren alle unten, weil Alarm geheult hatte.

Die Räume waren sehr eng. Und plötzlich ging das Licht aus. Im ganzen Keller. Dann sieht man die Hand vor der Nase nicht mehr und man bekommt Angst.

Wenn man auf der Straße ist nachts in der Stadt, sieht man meist immer noch etwas, auch wenn wegen Alarm die Straßenlaternen abgeschaltet sind und der Himmel schon am Tag bedeckt war von Wolken. Ein ganz wenig vor sich beim Gehen sieht man aber auch bei einem sternenlosen Himmel. Aber es gab deswegen ja auch Leuchtplaketten dafür zu kaufen zum Tragen am Revers zur Sicherheit draußen. Wir hatten auch welche an unseren Revers. Zur Warnung, wenn man sich mit anderen begegnete.

Und in der Schule hatte die Dunkelheit nicht lange gedauert.

Aber hier im Bunker war seltsamerweise alles still. Auch auf dem Flur. Es wird, oder erscheint einem, glaube ich, alles noch ruhiger in einer solchen Lage, wenn man den Atem dabei anhält.

Meine Mutter aber langte jetzt nach mir und ich hörte ihren Atem und das beruhigte mich. Sie hatte den Kleinen noch auf dem Arm, glaubte ich.

Es ist ein Gefühl, als wären die Augen gar nicht mehr da. Man fühlt zwar noch das Auf und Nieder der Augenlider, aber halt nur als ein Gefühl, als habe es keine Bedeutung – nichts zu sagen. Als sei man blind.

Man spürt sein Gesicht und die Nase und den Atem und die Augen zwar noch, aber man sieht nichts. Absolut! Selbst beim Schielen auf die Nasenspitze nichts … Und dann kriegt man Angst.

So total nichts zu sehen hatte ich jedenfalls noch nicht in Erinnerung. Und Angst spürt man im Hals, im Nacken, in den Schultern und gleich unterhalb des Brustkorbs, im Magen. Ich jedenfalls. Und dabei das Gefühl und vermeintlich sicheres Wissen, eingeschlossen zu sein in dem Bunker, aus dem man nicht mehr hinauskann!

Die Ohren und der offene Mund und die Nasenlöcher sind noch die einzigen Kontakte zur Außenwelt, aber die ist finster. Die ist nirgendwo. Man meint, es gibt nur blinde Leere. Mir schien, das sei jetzt bei mir kurz vor der Panik.

Doch die Hand meiner Mutter beruhigte mich. Ich spürte immer noch am Arm ihre fünf Finger, die mich festhielten. Und nicht locker ließen. Ich rückte noch näher an sie heran.

Dann aber, nach Abklingen des Dröhnens und Bebens, sprach sie auf unseren Kleinen ein, damit er ruhig bleibe. Und lies mich los.

Unsere Zellennachbarin war nun ebenso mit ihrem Kleinen beschäftigt und flüsterte mit ihrem ebenfalls etwas älteren, mir etwa gleichaltrigen Jungen.

Erstaunlich aber: Beide weinenden Kleinen hörten nun zeitgleich auf.

Mein Blick suchte den Ort der Ritzen der Zellentür: aber kein Schimmer! Und keine Möglichkeit für uns zu erfahren, was draußen passiert und vor dem Bunker geschehen, und was das zweimalige Wumm und anschließendem Bong, Bong, Bong durch die Wände zu bedeuten hatte. Oder was mit uns geschah oder mit uns geschehen sei. Und was nun wohl komme.

Ich dachte an den Bunkerwart. Es gab mindestens einen Mann, der hier im Erdgeschoss die Aufsicht und Verwaltung hatte. Aber es war nichts zu hören.

IX

Hier in der Bunkerzelle aber über der Tür glomm nun plötzlich das kleine, rote Lämpchen wieder auf: die Notbeleuchtung.

Das kleine Lichtchen war bislang von mir nie richtig wahrgenommen worden, weil die andere Lampe der Zelle ja die ganze Nacht leuchtete.
„So verliert man Achtsamkeit", dachte ich.
Aber: auch wenn diese hier auch nur glimmte, statt leuchtete: man konnte jedenfalls wieder etwas erkennen – wenn auch in selten blasser, eine ins Grüne neigende Farbe!

Wir lauschten jetzt hier zur Zellentür hin. Aber es war nun alles still. Es schien alles vorbei. Auch keine Stimmen mehr von draußen. Nur unser Atem und die gelegentlich weiter tröstenden Stimmen beider Mütter mit ihren Kleinen.

Nach einer Weile erlosch jedoch dieses Notlämpchen nur noch zu einem Glimmen, denn das Deckenlicht flammte auf. Und es war, als wollte es uns sagen: „Es ist alles in Ordnung."

Aber ich fragte mich, ob es das auch sei? Es schien jedenfalls, als sei jetzt wieder alles in Ordnung. Das schien sich auch unsere Mutter mit dem Kleinen im Arm zu fragen und zu sagen.

Langsam beruhigten und erholten wir uns anscheinend und atmeten wieder tiefer und setzten uns alle gegenüber auf unsere beiden untersten Pritschen der Etagenbetten – ohne zu reden. Nur vor uns hinschauend und grübelnd und unsere beiden Kleinen beobachtend. Meine Mutter hielt ihre Armbanduhr nahe an die Augen und sagte: „Drei Uhr!"

Das nun wieder brennende Licht beruhigte jedenfalls. Ein wenig. Ich lauschte. Aber nichts war zu hören.

Schließlich beschlossen wir, uns noch mal hinzulegen und zu versuchen, auch zu schlafen oder jedenfalls zu liegen.

Es hatte dann wohl eine Weile gedauert, bis ich eingeschlafen war.

Ich wurde wach von dem Signal draußen auf dem Flur: dem Signal zum Wecken.

Meine Mutter und der Kleine gingen erst mal zur Toilette auf dem Gang.

Erst nachdem wir nun alle wohl noch mal geschlafen oder auch nur gelegen hatten nach dem Vorkommnis in der Nacht, hatten wir uns nun auch wohl etwas beruhigt.

Auch ich ging mal kurz hinaus auf den Gang zur Herrentoilette.

Dann machten wir uns alle fertig zum zweiten Signal auf dem Flur, das bedeutete, der Bunker könne nun verlassen werden. Wir hörten jedoch eine Stimme draußen vom Flur sagen, dass es aber schon eine halbe Stunde später sei, als die normale Zeit des Rauslassens aus dem Bunker.

Wir dachten uns nichts und verließen die Zelle wie jeden Morgen, aber ich grübelte dennoch, was die beiden Knalle und das Bong, Bong, Bong danach heute Nacht bedeutet haben könnten. Und warum erst eine halbe Stunde später der Bunker jetzt verlassen werden durfte.

Unsere Mutter schaute auf ihre Armbanduhr und nickte.

Was passiert war, war jetzt wohl für alle hier eine Frage.

Was wir freilich wussten, war: Die Städte hier im Ruhrgebiet, die Städte Oberhausen, Essen – der Stadt der Kruppwerke, der angeblichen Kanonenschmiede für das Dritte Reich und dem ehemaligen Geburtsort der „Dicken Berta"; einer sogenannten Kanone aus dem Ersten Weltkrieg, ein berüchtigtes, zerstörerisches Ding, von den Kruppwerken gebaut – und die Städte Duisburg, Bottrop, Gelsenkirchen bis Herne, alle fast übergangslos aneinander gebaut, hatten die Bombenflieger mit Vorliebe im Visier. Die „Städte der Schwerindustrie", sagte unser Lehrer, besaßen Zechen rund um die Stadtgebiete und mittendrin; Förderschächte zur Bergung und Förderung des schwarzen Golds, wie man Kohle auch nannte. Und Kokereien – Kohlekraftwerke und vor allem jede Menge Hochöfen und Stahl- und Walzwerke. „Schwerindustrie", sagten die Leute dazu, wegen der Förderung von Kohle und der Herstellung von Eisen und Stahl. „Gutehoffnungshütte" war ein bekannter Name für eine große Fabrik in der Stadt Oberhausen. Und die Firma Krupp für Essen.

Obendrein durchquert ein Kanal als Schifffahrtsweg das Ruhrgebiet aus der Mitte Deutschlands kommend, der Rhein-Herne-Kanal, der zum Rhein hin verläuft als Weg in die Nordsee und von dort in den Atlantik. Eine „lebenswichtige wirtschaftliche Ader", sagte unser Lehrer.

Aber es war nun mal unsere Heimat, das Ruhrgebiet. Wir konnten nicht weg.

Obwohl unsere Mutter – eine Ostfriesin –, die unser Vater, der Ingenieur für Stahl- und Brückenbau war von Beruf, dort oben an der Nordsee beim Bau einer Brücke kennengelernt hatte. Sie hatte unten neben dem Brückenbogen gestanden und interessiert nach oben geblickt und zugeschaut, wie man oben Stahlträger auf Stahlträger dort auf- und aneinanderlegte und verschraubte und vernietete mit weiß bis rot glühenden Stahlbolzen.

Und sie sich auf diesem Weg und ihres interessierten Zuschauens wegen näher kennengelernt hatten. Und „Schwups" sagte unsere Mutter mal zu mir, „hatten wir beide uns ineinander verliebt."

Aber die Städte Wilhelmshaven und Emden waren nach dem Reden unserer Mutter Hafenstädte und wurden daher ebenso oder noch mehr bombardiert als unsere Städte im Ruhrgebiet.

X

Meine Mutter trug jetzt wie immer den Sportwagen die Treppe des Bunkers hinunter und ich trug meinen Bruder hinterher. Unsere Nachbarn folgten.

Nach meiner Mutters Uhr war es jetzt um sechs Uhr dreißig. Nach Hause waren es nur etwa 10 Minuten. Der Konsumladen war noch geschlossen. Wir hatten nur unseren Heimweg vor uns. Eile war überflüssig.

Im Parterre des Bunkers hier vor dem Ausgang aber roch es stark nach Brand.

Unsere Nachbarn verließen den Bunkereingang vor uns und winkten uns noch zu – wie immer.

Wir haben sie nie wieder gesehen.

Ein Mann kam an ihnen vorbei in den Bunker, um seine Frau und seine Kinder abzuholen und brachte Brandgeruch mit rein und sagte zu meiner Mutter – wir kannten ihn vom immer morgendlichen Abholen seiner Frau mit den Kindern: „Heut Nacht die Knalle, die Sie sicher auch gehört haben im Bunker, waren Luftminen. Zwei oder drei. Der neuesten Sorte. Und danach, wie neuerdings immer, haben sie dann Brandbomben da drüber geworfen. Erschrecken Sie gleich nicht: Die ganze Straße draußen nach Norden hin hat es erwischt. So sieht es jedenfalls aus. Fies und raffiniert! Man kann von hier nur noch nach Süd und nach West und Ost gehen oder fahren. Nach Norden brennt alles. Die ganze Straße ist nur noch Glut. Zum Glück scheint dem Bunker nichts vom Luftdruck der Bomben passiert zu sein. Zum Glück! Und Brandbomben hätten ihm sowieso nicht viel anhaben können. Wenn sie rauskommen: draußen ist es hell vom Feuer. Erschrecken Sie nicht."

Meine Mutter erwiderte dem Mann: „Wir wohnen aber auf der Straße hier draußen nach Norden."

Worauf er sagte: „Oh! Das tut mir leid für Sie. Das wusste ich ja nicht. Die von hier nach Norden?"

Sie sagte: „Wir wohnen gleich hier die Straße hoch links nach Norden. Halb bis zur Eisenbahnbrücke oben."

„Au!", hörte ich ihn sagen. „Dann tun Sie mir wirklich echt leid! Dann sollten Sie gleich draußen zur Auskunftsstelle der Stadtverwaltung gehen. Die stehen schon da für Betroffene. Die stehen neben dem Bunker. Sie sehen sie beim Rauskommen durch das Licht des Feuers auf der Straße. Die wissen ganz sicher schon genau über alles Bescheid, wer betroffen ist und wer vielleicht nicht, oder welche Häuser und wie. Neben dem Bunker hier im Park gleich links. Es ist schon hell draußen durch das Feuer. Es tut mir leid für Sie!", sagte er und begrüßte dann seine Kinder und seine ankommende Frau.

Meine Mutter verlor sämtliche Farbe im Gesicht und sagte zu mir: „Komm!" und schob die Karre mit Bernd zur Bunkertür, als glaubte sie ihm kein Wort.

Um diese Zeit war es ja sonst noch dunkel, weil noch Nacht bis acht Uhr morgens. Doch schon durch die halb offene Tür nach draußen strahlte uns Licht von Feuer entgegen, von geradeaus und vom Himmel über uns wie von einem Spiegel, aber zum Glück noch hundertfünfzig bis vielleicht zweihundert Schritte entfernt vom Bunker.

Und wie der Mann eben gesagt hatte, brannte und glühte und flammte alles von Feuer und Glut linker Hand vor uns; und dem gleich so leuchtete auch der Himmel. Und starker Brandgeruch schlug uns entgegen.

Wir kannten vom bisherigen Verlassen des Bunkers die Straße mit ihren links und rechts stehenden Häuserreihen und sauberen Bürgersteigen. Jetzt war das alles weg, bestand nur noch aus Flammen und Glut und Dampf und Rauch und wohl auch schon Asche. Denn von haushohen Häusern gab es allenfalls noch halb so hohe, verfallene, glühende, von Flammen umzingelte Mauern.

Beinahe so breit wie der Rhein-Herne-Kanal lag die brennende Straße vor unseren Augen und in Richtung unseres sonst morgigen Heimwegs mit zusammengefallenen Hauswänden und schräg herabhängenden, ebenfalls glühenden oder brennenden Wohnungsdecken, schon verkohlten Balken sowie dazwischen noch vereinzelt aufrecht stehende, glühende, wie ehemalige Schornsteine aussehende, rechteckige Mauersteine, die nach einer Bemerkung unserer Mutter wohl feuerfeste Steine von Schornsteinen seien, die nicht brennen.

Jedoch eine Menge Leute standen vor uns mit dem Rücken zu uns und uns den Blick versperrend und vor ihnen mehrere Polizisten mit Tschakos auf und davor eine Reihe von Feuerwehrmännern, mit dem Rücken zu uuns, die mit ihren Schläuchen ihre Wasserstrahlen in die Flammen und auf die Glut vor sich hielten.

Wir blickten nach Bekannten oder Nachbarn, aber es schienen alles Fremde zu sein, die hier zuschauten und sich unterhielten. Mir kam eine Ahnung, wo die hier gewesenen Bewohner verblieben sein könnten, wenn sie nicht wie wir hinter uns im Bunker übernachtet haben.

Ich sah jetzt einen der Feuerwehrmänner seinen Wasserstrahl in ein beinahe weiß glühendes, meterhohes Glutloch halten. Aber das Loch fauchte ch – ch – ch – ch – ch machend zurück und der Feuerwehrmann musste zur Seite springen, weil das Wasser aus dem Glutloch zurück spritze, als wolle es den Feuerwehrmann für seinen Wasserstrahl bestrafen.

Ich blickte zu unserer Mutter. Aber sie schien zu weinen und trocknete mit einem Taschentuch ihre Augen und das Gesicht.

Der Bombenabwurf in der Nacht schien eine Seltenheit gewesen zu sein, denn es kamen immer mehr Leute von hinter uns aus der Richtung der Stadt und schoben sich vor unsere Augen.

Polizisten vor den bereits Zuschauenden machten mit den Händen an sie Andeutungen, nicht näher an das Feuer heranzurücken.

Dann kam unsere Mutter mit dem Sportwagen und Bernd darin auf mich zu und bat mich mitzukommen in Richtung links in den Park hinein, wo ich schon eben ein Holzschild mit der Aufschrift „Stadtverwaltung" gelesen hatte.

Wir hatten Glück gehabt mit dem Bunker; er war vielleicht keine zweihundert Meter vom Feuer entfernt. Hatte nichts abbekommen von eventuellen Luftminen und Brandbomben.

Meine Mutter musste mehrmals Berns Kinderwagen hochheben, über Schläuche der Feuerwehr hinweg, um zu dem Stand der Stadtverwaltung kommen zu können. Ich half ihr dabei.

Hier, einige Schritte in den Park hinein, hatte man Einblick in den Park und die ehemaligen Hinterhöfe der brennenden Häuser. Wo jetzt Feuerwehrautos, Krankenwagen und schwarze Autos mit schwarzen Gardinen in der Ferne zu sehen waren.

Ich glaube, meine Mutter wollte oder konnte sich das Feuer nicht ansehen und hielt Ausschau nach dem von dem Mann im Bunker genannten Stand der Stadtverwaltung.

Ich lief ihr nach. Dann sah ich, dass unser Kleiner in seiner Sportkarre gerade anfangen wollte zu klatschen zum Feuer hin.

Ich rannte zu ihm und kitzelte ihn, weil er das immer gerne hatte und er damit das Klatschen über das Feuer unterließ, was er auch tat.

„Lasst ihn doch!", rief ein Mann hinter uns. „Es ist die Unschuld der Kinder. Sie haben das Feuer ja hier nicht gemacht."

Meiner Mutter wäre wohl jedes Lächeln jetzt zu viel gewesen. Sie sah selbst in dem roten Feuerschein hier zwischen den Leuten erschreckend blass aus im Gesicht.

„Klar, Die ganze Straße bis hoch zur Brücke wird aussehen wie hier", dachte ich an die Worte des Mannes im Bunkereingang. Und die meiner Mutter: „Die Deutschen haben mit dem Krieg angefangen." „Aber nun ist unsere Wohnung weg", dachte ich. Was nun?

Stadtverwaltung und Donnerbalken fiel mir ein.

Unser Bernd wollte wieder anfangen zu klatschen und ich lief schnell hin, um ihn zu kitzeln. Aber gleichzeitig hörte ich von hinter uns – ich glaube wieder von dem Mann, der eben noch gesagt hatte, den Bernd zu lassen und „die Unschuld der Kinder". „Jetzt kriegen wir es zurück. Haben Sie gehört, was kürzlich erst mit einem abgeschossenen Piloten der Tommys gemacht worden war – auf einem Kirchplatz auch noch? – Totgeschlagen haben den Zivilisten von uns. Mit Zaunlatten! Obwohl er sich ergeben hat und keine Waffe mehr hatte. Das ist kein Krieg mehr. Das ist gegenseitige Barbarei, was jetzt noch hier abläuft. Schlimmer als man über den Dreißigjährigen Krieg zu lesen bekam."

Zwei Polizisten kamen von vorn, von den Feuerwehrleuten, auf uns zu und in Richtung des Mannes. Der verschwand nach rechts in der Menge der Leute und sie drehten wieder um. Mir schien, als hätte die beiden gestört, was der Mann eben doch wohl zu Recht gesagt hatte.

Meine Mutter wuschelte mir jetzt durchs Haar, wie sie's immer tat, wenn sie mich wegen etwas trösten wollte.

Dann sagte sie zu mir: „Komm, Heiner. Unser Haus liegt nach Hörensagen der Leute genau in der Mitte des Feuers. Die Straße gibt's nicht mehr. Siehst du ja. Komm. Es ist vorbei. Einmal musste so was ja passieren – auch mit uns", fügte sie noch hinzu. „Aber wir haben überlebt, allein das ist wichtig."

Sie drehte die Sportkarre um nach links und etwas weiter zurück in Richtung, wo ich das Schild jetzt auch mit der Aufschrift: „Stadtverwaltung" gesehen hatte.

Ich ging hinter ihr her.

Rechts von dem Stand nach Norden hin versperrten im Park umgefallene Bäume ein Weitergehen von Neugierigen hinter der Straße. Kaum ein Baum stand von hier aus gesehen noch, sondern sie lagen alle in eine Richtung nach Westen. „Der Bunker muss doch standfest gewesen sein", kam mir in den Sinn.

Nur weiße Krankenwagen und schwarze Limousinen mit schwarzen Gardinen vor den Scheiben standen halb im Park. Und Tschakos, Polizisten in grünen Uniformen. Tschakos genannt, wegen ihrer kleinen, schwarzen Helme auf dem Kopf.

Fünf Frauen standen hinter einem aus Brettern gemachten Tisch mit der Aufschrift oben drüber „Stadtverwaltung". Und davor waren drei Personen.

Auch hier brauchte man wegen des Lichts des Feuers unten und oben am Himmel kaum Beleuchtung am Tisch. Nur mal heller, mal dunkler wurde es. So wie hier unten, so auch oben der Himmel.

Unsere Wohnung hatte von hier in nur zehn Minuten Fußweg etwa gelegen. Sie musste nun mittendrin im Feuer liegen. Mir fiel meine Mundharmonika ein, die man nicht mit in den Bunker bringen durfte. Und meine Mutter hielt sich dran.

Ich sah sie liegen in der unteren Schublade unseres Wohnküchenschrankes, den es aber wohl höchstens noch gab als Glut. Erst jetzt merkte ich Tränen in den Augen. Die Mundharmonika, auf der ich im Sommer fast täglich auf unserem Hinterhof gespielt und Beifall von Nachbarsfreunden bekommen hatte. Und abends meiner Mutter ein Liedchen in der Küche spielte.

Aber dann kam mir in den Sinn, dass wohl zurzeit niemand wisse, wie viele Menschen heute Nacht hier von den Luftminen und anschließenden Brandbomben umgekommen sind. Denn wären wir nicht stur – bis auf ein einziges Mal – nicht jeden Abend in den Bunker marschiert, lebten wir jetzt ganz sicher nicht mehr. Wären verbrannt wie die Mundharmonika, die ich von meiner Mutter als Geschenk zur Einschulung vor zwei Jahren erhalten habe.

Ich ging hinter ihr her und wir kamen auf die fünf Frauen neben dem Schild an einem provisorischen Tisch zu, und eine Frau schaute uns schon entgegen und fragte uns schon beim Herantreten: „Ist Ihr Haus betroffen?" Unsere Mutter hatte aufgehört zu weinen und antwortete: „Ja, unsere Wohnung. Wir waren hier in dem Bunker!"

Die Frau wollte die Hausnummer unserer Wohnung wissen, schaute danach auf eine Liste vor sich auf dem Tisch, die am Rand wegen des Winds mit Steinen belegt war: des Sogwinds des Feuers. Denn er blies nach rechts zum Feuer hin. Man hatte ihn auch vorhin direkt vor dem Feuer gespürt. Windig oder zugig war es hier überall.

Die Frau schaute wieder von der Liste auf und sagte: „Tja. Stimmt. Liegt fast mittendrin. Tut mir schrecklich leid. Sie sind zu dritt? Drei Personen?"

„Ja. Mein Mann ist in Russland, vermisst", sagte unsere Mutter. „Und zwei Kinder, zwei und acht Jahre alt."

„Danke! Ich schicke Sie jetzt auch zum Rathaus. Haben Sie Ihren Personalausweis bei? Auch Familienpapiere wegen der Kinder? Gut. Prima. Nein. Ich brauche sie nicht. Aber im Rathaus … Ja, ja! Sie sollten jetzt sofort dort hin. Hier." Sie gab unserer Mutter eine Bescheinigung mit Stempel drauf und fügte noch – vielleicht wohlwollend gemeint – hinzu: „Je eher Sie da sind, desto besser vielleicht!"

Ich dankte heimlich unserer Mutter, weil sie anscheinend alles Notwendige immer in ihrer Tasche bei sich führte. Jeden Abend auch in den Bunker mitnehmend. Personalausweis und alle notwendigen, wichtigen Papiere über sich, unseren Vater und uns, wie auch restliches Geld und Sparbücher und die lebensnotwendigen Lebensmittelmarken. Also immer alles Wichtige bei sich. Wir litten insofern jedenfalls keine Probleme. „Aber wer weiß, was noch kommt?!", dachte ich.

Dann drehten wir uns mit dem Kinderwagen und gingen in Richtung Rathaus. Doch damit auch wieder in den Sinn kommend: meine Mundharmonika zu Hause, die jetzt verglüht irgendwo lag oder auch als Glut nicht mehr existierte.

Ich saß oft draußen abends im Sommer auf unserem Hof hinterm Haus neben Bernd in der Schaukel und spielte mit ihr, wo manchmal ein leichter Wind oft die Melodie verwehte zu den Hinterhöfen der Nachbarhäuser hin, von wo mir oft dabei zugewinkt wurde von Kindern und deren Müttern.

Im Gehen dachte ich jetzt an einen Raum in einer Holzbaracke und an einen Raum mit Gemeinschaftsdonnerbalken zum Geschäft-Verrichten. Das Elend der ausgebombten Wohnungslosen komme auf uns zu. Gehört habe ich von dem auf dem Schulhof und von Nachbargesprächen. Einem Jungen beschrieben, der es einmal gesehen hatte und sagte: „Da sitz einer neben dem anderen und macht sein großes Geschäft. Männer und Frauen freilich getrennt."

Ein schwarzes Auto mit verhangenen, schwarzen Gardinen überholte uns jetzt auf der Straße. Wir wichen aus, denn wir gingen mitten auf der Fahrbahn, weil uns hier weniger Leute entgegenkamen als auf den Bürgersteigen.

Nur eines blieb bei mir im Kopf auf dem Weg zum Rathaus: Muss das sein? Wohnhäuser in Schutt und Asche werfen? Gegenseitig. Wozu? Weshalb? Warum? Schließlich verbrannten hier Häuser mit Wohnungen von unschuldigen Frauen und Kindern und alten Leuten. Die jungen und noch nicht alten Männer waren ja alle im Krieg.
    Es ging mir nicht aus dem Kopf: „was soll das? Haben wir Kinder und Frauen und alte Leute euch Fliegern oder denen, die euch geschickt haben, was getan?" Sie sollten lieber – fiel mir ein – die Bomben nach Berlin zu den Kriegsmachern fliegen und abwerfen. Alle Bomben dort auf einmal, dachte ich, vielleicht unsinnigerweise meinend, die Hitlerbagage damit auslöschen zu können. Ohne Unschuldige.
    Aber wir waren nicht erwischt worden, dachte ich. Das Jeden-Abend-Hinlaufen und morgens zurück zum Bunker hatte sich für uns persönlich gelohnt, kam mir in den Sinn. Aber die Bewohner ohne Kinder hat's erwischt.
    Aber sonst wären wir jetzt erstickt und verbrannt. Verglüht und in Rauch aufgegangen. Wie viele das seien, und ob welche sich retten konnten, werde man wohl erst in Tagen erfahren, kam mir in den Sinn. Es stehe wohl in Mutters Zeitung, die sie nun aber auch nicht mehr erhalten werde, dachte ich.
    Aber unser Bunker hatte zum Glück am Rand der Abwurfstellen gestanden.
    „Wir wären jetzt vielleicht nicht mal mehr Asche", dachte ich. „Aber halt eisern jeden Abend hin zu Fuß und morgens zurück",

ging mir durch den Kopf. Bei Wind und Wetter auch mal nass werdend. Aber ohne Ausnahme jeden Abend!

Aber bei dem Gedanken, dass wir jetzt nicht mehr leben könnten, wenn … bekam ich etwas schwache Beine. Und im Hals ein komisches Gefühl, als müsse ich erbrechen.

Ein Blick noch mal nach rechts hinter uns in den Park: Nicht wenige Krankenwagen standen dort noch und schwarz lackierte Autos mit schwarzen Vorhängen an den Seiten und hinten herum. Feuerwehrleute standen auch dort. Ein schwarzes Auto kam eben von hinten aus dem Park langsam an uns vorbei gefahren in Richtung Stadtmitte. Schwarze Gardinen versperrten den Blick ins Innere. Mir zogen sich die Schultern zusammen.

„Luftminen neuester Art mit anschließenden Brandbomben", hatte man allenthalben die Leute um uns herum und die uns entgegenkommenden sagen hören.

XI

Wir entfernten uns und gingen Richtung Rathaus in der Nähe des Bahnhofs weiter. Wesentlich mehr Leute kamen uns entgegen als mit uns in die entgegengesetzte Richtung gingen.

Einmal kehrten wir uns noch mal um in Richtung unserer Straße. Dann nicht mehr. Es brannte und glühte und rauchte ja alles nur, was einmal Leben und Wohnen bedeutet hatte. Wir hatten eine schöne Wohnung gehabt mit einem Spielplatz hinter dem Haus, mit einer Kettenschaukel. Zum Park hin eingezäunt. Sodass immer nur Hausbewohner und deren Kinder sich dort trafen. Nebenan die Häuser aber ebenso wie bei uns mit Sandkasten und Schaukel.
Das leuchtende Feuer am Himmel verblasste jetzt allmählich, weil jetzt langsam wohl auch das Tageslicht kommen musste.

Auch die Eisenbahnbrücke ganz hinten hinter diesem Brand durchs Feuer war nicht auszumachen gewesen durch die oder über die von Hitze flimmernde Luft. Wahrscheinlich war die Brücke als Erstes weggeflogen, wie ein Mann, der neben uns gestanden hatte, mit seinen Worten vermutet hatte. Weil sie „vielleicht das Hauptziel gewesen sei" hatte er gesagt. Eine zweigleisige Zug-verbindung zur Kohlenzeche und von ihr zurück, aber von der Zeche aus auch nach Westen weiterführend, hatte da gelegen. „Klar", sagte ich mir: „Wichtige Verkehrsverbindung und Knoten-punkt", würde unser Lehrer sagen.

Ich versuchte beim Gehen mich noch mal an unser Haus zu er-innern. Aber es schien mir dabei, es fehle mir jetzt dazu an Fantasie, wie es jetzt aussehen könnte: „zerstört". Glühende Brocken und Flammen und Rauch und Dampf von Feuerwehren. Nicht auszumachen, von welchen Gegenständen oder Häusern oder Wohnungen sie stammten. Geschweige denn, wem das Brennende, das man betrachtete, gehört hatte.

Unser Haus war ein zweistöckiges gewesen, auf der linken Seite von hier hinter uns gelegen. Zu dessen Hinterhof ein Durchgang mit Tor von der Straße aus führte; auf dem ein Platz zum Wäschetrocknen und der Kinderspielplatz gelegen hatte, mit Sandkiste und der Kettenschaukel für Kinder. Ähnlich wie bei den Nachbarhäusern. „Schön zu wohnen gewesene Gegend", dachte ich!

In der Sandkiste hatte ich auch mal die ersten schweren Tropfen eines Gewitterregens erlebt und beobachtet. Wie die schweren Tropfen platschten auf den noch heißen Sand von der Sonne. Und mir war dabei eingefallen, sie fielen in den Sand und spritzten ihn zur Seite wie große Bomben es auf die Erde wohl taten, und tatsächlich bemerkte ich, wie eine Ameise vom Sand zugedeckt worden war.

Ich hatte sie ausbuddeln wollen, aber schwerer Regen war hernach gleich gefallen und ich bin mit Bernd ins Haus.

Unser Kleiner hatte da oft daneben in der Schaukel gesessen und ich hatte ihm immer Schubse gegeben. Aber Angst kannte der kleine Kerl wohl vor nicht. Im Gegensatz zu heute Nacht im Bunker!

Unser Hof grenzte an die neben ihm liegenden rechten und linken Hinterhöfe der Nachbarhäuser. Mit einem Zaun am Ende zum Park, in dem jetzt zerrissene und umgefallene oder abgeknickte Bäume lagen, wie zu sehen gewesen war. Mit Schläuchen ziehende Feuerwehrmänner liefen zur Brandstelle hin.

Meine Mutter war nun an Tempo nicht mehr aufzuhalten und ich tat mich schwer mitzukommen. Es kamen uns viele Leute, auch mit Kindern und Kinderwagen, entgegen. „Ob das nur Neugierige sind?", fragte ich mich.

„Bis zur Bahnunterführung", hatte schon der Mann im Bunkereingang gesagt, sei alles zerstört. „Einschließlich oder bis davor?", dachte ich.

Wie unsere Stadt die Überlebenden nun alle unterbringen wolle, von dieser langen und belebten Straße, kam mir als Gedanke.

Hinter der Bahnunterführung, die kleinen Häuser der Zeche waren ja beinahe alle schon zuvor, schon im Sommer zertrümmert worden, als wir im Keller neben unserem Regal mit den zitternden und klirrenden leeren Einmachgläsern gesessen hatten. Und der Mann im Bunkereingang hatte gesagt „bis hinter die Brücke". Also hat es sie auch erwischt. Die Brücke mit ihren Pinselparolen gegen die herrschenden NAZIS. „Eigentlich schade", dachte ich. Weil unter ihr noch so was wie Gegenwehr gegen den GröFaz und seine Kumpanen in Berlin zu lesen war. Die meine Mutter liebte wie Regenwürmer im Salat.

Ein überholender Krankenwagen lenkte uns wieder ab mit seinem Tatütata, und wir warteten ab, bis er vorüber war. Ein älterer Mann zog im Vorübergehen den Hut. Hätte ich eine Mütze getragen, hätte ich sie jetzt vor dem Mann gezogen. Hinter dessen Geste ich allerlei Bildung vermutete. „Was immer das sei", dachte ich.

Unser Gang war aber nicht nur der Abschied von unserem Zuhause, sondern der von unserer Heimatstadt, wie wir dann hatten noch heute feststellen müssen.

Ich schob meine Hand wieder unter die unserer Mutter und sie sagte:

„Lass uns sehen, wie es weitergeht. Wir können zwar wohl noch weiter im Bunker nachts schlafen, aber am Tag müssen wir raus.

Mal sehen, was die uns im Rathaus sagen. Angeblich haben die immer irgendwelche Adressen. Sie bauen für Ausgebombte wie uns jetzt angeblich auch Holzbaracken."

Ich gab ihr recht und wir marschierten weiter. „Wir sollten froh sein, dass wir im Bunker waren und noch leben", fiel mir ein.

Sie fasste mich auf die Schulter und sagte: „Wir drei haben uns ja noch. Mal gucken. Je eher wir ins Rathaus kommen, vielleicht desto besser."

Aber auch sie hatte wohl heftige Schwierigkeiten gehabt, sich von hinter uns zu entfernen. Und ihre Augen hatte ich seit der Meldung über unseren Vater nicht mehr so verweint gesehen.

Wir gingen und ich dachte: Noch waren wir drei vom bisherigen Krieg hier verschont geblieben. Das war nun vorbei. Nur was wir am Leibe trugen und in der Tasche und im Rucksack hatten, besaßen wir noch. Auch meine Mundharmonika … Im Bunker mit ihr zu spielen war nämlich verboten. Jetzt ist sie verglüht und ich schloss schnell die Augen, um das nicht sehen zu müssen … Aber sie waren nass, das merkte ich.

Ich habe mich mal gefragt gehabt, warum jemand, warum Schulkinder zum Beispiel, vor allem Jungs, das Weinen versuchten zu unterdrücken, wenn sie vom Lehrer in der Schule aus irgendwelchen Gründen mit dem Rohrstock Schläge auf die Fingerkuppen kriegten. Statt weinend oder doch zumindest mit schmerzendem Gesicht kamen sie von vorn zurück in ihre Bank und lächelten.

Das konnte doch einen Lehrer oder auch eine Lehrerin nur dazu verleiten, beim nächsten Mal noch kräftiger zuzuhauen, damit er weine!

Aber weinen und weinen ist ein Unterschied, meinte ich. Es kommt vermutlich auf die Gründe an, dachte ich.

XII

Bislang hatten wir nur von Bombenabwürfen in anderen Stadt-teilen unserer Stadt und in den Nachbarstädten im Ruhrgebiet gehört.

Jetzt hatte es uns erwischt. Wir hatten nichts mehr. „Nichts", wiederholte ich für mich während des Gehens zum Rathaus. „Nichts, außer dem Allernotwendigsten. Dem bisschen in Mutters Tasche und in meinem Rucksack."

Derweil dachte ich aber an unseren Vater. Ununterbrochen jetzt schon gut seit zweieinhalb Jahren kein Lebenszeichen mehr von ihm aus der Wehrmacht und oder gar von ihm selbst.

Allmählich – hatte ich in der Vergangenheit gelegentlich bemerkt – hatte unsere Mutter zunehmende Angst vor Post im Briefkasten bekommen oder wenn an der Wohnungstür unverhofft jemand klingelte. Bei einem Klingelzeichen der Haustür sah man ihr es sofort an: Das Gesicht verzog sich und wurde blass.

Es war bekannt, dass auf einem der beiden Wege, entweder per Post oder von einem Besucher der Stadtverwaltung, die bösen Nachrichten in die Häuser und Wohnungen der Angehörigen von gefallenen Soldaten kamen.

Im Weitergehen kam mir aber in den Sinn: Was wäre passiert mit meiner Mutter, meinem Bruder und mir, wären diese tödlichen Dinger heute Nacht nicht hier, sondern wie von mir zunächst vermutet, neben oder gar auf unseren Bunker gefallen? Hätte es den umgerissen oder zerrissen und wäre er auch verglüht oder verbrannt? Oder hätten wir irgendwo hinausgekonnt?

Oder wohl noch schlimmer: Wir wären gar zu Hause geblieben wie vor Monaten einmal, als wir von der Straße auf dem Weg zum Bunker wieder zurückrannten, weil die Luftschutzsirenen unerwartet plötzlich zu jaulen begannen und wir der Gefahr auf dem Weg ausweichen und lieber wieder nach Hause liefen. Aber fast die ganze Nacht zu Hause ausharren mussten, bis erst gegen Morgen die Sirenen Entwarnung bliesen. Und meine Mutter erst dann sich hingelegt und geschlafen hatte, und ich zur Schule gegangen war.

Und diese Art Minen jetzt mit diesen Brandbomben wären damals hier schon so abgeworfen worden, wenn's die schon gab.

Ich schüttelte die Gedanken aus meinem Kopf, wollte nicht wissen, was ich vielleicht denke. Hatte Angst davor!

Wir gingen und ich erinnerte ich mich aber wieder an das heftige Bullern und Zittern und Beben heute Nacht im Bunker. Und dass unsere Mutter dabei kein Wort gesagt und nur uns beide festgehalten hatte, als wolle sie uns nie loslassen – komme, was da wolle.

Ich ging jetzt sehr eng neben ihr einher und berührte am Griff mit Absicht immer wieder ihre Hand mit meiner.

Aber noch mal an unseren Vater denkend. Wo er sei. Ob es ihn doch noch gebe? Ich hatte ihn in Erinnerung von seinem Urlaub als einen großen Mann mit breiten Schultern und immer mit einem freundlichen, lächelnden Gesicht. Immer! Der mich immer umfasst und auf die Schulter geklopft hatte, egal was ich sagte oder tat.

Einmal hatte meine Mutter mir gesagt: „Er wollte den Kriegsdienst verweigern. Aber wer das tut, der wird eingesperrt und sogar erschossen. Dein Vater war ein Feind der Nazis und gegen jeden Krieg. Aber sag das ja niemandem, Heiner, hörst du? – Niemandem!"

Ich hatte heftig genickt und es mir gemerkt.

Sie und er waren beide keine Freunde von diesem Hitler und Goebbels und dem dickbäuchigen Göring mit dem Säbel in Berlin.

Und den ganzen Konsorten in braunen Uniformen, die dort das Sagen hatten und zum Teil auch hier, die diesen Krieg führten. Das spürte man allein schon am besten, wenn abends unser Radio in der Küche spielte und plötzlich die Musik ausklang oder eine Sendung unterbrochen wurde mit einer Rede des Goebbels. Mit einem Ton, als wolle er wie unser Lehrer in der Schule mit der rechten Hand den Takt und eine Melodie gleich anstimmen in der Art: „Wollt ihr den totalen Krieg?"

Jetzt hatten sie ihn. „Totaler als total", wie er das wohl wollte: nur noch Glut und Asche. Selbst erlebt und jetzt grad auf dem Weg zum Rathaus, von dort in eine Holzbarke mit Schlangen stehen vor einem „Donnerbalken", sagten sie auf dem Schulhof. Das sei ein Balken, auf den man sich neben einen anderen setzen müsse, um sein Geschäft zu machen. Für Erwachsene. Männer und Frauen freilich getrennt.

Einen totaleren Krieg als total, habe der Goebbels die Zu-schauer im Saal mal gefragt, ob sie den wollten. Und die hätten gejubelt wie einfältige Kinder, die meinen, sie müssten sich über etwas freuen, um dem oben am Rednerpult einen Gefallen zu tun, weil der einen Blödsinn sagt. Und in einem Riesensaal! Massenhaft Leute! Nur aus Gefälligkeit klatschen!? Dabei über seine Sprache wie Kinder über einen Blödsinn eines Kaspers im Theater vielleicht lachen, mit Worten und Vergleichen, nach der man Wasser noch nasser als nass machen könne.

Erwachsene im Saal in Berlin waren das, die geklatscht haben. Nicht Kinder!

Sie – unsere Mutter – schaltete immer, wenn der sprach, sofort mit dem Knopf am Apparat – klack – ihm den Schnabel ab wie mit einem Lichtschalter der Lampe das Licht.

Sie hatte mich aber schon vor langer Zeit gelehrt, warum ich keine ihrer Worte über die Regierung und den Krieg jemandem draußen jemals erzählen dürfe. Zuhören – ja! Aber nichts sagen, sei das Klügste.

Und ich fand das Abschalten bei ihm immer gut! Denn der wollte mit seinem Singsang immer noch mehr und noch mehr von

dem, was wir jetzt hier heute erlebten. Noch mehr töten. Und er selber wohl unter dicken Bunkerdecken hocken und warten, und Champagnerflaschen vielleicht sogar entkorken, nach den Worten meiner Mutter, bis draußen wieder Ruhe herrsche …
Ein Oberfeigling bei den Oberen, obwohl ich eigentlich gar nicht wusste, was Champagner ist!

Dabei mussten wir wahrscheinlich nur wegen diesen Konsorten in Berlin jede Nacht zum Schlafen in den Bunker laufen. Und morgens wieder zurück. Denn sie hatten ja alle Kriege mit den Ländern begonnen. Und am Tag in den Keller mit den Einmachgläsern fliehen, und waren nun auch noch obdachlos geworden und besaßen nichts mehr, als das, was wir am Leibe hatten und in Mutters Tasche und meinem Rucksack steckte. Und meine Mundharmonika …

„Danke, du GröFaz und Konsorten", murmelte ich vor mich hin. Und ich dachte: Man müsste sie in einen Teich wie den bei uns im Park werfen und untertauchen allesamt. Und immer wieder untertauchen und runterdrücken und immer runterdrücken, wenn sie wieder hochkämen, um Luft zu schnappen. Immer wieder untertauchen, bis sie mehrmals beim Hochkommen gerufen hätten: „Ich tue es nicht mehr. Ich tue es bestimmt nicht mehr. Ich werd's nie wieder sagen oder wollen, noch nicht mal denken! Ich tue nur noch, was ihr meint!"
Aber wahrscheinlich dürfte man denen nicht ein einziges Wort dabei trauen!

XIII

Nach einem nicht geringen Marsch zur Meldebehörde im Rathaus kamen wir endlich an.

Aber Gang und Warteraum waren überfüllt.

Nach langem, langem Warten – denn Vormittag war's ja immer noch, auf einem überfüllten langen Warteflur ausharren müssend, gequetscht auf eine Holzbank – viele Leute saßen sogar auf der Erde – wurden wir, als wir dann dran waren, nach Rielfingen als „Ausgebombte evakuiert".

Da war ich baff! Weg von unserer Heimatstadt?

Aber meine Mutter zeigte mit ihrem Zeigefinger schnell gegen ihre Lippen, was Schweigen bedeutete. Geschickt und „von Amts wegen befohlen", sagte sie nachher zu mir, sei das gewesen. „Dort ist's vielleicht wahrscheinlich nicht so gefährlich wie hier", meinte sie später.

Der Mann vor uns hinter dem Schreibtisch hatte auf Papiere neben sich geschaut und nach unserer Straße und Hausnummer gesucht; gefunden wohl und dann gesagt: „Ja! Hier steht als Meldung von heute Morgen von Polizei und Feuerwehr wie auf der von Ihnen mitgebrachten Bescheinigung meiner Kollegin: Das Haus mit Ihrer Nummer ist von den Bomben total zerstört und verbrannt. Ihr Bunkerplatz hat Ihnen Glück gebracht. Wir evakuieren Sie."

„Was heißt das?", fragte unsere Mutter.

„Irgendetwas in Rielfingen. In Württemberg-Hohenzollern. Ein kleines Dorf. Und ein kleines Häuschen, steht hier auf meinem Zettel. Noch heute. Es ist möbliert. Vielleicht nur notdürftig. Aber es muss gehen. Sie werden sehen."

Da war ich baff! Oder hab ich das schon gesagt?

Sie unterhielten sich noch um Mietvertrag und anderes. Schließlich sagte er noch: „Alles Weitere erhalten Sie irgendwann noch schriftlich nachgesandt oder vom dortigen Bürgermeister gesagt. Fahrkarten- und Sitzplatzreservierungen gebe ich Ihnen." Er gab unserer Mutter auch ihren Personalausweis und ihre Papiere zurück.

Und wir wurden dann aber noch sofort von ihm nach einem Telefonat – wohl mit der Reichsbahn – zum Bahnhof gewiesen. Für noch einen heutigen Zug am Abend nach Süden. Ohne Frage an unsere Mutter über „Ja" oder „Nein", ob einverstanden oder nicht.

„Rielfingen?", fragte ich sie nachher unterwegs. „Wo ist das?"

„In Württemberg-Hohenzollern, genau weiß ich das auch nicht", sagte sie. „In Süddeutschland. Südlich der Donau soll es noch liegen."

So weit?, dachte ich nur.

XIV

Wir zogen los.

Mit den entsprechenden, ausgehändigten Papieren in Mutters Tasche am Wagen Bernds hängend, und so, wie wir aus dem Bunker gekommen waren.

Ohne nichts! Nur dem Kinderwagen, der Tasche und meinem Rucksack und eine hinter uns im Flur neu gefüllte Wasserflasche. Und Fahrkartengutscheine. Und Platzreservierungen. Und die Mundharmonika verglüht – Ade! Aber wir drei lebten noch.

Ich habe unsere Heimatstadt bewusst nicht namentlich genannt!
Denn sie konnte nichts dafür – was geschehen war mit uns.

Weit weg also nun. Weit weg von der verglühten Straße mit ihren nicht mehr existierenden Wohnungen; ihren Zuhausen, ihren Hinterhöfen und einem Straßencafé vorne raus und einer Gastwirtschaft auch mit Tischen und Stühlen an der Straße im Sommer. Und dem Konsum zum Einkaufen und einem anderen kleinen Lädchen. Vor allem aber der Park hinter den Häusern auf unserer Seite der Straße. Es tat mir leid. Wie sagt man? – in der Seele leid. Ja!

Und Rielfingen? Selbst unsere Mutter wusste jetzt nicht genau, wo das ist: Rielfingen. „Irgendwo im Süden. Südlich der Schwäbischen Alb."
Wo die war, die Schwäbische Alb, wusste zwar meine Mutter, ich aber nicht.

Es kam eine endlose Fahrt am Abend und in der Nacht im Zug: in einem völlig dunklen Waggon, ohne das kleinste Licht wegen der feindlichen Flieger, die im Dunkeln nach Lichtern als Ziele unter sich suchten und mit Vorliebe auch Züge beschossen und bombardierten: vielleicht auch wegen immer mitreisender Soldaten. Vor allem aber die Schienen der Eisenbahn zerstören wollend, wusste man.

Im finsteren Waggon, in dem wir bis zum Morgen kaum uns gegenseitig sehen konnten und nichts zu trinken hatten – meine Flasche im Rucksack, im Bahnhof noch mal gefüllt, war längst leer.

Und die ganze Nacht nur das Kloak – Kloak – Kloak – Kloak der Räder unterm Waggon auf den Schienen, zusammen mit dem ununterbrochenen, darüber tönenden Röööööö – Röööööö – Röööööö vom Rollen der Räder – die ganze Nacht!

Zusammengekauert hockten oder lagen wir nebeneinander oder halb aufeinander auf unserer harten Holzbank im „Dritte-Klasse"-Abteil mit dem Rücken in Fahrtrichtung. Es gab noch „zweiter" und „erster Klasse" im Zug. Mit gepolsterten Sitzen. Aber nicht für uns! Obwohl leer, hörte ich jemanden vom Gang des Waggons her sagen. Wir fuhren auf Staatskosten. Und der Staat musste sparen und Panzer und Kanonen bauen. (Mit leeren Sitzplätzen im Erste- und Zweite-Klasse-Abteil).

Und ich vernahm unsere Mutter neben mir immer wieder nur weinen.

Kaum sichtbar auf der Bank im dunklen Abteil uns gegenüber saß eine Frau mit zwei Kindern, von dem das kleine öfters laut weinte. Sie hatten dasselbe Ziel wie wir: Rielfingen.

Derweil unser Kleiner ein Vorbild unter Menschen zu werden schien mit seiner Stille, trotz seiner sonstigen Lebendigkeit.

Gelegentlich flüsterte mal unsere Mutter mit der Frau gegenüber. Und ich bekam mit, dass sie beide nicht schliefen, sondern nur lauschten, ob feindliche Flieger uns in Ruhe ließen oder auch den Zug bombardieren und beschießen könnten. Hier wären wir ihnen wohl hilflos ausgeliefert mit einem wohl nur dünnen Blechdach über dem Kopf.

An mehreren Bahnhöfen hatte der Zug gehalten: Köln–Bonn und weiter. Und später irgendwann nach Mitternacht an einem sehr großen Bahnhof mit vielen Schienen nebeneinander und aufeinander zulaufend, langsamer werdend, dann bremsend und stehen bleibend mit Ruck und ein Lautsprecher dann draußen vor dem haltenden Zug flüsterte mehr als zu verstehen war: „Frankfurt am Main – Hauptbahnhof. Hier Frankfurt am Main – Hauptbahnhof. Bitte beeilen!"

Dann fuhr der Zug aber auch schon gleich wieder los, kaum dass er gehalten und unsere Mutter vielleicht Wasser in meine Flasche auf dem Bahnsteig hätte füllen können. Rückwärts diesmal fahrend der Zug. Und ich dachte zunächst: Was soll denn das? – zurück …?

Es sei ein „Sackbahnhof", sagte meine Mutter und zeigte mit beiden Händen, was das bedeute: mit der rechten Hand gegen die Innenhand der anderen stoßend.

Also saßen wir jetzt in Fahrtrichtung.

Ich sann darüber nach, was am heutigen Tag alles passiert war mit uns.

Ich war jedoch wieder eingeschlafen bei dem erneuten eintönigen Kloak – Kloak – Kloak und dem Rööööööörööööö und dem Nachdenken über das Geschehene. Bis unsere Mutter mich – ich weiß nicht nach wie langer Zeit – auch schon weckte und sagte: „Heiner, wir müssen jetzt umsteigen, wir sind wohl schon in Stuttgart. Schon im Süden. Heiner, wach auf!"

Draußen vor den Zugfenstern zogen im Morgengrauen zerbombte Häuser links und rechts hinter den Gleisen vorüber, ähnlich wie zuvor in Köln und auch in Frankfurt am Main. Dort nur wegen der Dunkelheit noch schlecht zu sehen gewesen. Hier schließlich mehr in der trüben Helle des Morgengrauens zu erkennen.

An vielen Häusern hingen die Fußböden von oberen Etagenwohnungen noch schräg nach unten herab in der Luft, als könnten sie jeden Augenblick irgendwo losreißen und nach unten stürzen. Ähnlich wie die Decken der Wohnungen heute Morgen bei uns.

Es ist schon ganz Deutschland wohl zerstört, dachte ich, obwohl die von Endsieg reden. Wer glaubte denen denn noch? Keine Großstadt ist mehr ganz, dachte ich.

Aber dann kamen links und rechts mehrere Gleise auf uns zugelaufen und der Zug fuhr langsam rollend in eine Halle hinein und bremste scharf. Und durch die Öffnung der aufgehenden Türen und aufgemachten Fenstern sagte ein Lautsprecher: „Stuttgart Hauptbahnhof, hier Stuttgart Hauptbahnhof. Bitte alle aussteigen: Der Zug endet hier. Zum Personenzug nach Ulm über Sigmaringen, Menningen und Saulgau auf Gleis Sieben. Der Zug wartet schon. Bitte beeilen."

„Das ist unserer!", sagte unsere Mutter. Wir stiegen aus, auch unsere Abteilnachbarn kamen mit.

Wir mussten nach unten eine Treppe runter unter einem Tunnel durch und eine Treppe wieder hoch. Dort wartete schon ein Schaffner vor offenen Türen des Zugs und trieb uns zur Eile an, aber wir mussten einen bestimmten Waggon erst suchen, wo wir für uns reservierte Plätze fänden. „Weiter vorne! Weiter vorne! Nummer soundso (ich weiß nicht mehr, welche er nannte). Sie sehen es schon!", fuhr er uns unfreundlich an, als ob wir Schuld für irgendetwas hätten.

Ohne unsere Mutter in meine Flasche im Rucksack aus dem Bunker etwas Wasser nur an einem kleinen plätschernden Brunnen am Bahnsteig füllen zu lassen, trieb uns der Bahnbeamte zur Eile und zum Weitergehen und Einsteigen an. Auch unsere Zugnachbarin von vorhin, mit ihren Kindern, unsere Mitreisenden, trieb er vom Brunnen weg in den Zug. Derweil meine Mutter ihm jedoch zeigte, was eine Harke ist, glaube ich: Sie ging – als wir unseren Waggon gefunden hatten – einfach noch mal raus und auf den Brunnen zu, die Flasche seelenruhig unter den Strahl haltend, wie ich aus dem Fenster beobachte, ich aber bannig Angst bekam, der Beamte könne den Zug abfahren lassen ohne sie. „Staatsgewalt – lernte ich später – wäre das gewesen. Da dürfe von Zivilpersonen nicht eingegriffen werden!"

Dann aber – meine Mutter – noch der ihr zugelaufen kommenden Nachbarin deren Flasche aus der Hand nahm, diese gleichfalls volllaufen ließ, und am Bahnbeamten dann vorbei – ihm freundlich zunickend und ich glaube sogar Danke sagend, in den Zug einstieg und ins Abteil kam, das unsere Plätze barg.

Dort tranken wir alle erst mal einen Schluck Wasser.

Booaa! – Wie Wasser gut schmecken kann, wenn man Durst hat – das glauben wohl nur Durstige oder solche, die das erlebt haben.

Der Zug fuhr an und ab ging die Fahrt aus Stuttgart Hauptbahnhof, der auch ein Sackbahnhof war. Der Zug fuhr daher auch wieder rückwärts raus.

Wir fuhren – wieder rückwärts sitzend – weiter durch das Morgengrauen noch bis Mittag in einem nur anscheinend halb so schnellen Zug mit stark rüttelnden, schüttelnden und ratternden und klappernden Waggons, die einem Angst machten, es könne etwas abfallen von ihnen, eine Tür, ein Fenster rausfallen, der ganze Waggon gar auseinanderbrechen. Oder auch ein Rad verlieren.

Aber nach einer Weile dachte ich, ich könnte ein Angsthase sein: Züge ratterten nun mal beim Fahren, das seien die gewöhnt. Sie würden kein Rad verlieren und wir allesamt im Fahren auf die Schienen fallen.

Aber kalter Wind zog irgendwo seitlich der Fensterscheibe ins Abteil. Der Zug oder die Waggons waren wohl schon uralt. Panzerbauen aus Stahl war wohl auf alle Fälle wichtiger! Und bombensichere, geräumige Bunker für die braune Bagage in Berlin, dachte ich mir.

Es ging weiter mit ihm, weiter nach Süden „Richtung Sigmaringen – an der Donau", sagte meine Mutter.

Der Zug wurde schneller. Langsam wurde es draußen heller. Es ging über Wiesen und Felder. Durch Tannenwälder ganz fern, die dann blitzschnell plötzlich ganz dicht bis an die Scheiben herangerückt kamen, dass man Angst kriegte, sie könnten den Zug jetzt streifen, gar berühren wollen und zur Seite kippen. Kurze Momente aber nur, dann entflohen die Bäume wieder so schnell, wie sie herangerückt waren. Dass man glaubte, jetzt sei der Zug aus den Gleisen gesprungen und nicht die Bäume seien davongeeilt. Und er müsse jetzt zu hoppeln oder springen gleich beginnen. Und man schon mit den Händen nach Halt zu suchen wollte, gleich müsse es losgehen.

Aber er zog unbeirrt weiter und die Bäume wichen wieder zurück, wohin sie gekommen waren. Und blieben eine Weile dort und kamen aber erneut blitzschnell sogar wieder bis an die Scheiben heran, dass man glaubte, sich irgendwo festhalten zu müssen. Aber ich hatte mich wohl geirrt und schämte mich heimlich wegen meiner Angst.

Der Zug hielt überall, an jedem Ort mit ein paar Häuschen und einem winzigen Bahnhof. Kaum war er auf schneller Fahrt, bremste es auch schon wieder. Manchmal, wo nur ein Häuschen stand, von dem ein Sandweg wegführte zu ein paar Häusern weiter. Oder zu einem abgelegenen Dorf mit keinen zehn Häusern hinführte. Oder auch nur einmal ein Hühnerstall neben einem Backsteingebäude stand, das wohl ein Bahnhof war.

Kleine Bahnhöfe ohne Lautsprecher, aber einem rufenden Beamten: „Hier …upfingen! Hier …ausenbach oder …olanzell" oder so ähnlich, verstand ich immer nur.

Gackernde Hühner vor den Fenstern hinter einem Zaun watschelten einmal im Kreis und schauten allesamt zu uns zum Fenster.

Andernorts schnatterten Gänse hinter einem Maschendrahtzaun längs des Bahnsteigs und watschelten und schnatterten um einen Wassertrog. Einige aber neugierig zum Fenster herschauend, als warteten sie darauf, dass jemand etwas zum Futtern aus einem Fester werfe. Den Kopf am langen Hals auch schief haltend, als wollten sie uns fragen: „Wo wollt ihr hin?"

Zum Glück schlief mein Bruder mehr als er wach war. Und trank statt Milch einen Rest Wasser aus seiner Nuckelflasche. Mir schien, das war schon jetzt ein tapferer Junge.

Die Fahrt ging dann durch aufkommendes Schneetreiben und Schneegestöber. Und die ersten Flocken kamen gegen die Scheibe geflogen. Verblieben dort, verliefen aber nach einer kurzen Weile an der Scheibe nach unten. Gefolgt von neuen Flocken. Auch diese verlaufend nach unten. Gefolgt von neuen. Manche sich anscheinend gegen den Fahrtwind wehrend. Hängen bleibend und dann quer verlaufend zum Scheibenrand hin als Wassertropfen.

Andere Flocken klatschten regelrecht gegen die Scheibe, wie von jemandem geworfen. Oder geblasen vom Wind. Vom selben Wind dann jedoch zertrieben auf der Scheibe in Richtung entgegen der Fahrtrichtung. Zu Rinnsalen und kleinen Bächlein aber auch welche verlaufen, manche rennend; oder von einer Bö flach zur Seite getrieben, aber schon wieder durch neue Flocken oder Tropfen von weiter oben ersetzt, und alles wie zuvor von Neuem auf der Scheibe beginnend: Das Hinschauen hatte keinen Zweck! Es war immer das Gleiche und doch immer anders.

Gelegentlich kamen jedoch auch Windböen wuchtig gegen das Fenster gehauen, blasend und fauchend sich anhörend, als wollten sie jetzt den ganzen Waggon in die Luft heben oder zur Seite über die Schienen kippen.

Und nach einer Weile drinnen auf unserer Holzbank vor der Scheibe hatten wir wieder Durst und mir klebte die Zunge am Gaumen nach nur einem Tropfen Wasser oder halt ein Stückchen Schnee nur, was es draußen so viel gab an den Scheiben, und wir hier drinnen nur eine Flocke davon gern gehabt hätten zum Lutschen. Aber die Scheibe klemmte beim Versuch, sie herunterzulassen.

Der Zug hielt dann – noch im Morgengrauen – endlich irgendwo hinter Sigmaringen an einem kleinen Bahnhof. Da war es schon Vormittag.

Hier gab es keinen Lautsprecher. Dafür rief ein Mann mit roter Mütze: „Menningen! Hier Mennigen!"

Das war, nachdem wir eine Weile zuvor dröhnend über eine Brücke und einen größeren Fluss gefahren waren und unsere Mutter meinte, „das ist wohl die Donau".

Gott sei Dank, hier konnten oder sollten wir endlich raus. Hier gab's sicher auch Wasser.

Die Zugfahrt für uns war tatsächlich zu Ende. Gott sei Dank! Auch für unsere Nachbarn im Abteil.

Von dem schneebedeckten Vorplatz würden wir „später abgeholt" – habe er Nachricht, sagte uns der Bahnbeamte. Er sei informiert. „Ein Fuhrwerk mit zwei Pferden sei unterwegs zu uns", sagte er. „Es könne aber noch dauern", sagte er. Samt unserer Zugnachbarn und noch zwei anderen Frauen mit Kindern aus unserem Zug solle er uns ausrichten, würden alle von dem Fuhrwerk abgeholt. Wir könnten hier in der Halle auf zwei Wartebänken warten. Der Gespannführer des Pferdefuhrwerks wisse Bescheid. Der komme aus Rielfingen, um uns abzuholen. Er sei bestimmt schon unterwegs. Lange könne es nicht mehr dauern.

Es dauerte dennoch wie eine Ewigkeit.

Wir saßen alle in einer kleinen, windigen, kalten Bahnhofshalle ohne Warteraum und Heizung auf harten Bänken. Aber mit Wasser endlich zum Trinken aus einem Waschraum des Bahnhofs, in dem es bis vor die Tür draußen nach Toilette roch wie im Bunker bei der Männertoilette.

Und wir warteten und warteten auf das Kommen des Pferdefuhrwerks draußen vor dem Bahnhofseingang durch eine Glastür lauernd.

Gegen Mittag kam das Fuhrwerk an und es ging dann los: draußen in kalter Luft. Auf einem offenen Leiterwagen, auf quer zur Länge des Wagens angebrachten Sitzbrettern hockend, mit kleinen Haltegriffen an den Seiten, mit vier Rädern aus kräftigen Speichen aus Holz, und Eisenbänder draufgenagelt rundum, wie bei uns zu Hause auf der Straße die Bierkutschen zum Bierlokal, das es nun auch nicht mehr gebe. Jetzt nicht mehr!, fiel mir erschreckt ein.

Und hier jetzt wieder durch Schneetreiben fahrend. Mit zwei Gäulen mit Decken über den Rücken, die Vorder- und Hinterbeine der Pferde aber stark wie Baumstämme. Und mit Hufen aus blanken Eisen darunter wie Bratpfannen groß.

Sie sollten uns nun nach Rielfingen ziehen.

Aber nicht im Galopp, wie ich trotz des Windes leise gehofft hatte, sondern in gemächlichem Trott zum Rhythmus der breiten Hinterbacken der Pferde: Eins – zwei, eins – zwei, eins – zwei …

„Wie lang?", fragte unsere Zugnachbarin den Kutscher. „Eine gute Stunde muss man rechnen", sagte er. „Wir haben Wind von vorne. Die Pferde müssen gegenan ...", lächelte er.

Der offene Leiterwagen hätte auch so Spaß gemacht, wär's nicht plötzlich wieder so kalt und windig geworden. Der Wind pfiff uns mit Schneeflocken ins Gesicht und um Nase und Ohren und den Mantelkragen meiner Mutter mit dem unterm Mantel verborgenen Bernd.

Nur den Pferden schien's nichts auszumachen. Die hoben und senkten nur die Köpfe beim Gehen, als wollten sie uns sagen: „Ja, ja, wir gehen. Uns macht der Schnee nichts aus! Ihr kommt schon an! – Geduld – Geduld! Eins – zwei – Geduld – Geduld. Eins – zwei – Geduld – Geduld. Eins – zwei ...

Nach auch endloser Fahrt und steif gefroren erblickten wir durchs Schneetreiben in der Ferne endlich ein auf uns zukommendes Dorf mit schon verschneiten Dächern und einem viereckigen Kirchturmdach darüber uns entgegenblickend.

Es dauerte aber dennoch lange, bis wir auf unserem Gespann das Dorf erreicht hatten. Mit jedem Schritt der Pferde rückte es dem Anschein nach erst zwei Schritte vor, dann aber wieder einen zurück, dann wieder wie zuvor ...

Endlich in der Mitte des Orts anscheinend angelangt, sagte der Kutscher zu den Pferden dann: „Brrrrrr", und sie blieben prompt auf der Stelle stehen wie Soldaten. Neben einem einige Schritte entfernten rechteckigen Kasten aus Beton und Eisenbändern.

In seiner Mitte schauten zwei gebogene Rohre aus einer dicken, senkrechten Säule heraus. Ein „Dorfbrunnen" sei das, antwortete der Kutscher, als ich ihn nach dem rechteckigen Ding gefragt hatte. Wasser aber liefe erst wieder ab dem Frühjahr, weil es sonst einfriere im Winter, fügte er aber gleich hinzu.

Die Schwaben schienen nicht so redebeflissen wie die Rheinländer, dachte ich. Denn die Worte über den Brunnen waren erst seine zweiten Worte, nach dem Brrrr zu den Pferden bei der Ankunft hier. Und unterwegs hatte er nicht ein einziges Wort geredet. Nur mal mit der Peitsche gelegentlich geknallt, als ob die

Pferde eingeschlafen sein könnten, worauf diese tatsächlich einen Schritt schneller zulegten.

Der Kutscher beauftragte aber jetzt zwei Jungs, die sich in der Nähe mit Schneebällen bewarfen, den Schultheiß zu holen, „wir seien da!"

„Der Schultheiß ist der Bürgermeister hier vom Dorf", antwortete der Kutscher meiner Mutter auf die Frage, wer das sei.

Mir fiel ein, viel hatte der Kutscher nicht gesprochen auf der Fahrt vom Bahnhof bis hier her: „Brrr" und „Dorfbrunnen" und zu den Jungs wegen des „Schultheißen". Also drei Mal vom Bahnhof Menningen bis hier.

Ich schaute ihn an, ob er vielleicht Zahnschmerzen habe? Dann solle man freilich den Mund zuhalten bei Wind und kaltem Wetter, hatte ich mal auf dem Schulhof gehört. Unsereiner ist ja auf das, was auf dem Schulhof in den Pausen gesprochen wird, vielfach angewiesen, um sich mehr Wissen anzueignen.

Ich fragte den Kutscher dann aber noch, ob das große Nest auf dem schrägen, viereckigem Kirchturmdach oben zu sehen, ein Rabennest sei.

„Rabennest?", fragte er als viertes Wort zurück, und dann zum fünften, die Antwort: „Das ist ein Nest für Störche! Die sind nur jetzt in Afrika. Die kommen aber im Frühjahr wieder. Die wohnen nur im Sommer bei uns."

„Hier in unserem Land mit Krieg?", fragte ich zurück und er antwortete: „Bislang ja. Im Frühjahr werden wir's ja sehen. Noch haben wir hier von Krieg nur gehört im Radio aus den Städten."

Meine Mutter schaute mich an. „Hmm", dachte ich. Ein erstes Storchennest! Noch nie gesehen. Und doch vielleicht keine Zahnschmerzen beim Kutscher. Und von Krieg nur gehört im Radio? Und Störche – dachte ich – fliegen einfach weg und kommen im Frühjahr wieder? Müsste man auch machen können, dachte ich: Wegfliegen und wiederkommen, wenn kein Krieg mehr irgendwo ist. Wenn doch, dann was anderes suchen.

Die Vögel haben es besser, dachte ich. Sie könnten wegbleiben, wenn sie wollen, kam mir in den Sinn.

Das Schneien hatte aufgehört. Dafür blies uns der Wind stärker um die Ohren und meine Mutter hatte den Kleinen mit einer kleinen Decke vom Fuhrmann und ihrem Mantelkragen vor der Brust verborgen, während wir auf den Schultheiß oder Bürgermeister warteten.

„Die Schwaben scheinen nicht so redebeflissen wie die Rheinländer", flüsterte meine Mutter mir nun auch ins Ohr. Und ich freute mich über ihre Aufmerksamkeit und den gleichen Gedanken wie ich. Trotz ihrer unerschütterlichen Wachsamkeit für unseren Bernd.

Nach langem Warten kam endlich ein Mann anmarschiert in Ledergamaschen, brauner Uniform mit schwarzem Hakenkreuz auf rotem Band am Ärmel tragend und brauner Mütze und „Heil Hitler" grüßend und uns drei auffordernd, abzusteigen und mitzukommen.

Er trug eine Pistole in einer Tasche am Gürtel und marschierte quer über den Platz auf ein kleines Häuschen gegenüber zu, das ich schon die ganze Weile betrachtet hatte mit der Hoffnung … es könnte unseres werden. Und ich hatte recht behalten!

Er winkte unserer Mutter, ihm zu folgen. Schloss die Tür auf, trat ein, knipste Licht an und sagte: „So! Hier können Sie erst mal wohnen. Es gehört einem leider gefallenen Landarbeiter von uns. Seine Frau ist daraufhin weggezogen zu ihrer Schwester. Dass Sie mal woanders hinziehen müssen, ist wohl erst mal nicht zu befürchten. Sie können hier wohl so lange bleiben, bis der Krieg gewonnen ist. Den Kinderwagen können Sie auch hier neben dem Waschraum aufbewahren", zeigte er auf eine Ecke neben einer Treppe nach oben. „Zwei Zimmer sind dort oben", sagte er noch. „Morgen oder übermorgen sollten Sie zu mir ins Rathaus kommen, noch Kurzes zu erledigen, wegen Anmelden und Schule für Ihren Jungen und was sonst noch ist. Und Lebensmittelmarken bekommen Sie dort auch. Und Hilfe, wenn Sie irgendwelche Fragen haben.

Der Zweitschlüssel vom Haus ist auch hier. Weiteres bekommen Sie dann noch im Rathaus von meiner Sekretärin mitgeteilt. Die ist ganztags über dort.

Um die Ecke ist ein Laden mit allem Möglichen; der Bäcker liegt hier ein Stück die Straße weiter hinter dem Laden."

Er gab unserer Mutter den Zweitschlüssel und sagte „Ade!"

Ich sah: Der Wagen mit den anderen Mitfahrenden fuhr weiter, wohl an andere Orte im Dorf, und der Mann in Uniform marschierte den Pferden voraus mit Pistole am Gürtel. Und ich dachte noch: „Sieh an! Der glaubt im Ernst wohl an Kriegsgewinn für Deutschland. Der kennt wohl nur das Dorf und seine Partei. Der hat unsere Straße gestern Morgen nicht gesehen. Oder die zerbombten Städte unterwegs, wie wir heute Morgen", kam mir in den Sinn. „Kennt Krieg angeblich nur aus dem Radio und was seine siegreiche Partei ihm von oben meldet."

Es war das zweitkleinste Häuschen des Dorfs, wie wir später mal feststellten. Es besaß aber zwei kleine Zimmer unterm Dach und eine gar nicht kleine Wohnküche mit Abstellraum und Waschraum mit Toilette und Treppe im Parterre. Mit einem verschneiten, schmalen Streifen Garten vor und links und rechts um das Häuschen herum nicht zu vergessen.

An der Rückseite lagen drei große Reihen Holzscheite knapp bis zur Dachrinne gestapelt, mit einem Bretterdach gegen Schnee und Regen abgedeckt.

Ein kleiner Herd stand in der Wohnküche mit Holzscheiten daneben liegend, aber mit feuchten Streichhölzern und ohne Papier. Es war kalt und feucht im Haus wie draußen.

Unsere Mutter machte sich aufs Geratewohl auf zum Nachbarhaus, einem lang gezogenen Bauernhaus mit Giebel und Wohnbereich zur Straße her, dahinter zwei Ställe und zwei Scheunen im lang gestreckten Haus.

Sie war auf gut Glück hingegangen, um Zündhölzer und zwei Handvoll Stroh zum Anzünden des Herds zu erbitten.

Als sie endlich wiederkam, lächelte sie erstmals wieder seit zwei Abenden zuvor beim Zum-Bunker-Gehen, und sagte, die Bäuerin habe gesagt, wenn wir sonst dringend etwas brauchten, „sollten wir uns melden", wir seien „jetzt schließlich Nachbarn". „Und wenn mal Fliegeralarm im Dorf kommen sollte – wonach ich sie gefragte habe", sagte unsere Mutter – „sollen wir rüberkommen zu ihr, sie habe einen einigermaßen geschützten Kartoffelkeller am Ende vom Haus in einer Berghalde eingelassen. Dort sei man geschützter als im Haus, weil das ein Keller unter der Erde sei. Aber noch hätten sie keinen Fliegeralarm hier gehabt."

„Also doch nicht ohne Krieg im Dorf?", dachte ich.

Die Worte mit dem Angebot, „wenn wir sonst etwas brauchten, uns zu melden", hat meine Mutter der Frau – glaube ich – nie vergessen. Ich aber auch nicht.

Nicht lange danach begann der kleine Herd jetzt schnell zu bullern und warm zu werden. Und da klopfte es draußen gegen die Tür und die Nachbarin stand davor mit einer Kanne Milch und einer großen Schale Äpfel in der Hand und ein Stück Brot und Butter und eine ganze Leberwurst in einem Korb zusammen liegend.

Eine ganze Leberwurst habe ich noch nie gesehen.

Jetzt hatte unsere Mutter wieder Tränen in den Augen und ich mit wegen dem Brot, der Leberwurst und der duftenden Äpfel.

Mein Bruder aber bekam danach erst mal einen Becher heiße Milch vom warmen Herd. Und sie und ich danach auch.

Im Dorfladen in der Nähe besorgte sie noch vor dem Schließen das Nötigste und beim Bäcker nicht weit entfernt dessen vorletzten Laib Brot noch ergatternd. Gegen Lebensmittelmarken freilich wie bei uns zu Hause, die sie auch in ihrer Tasche hatte. „Guck mal an: klug!", dachte ich. Zur Not waren selbst solche jedoch in der Bunkertasche. Aber angeblich brauche man diese bei uns in der Stadt, selbst wenn man in einer Gastwirtschaft was essen wolle. Dann käme die Kellnerin an mit einer Schere in der Hand an den Tisch zum Abschnippeln der Marken von der Karte. Und danach gab es erst das Essen.

Denn ohne Lebensmittelkarte gab es auch trotz Geld im Dorfladen wie auch beim Bäcker oder sonst wo nichts zum Essen zu kaufen; in ganz Deutschland wohl nicht. Ist rationiert, weil es die ganze Welt ja erobern muss!, dachte ich. Und im eigenen Land darum gespart werden müsse. Selbst wenn es mehr als halb zerbombt sein würde, kam mir in den Sinn.

Anderentags richteten wir uns das Häuschen erst mal ein und besorgten uns weitere Kleinigkeiten aus dem kleinen Laden in der Nähe, wie Feueranzünder, Streichhölzer und anderes, was ich jetzt vergessen habe. Ja! Nadel und Zwirn. Unsere Mutter ist ja Schneiderin, nee: Schneidermeisterin von Beruf, die braucht so was immer, und wenn's nur zu einem Knopf annähen ist. Und einen weiteren Laib Brot beim Bäcker und drei Salzbrezeln besorgte sie. Die kannte ich nicht: Salzbrezeln. Hmmm! Das waren dolle Dinger. Die schmeckten! Die hatten wir zu Hause noch nicht gesehen. Die sahen ähnlich aus wie eine Zahl Acht, die gebacken ist und mit Salz bestreut.

Und unsere Mutter putzte jetzt die verschmutzten Scheiben, als wolle sie das Häuschen jetzt zu ihrem machen. Und ich mit einem gelben Besen aus Stroh fegte das Haus von oben bis unten und vor der Eingangstür den Schnee weg bis zum Trottoir davor und rundum.

Hätte ich meine Mundharmonika noch gehabt, die hatte sterben müssen unter der Luftmine und den Brandbomben, hätte ich unserer Mutter am Abend jetzt ein Lied als Ständchen in der warmen Wohnküche gebracht.

XV

Ich musste den übernächsten Tag noch vor Weihnachten zur Schule hier im Dorf. Wir fanden darüber einen Zettel am anderen Morgen im Briefkasten vom Bürgermeisteramt.

Die Schuljahre eins bis vier saßen alle zusammen in dem einem n, die oberen Schuljahre in dem anderen Raum. Das Gebäude lag oben auf einem Bergrücken in halber Höhe des Kirchturmdachs schräg gegenüber dem Friedhof liegend. (Kirchhof hier genannt).

Also heute noch Schulranzen kaufen mit Schiefertafel, Griffel, Putzlappen und Schwamm im Dorfladen, fünfzig Schritte weiter um die Ecke. War ja alles verbrannt zu Hause.

Nach einem ruhigen, etwas trostlosen, aber irgendwie doch auch heimischen und ich meinte auch friedlichen Weihnachten in einem sehr warmen Häuschen im Parterre, zwar ohne Weihnachtsbaum, aber einem großen Tannenzweig von der Nachbarin mit einer Kerze mit Halter aus einer der Schubladen der Wohnküche (Töpfe und Sonstiges hatte die vorherige Besitzerin nach ihrer Wegreise zum Glück hier gelassen), feierten wir dennoch Weihnachten. Und weinten. Obwohl wir es gemütlich hatten. Aber das Schlafen nachts, nicht im Bunker, sondern und unter offenem Himmel nur das Dach über einem, war erst ungewohnt und auch ein bisschen Angst machend.

Aber wir verbrachten danach und später einen ruhigen Januar mit gelegentlichem Schneien und einem Besuch der Frau aus dem Zugabteil hier her. Meine Mutter besorgte Knöpfe im Dorfladen und Faden und Zwirn, um dem mit mir gleichaltrigen Jungen der Frau zwei abgegangene Knöpfe an seiner Hose und Jacke anzunähen.

Es war ein kalter Winter, erinnere ich mich noch.

Am beginnenden März fuhren erstmals seit unserem An-kommen im Dorf dann Wehrmachtssoldaten in den Ort und besetzten einige Höfe und Plätze mit ihren Pkws und Lkws mit Kanonen hinten angehängt, unter Bäumen abgestellt gegen Blicke eventueller feindlicher Erkundungs-Flieger.

Zunächst fragten sich die Bewohner, was die Soldaten hier wollten.

Aber das klärte sich schnell. Sie sollten am Dorfeingang an der Straße, die von Nordwesten kam und in einem dann etwas linkem Bogen durchs Dorf nach Osten Richtung Menningen und Ulm zuführte – eigentlich eine Hauptverkehrsstraße von der Stadt Sigmaringen über das Dorf Marbach im Westen zu der Stadt Menningen im Osten und weiter nach Ulm, eine aus Holzstämmen bestehende Panzersperre errichten. Genau in Höhe zweier und sich am Dorfeingang gegenüberstehender erster Häuser, mit denen das Dorf begann. Holz war ja das, was es hier im Süden reichlich gab.

Daher waren sie aus Baumstämmen aus den umliegenden Wäldern.

Sie hatten zunächst einen schweren Lkw und Anhänger mit-gebracht und fuhren damit frisch im Wald gefällte und zur rechten Länge gesägte Baumstämme neben die Stelle, wo die Sperre ent-stehen sollte. Einen Bagger hatten sie auch.

Dann aber wurde die Stelle mit der zu errichtenden Sperre erst mal abgesperrt von der Wehrmacht für uns Dorfbewohner mit Bändern, Verbotsschildern und Wachposten, mit Ausnahme für die an der Stelle wohnenden Bauern und ihren Angehörigen.

Man konnte alles nur noch aus einer gewissen Entfernung be-trachten, was da geschah oder geschehen sollte. Nach Meinung meiner Mutter ohne Rücksicht auf die Besitzer und Eigentümer der links und rechts liegenden ersten beiden Häuser am dortigen Ortseingang.

Die Stämme versenkten sie dann links und rechts der Straße jeweils von der Hauswand an der Hausecke beginnend senk-recht bis nicht ganz zur Mitte hin, zwei Meter oben rausblickend.

Und zwischen diesen nun beidseits senkrecht stehenden Stämmen sollten im Fall der Fälle von Hand die noch offene

Mitte versperrt werden mit waagrecht, quer reinzulegenden Baumstämmen. Wegen der jetzt nur noch drei Meter breiten, zu verbarrikadierenden Öffnung, konnten die Stämme von mehreren Männern per Hand reingelegt werden. Damit war die Straße dicht.

Damit man aber vom Dorf noch weiter rein und raus konnte, auch um notfalls auf die Felder zu kommen, blieb zunächst aber diese Mitte offen. Vorerst. Auch damit – wenn der Feind zurückgedrängt werde nach Westen oder erst gar nicht erscheine – die Dorfbewohner mit ihren Fuhrwerken das Dorf verlassen könnten zu ihren im Westen liegenden Feldern. Es schien meiner Mutter, als baue man für die Ewigkeit.

Es verblieb dem Feind nur noch dann die Möglichkeit des Umfahrens des Dorfs mit der Gefahr hier, aus Waldrändern angegriffen zu werden. Und Gewässer umfahren zu müssen mit Brücken, die allenfalls Fuhrwerke trügen von der Last her, nicht jedoch schwere Panzer.

Im Ganzen: schlecht zu umgehende und für Fremde unkalkulierbare Hindernisse, die aber auch dazu führten und animierten einem verantwortlichen Dorf schwer zuzusetzen durch Beschuss.

Im Grunde aber doch so was wie ein letztes Aufgebot einer Ortschaft gegenüber den heranrückenden Angreifer, bei dem es fraglich sein konnte, wer dabei zuletzt die Oberhand behielt. Der ausweichen Könnende dürfte nach Adam Riese die Oberhand behalten. Das dürfte der bewegliche Teil eher sein; der Kommende und wegfahren Könnende.

„Eine Verzweiflungsangelegenheit für ein Dorf", sagte mir meine Mutter, die mit unseren Nachbarn schon vorgesorgt hatte für den Fall einer Flucht aus dem Dorf nach Süden hin, wenn es so weit sei.

Das schienen die Bewohner auch so gesehen zu haben und blieben fern und entschlossen sich zur Neigung, aufzugeben. Denn ihr Krieg war es ohnehin nicht. Zumal der Gegner offensichtlich die besseren Karten in der Hand hatte.

Doch nicht wenig Angst schienen die Menschen im Dorf zu haben, meinte unsere Mutter.

Überhaupt, wenn zugleich Wehrmachtssoldaten schussbereit hinter der Sperre lauerten und die vielleicht den Berghang heruntergefahren kommenden Fahrzeuge der Franzosen zielsicher abschießen konnten. Dann stand die Frage, wer am Ende bessere Aussichten hatte. Das Dorf konnte nicht fliehen. Die Bewohner nur ohne ihre Häuser und ohne ihr Hab und Gut.

Angst sprach sich darum rum im Ort. Dass jetzt, wenn die französische Armee anrückte, nicht nur die Sperre zerschossen werde, sondern der ganze Ort als Widerstandsnest betrachtet und mitzerstört werde. Schon allein aus Wut!

Damit war der Krieg jetzt auch auf dem Land.

Und ein Fluchtweg nur in zwei, drei Kartoffelkeller im Ort möglich.

„Kein Bunker", hatte meine Mutter ja schon bei der Herfahrt vom Kutscher erfahren.

Über den Kutscher, der uns hier hergefahren hatte, erfuhren wir übrigens: Er war gar kein Kutscher, sondern ein Bauer im Ort, der neben Kühnen auch Pferde besaß. Und mit diesen gelegentlich in Schlamm oder Matsch versunkenen Fuhrwerken mit Kuhgespann zu Hilfe kam.

Einen Lanz Bulldog gab es auch, aber für den gab es keinen Kraftstoff mehr.

XVI

Wegen der Angst der Ortsbewohner berief sich der Dorfschulze, wie der Schultheiß auch noch genannt wurde, auf „Befehle von oben". Der Reichsregierung gar, wie mir meine Mutter sagte.

„So ein Quatsch!", meinte sie. „Als ob der Hitler sich persönlich um das Dorf hier kümmere. Der bangt jetzt nur noch für sich und höchstens Berlin herum."

Jedoch als es im Januar mal in der Schule Apfelsinen gab, hatte die Lehrerin erzählt, „die hat der Führer für euch Kinder geschickt", und alle hatten es wohl geglaubt und zu Hause erzählt. „Der Führer hat uns Apfelsinen ..."

Das Dorf hatte Angst bekommen, als es losging mit der Panzersperre.

Aber der Schultheiß hatte vorgebaut und durchsickern lassen: Und wenn jemand aus dem Dorf eine notwendige Maßnahme verhindern wolle, sei das Sabotage und mit Todesstrafe bedroht. „Mit standrechtlicher Erschießung", soll er einmal fallen gelassen haben.

Nach den Worten meiner Mutter bedeute dies: Erschießen auf der Stelle und sofort.

So was zu riskieren, wagte wohl niemand aus dem Dorf, sodass des Bürgermeisters Befehl oder Befehle wohl niemand widerstehen würde.

Und dass die Franzosen von hier unten gut beschossen werden könnten, wenn sie oben am Berghang erschienen und zu sehen seien am Tage, dürfte wohl stimmen. Aber umgekehrt wohl auch, war die Meinung im Dorf.

Drum warteten und bangten alle, was wohl mit der Sperre und drumherum irgendwann geschehe.

Das gewitterähnliche Donnern am westlichen Himmel ließ etwas nach und schien fast ganz zu verschwinden.

Unsere Mutter, die diese Nachrichten über die Sperre zu uns ins Haus gebracht und mich freilich informiert hatte, bekam Angst über das, was sich da durch den Bürgermeister zusammenbrauen könnte. Denn von oben am Berg, oberhalb der Dächer liegend, konnte die französische Armee das Dorf beinahe wohl bis auf jedes einzelne Haus beschießen und zerstören, meinte sie.

Der ehemalige, vorherige Bürgermeister und nicht Nationalsozialist war in der Partei des Zentrums gewesen – nach Wissen unserer Mutter – und war 1933 von den Nationalsozialisten abgesetzt und der jetzige an seiner Stelle ohne Fragen der Dorfbewohner eingesetzt worden. Seitdem herrsche mit dem jetzigen Bürgermeister auch im Dorf wie in Deutschland überhaupt nur noch Befehl und Gehorsam, nach meiner Mutters Meinung vom Hörensagen.

Während seiner Herrschaft im Dorf hatte er ihm unliebsame Bäuerinnen – wie sie erfahren hatte – und über 50-Jährige, nicht zum als Soldaten eingezogene Dorfbewohner nach Gehör unserer Mutter gedroht, wenn sie nicht für den Führer seien, hier nach dem Krieg und dem Sieg gegen Russland, sie „nach Sibirien verschickt" würden. „Übergesiedelt" würden. Dort könnten sie sich neue Höfe als Ersatz erstellen oder die von den entmachteten russischen Bauern übernehmen und diese als Knechte oder Leibeigene beschäftigen. Soll er gesagt haben. Deutschland brauche Land schon wegen des Verlustes von Kolonien in Afrika, hatte er angeblich gesagt.

Die Leute waren eingeschüchtert worden, weil viele glaubten, Deutschland könne tatsächlich den Weltkrieg gewinnen und somit die Nationalsozialisten dann tun und lassen, was sie wollten. Und dann käme das Gesagte auf sie zu.

Erst als vor und in der Stadt Stalingrad während eines eisigen Winters 1942/1943 die deutsche Wehrmacht eingekesselt worden war, hörte das Großmäulige des hiesigen Bürgermeisters – wie unsere Mutter erfahren hatte – etwas auf. Aber nach ihrer Meinung zu wenig. Er schien ohnehin nie der Schlaueste aus dem Dorf gewesen zu sein. (Nach einer Information unserer Nachbarin an unsere Mutter war er in der Schule ein Sitzenbleiber gewesen.)

Das Gehörte machte meiner Mutter Angst vor dem Mann und seinen Vorhaben hier im Dorf mithilfe der Wehrmacht.

Die Wehrmachtssoldaten hatten jetzt anscheinend ihre Aufgabe mit der Sperre aber erfüllt und fuhren eines Morgens jedoch wieder ab.

„Ich werde", sagte unsere Mutter, „schon mal deinen Rucksack packen mit Wasserflaschen und Äpfeln und dem Nötigsten, damit wir aus dem Dorf sofort flüchten können, wenn's losgehen sollte und du nur noch die Riemen deines Rucksacks um dich schnallen brauchst. Wasser ist das Wichtigste für den Bernd und auch für uns, wie du von der Herfahrt nach Rielfingen noch weißt. Im Wald nach Süden ist die empfohlene Richtung. Unsere Nachbarin sagte, sie komme mit. Und vielleicht noch mehr. Der Altbauer Struwe vom Hof gegenüber mit seiner Tochter und Enkelin auf alle Fälle auch, hat er mir versichert. Vielleicht sogar das ganze Dorf, wie meine Nase mir flüstert", meinte sie.

Was aber erst geschehen sollte, „wenn tatsächlich die von Westen heranrücken wollende französische Armee sich nähern und alles todernst aussieht. In Ordnung?", fragte sie.

Ich habe noch alles in Erinnerung und hatte ihr zugenickt.

Ich fand das gut, was sie tat und vorbeugte. Verrückte Krieger wie den Bürgermeister oder „GröFaz den Zweiten", wie ich ihn nun zu Hause nur noch nannte, müsste man einsperren, dachte ich. Meine Mutter jedoch war nicht dumm, dachte ich. Und fliehenden Zivilpersonen täten die Franzosen vielleicht gar nichts. Warum auch?, überlegte ich. Die Nazis hatten schließlich den Krieg befohlen und nicht die verbotenen Parteien aus Deutschland. Und nicht das Volk befragt, ob sie Krieg wollten oder nicht. Das dürften die gegnerischen Länder Deutschlands wissen und sicher nicht vergessen, im Falle ihres Sieges.

Das Getöse des Propagandaministers Goebbels aus einem Saal durch den Rundfunk sei nur Vorspiegelung falscher Tatsachen, sagte unsere Mutter zu mir. „Wer weiß, ob man denen beim Betreten des Saales nicht Lebensmittelsondermarken in die Hand gedrückt hatte, damit sie kräftig klatschten", meinte sie und fügte noch hinzu: „Wenn das nicht mal alles nur Parteigenossen waren, im Saal, die langsam Angst bekamen, weil der Krieg immer mehr nach Verlieren aussieht."

Noch aber sollte hier die Sperre am Dorf bis zuletzt offen gehalten werden, denn die Bauern sollten und wollten und mussten ja bis auf Weiteres auch noch über diese Straße zu ihren Feldern im Westen und Nordwesten, außerhalb des Ortes.

Wir hatten Frühjahr. Und Arbeit wartete auf den Feldern. „Brot, Kartoffeln und auch Äpfel und Beeren – alles kommt nur aus der Erde", sagte unsere Mutter. „Alles, was du siehst, stammt nur aus der Erde und der Luft und der Sonne und vom lieben Gott. Ohne diese Dinge lebten keine Tiere und Menschen auf der Erde, und gebe es auch kein Wasser", sagte sie mal zu uns beiden. „Die Erde wäre ohne dies nur ein runder, roter Aschehaufen."

„Außerdem", meinte sie die weggefahrenen Soldaten noch betreffend, „ich bin mal gespannt, wie schnell die dann zurück sind, wenn sie schlau sind."

„Und wenn sie dumm sind?", fragte ich dumm zurück.

„Wenn dumm, dann sind die pünktlich wieder hier, um die Sperre zuzumachen, mein Junge", antwortete sie.

Meiner Mutter machte das in Wirklichkeit aber nicht wenig Angst. Und mir dann auch, weil ich meinte, dies auch bei ihr trotz ihrer Narretei zu spüren.

Nur mein kleines Brüderchen machte weiterhin ein zufriedenes Gesicht, wohl auch wegen der reichlichen Milch, die es hier in Rielfingen aus der Molkerei zu kaufen gab, und unsere Mutter viel Brei mit Haferflocken oder Grießbrei kochte. Aber auch Pfannkuchen backte, dicke, mit Speck, den sie von der Nachbarin hatte. Und sogar Eier von der Nachbarin bekam sie. Die Pfannkuchen schmeckten viel besser als die zu Hause im Rheinland nur mit Margarine gebackenen.

XVII

Durch die nun erwartete Bedrohung aus der Richtung des Schwarzwaldes kommend, verblieben die Tage dann doch lange nicht mehr so ruhig wie zu Anfang zu Weihnachten und noch im Januar herum, und wie wir angenommen hatten, es vielleicht bliebe. Schon wegen des ständigen Lauschens und Horchens nach Westen zu den Wäldern und Bergen hin bestand Unruhe und ließ einen fürchten, gleich passiere etwas und es ginge dann blitzschnell los. Zumal in weiter Ferne das gewitterähnliche Kanonendonnern auch mal wieder lauter wurde.

Das einzig Vorteilhafte hier im Dorf für uns war, dass wir bislang keine Fliegerangriffe mit Bomben auf uns hatten. Etwas, wogegen wir in unserer Heimatstadt wehrlos ausgeliefert gewesen waren am Tag. Ein Vorteil der Evakuierung!

Zwei Wochen lang war es jetzt dann so einigermaßen ruhig im Ort. Aber wie von leiser Angst umgarnt.

Es schien aber, als warte alles nur, was nun wohl komme. Denn das Donnern, mal leise und auch wieder laut, war von nun an fast Tag und Nacht aus der Ferne zu hören. Mal von ganz weit und leise, ein anderes Mal lauter und Angst machend nah. Dann vorübergehend ganz verstummend. Man war sich zuweilen nie sicher, war es die heranrückende Front oder ein frühes Sommergewitter?

Unsere Mutter hatte im Dorfladen einen gebrauchten Volksempfänger, ein kleines Radio, gekauft gehabt, um wieder wie vormals zu Hause durch solch einen Apparat zu erfahren „was Sache" sei.

Aber nach ihrer Ansicht waren die Nachrichten zwischenzeitlich so, als sei der Krieg aus Deutschland wieder verbannt und Hitler immer noch ein siegreicher Feldherr, obwohl er nach Meinung unserer Mutter immer weniger im Radio zu hören war mit seiner etwas gackernden, kehligen Stimme. Und auch der singende Kriegspropagandist Goebbels redete weniger oder fast gar nicht mehr. Deutschland währenddessen aus allen Himmelsrichtungen nach Mutters Meinung jeden Tag enger eingekesselt und eingezingelt werde. Immer „kleiner und bald winzig" werde, „laut dem Flüstern im Dorf oder auch den Nachrichten aus dem Radio", sagte sie.

Angst ging um.

Ich jedenfalls fand, das Dorf sei mit Angst wie von einem Spinnennetz umgarnt; denn auch kaum noch ein Geräusch kam aus irgendeiner Richtung oder Ecke des Orts; selbst die Kühe schienen etwas zu merken und brüllten weniger, meinte ich! Sodass man nur ihr Kettenklirren hörte.

Auch die Leute, mittlerweile – so sagte unsere Mutter – flüsterten nur noch miteinander im Ort, als ob sie fürchteten, im Westen von den anrückenden Franzosen gehört zu werden. Des Nachts machte das noch mehr Angst.

Es kam aber erst Anfang April, als die Tage längst wieder heller und länger wurden, als vom Himmel im Westen lauter werdendes Donnern begann und dann auch nicht mehr aufhören wollte, so schien's.

„Das stammt aber nicht von einem frühen Sommergewitter", sagte schließlich unsere Mutter leise zu mir, damit unser kleiner Bernd das nicht mitkriegen sollte.

Das Donnern dauerte Tage an und auch nachts. Blitze hingegen sah man auch nachts keine. Drum war das stark verdächtig und nach Kanonendonnern denken lassend!

Die Schule des Dorfs wurde plötzlich von einem Tag auf den anderen geschlossen. Der Unterricht eingestellt. „Bis wieder Nachricht ergeht", sagte unser Fräulein Lehrerin in der letzten, von ihr erteilten Schulstunde.

Das verhieß nach unserer Mutter, jetzt werde ernst.

Dann rückte aber noch eine „SS" genannte Soldatentruppe ins Dorf.

Diese SS – das fiel gleich auf – die waren das Gegenteil von freundlichen deutschen Soldaten: auffallend unsympathische, ungehobelte, krakeelende Kerle von Militärs mit brutalen, mürrischen

Gesichtern; kein freundliches Wort wie andere deutsche Soldaten zu Kindern des Dorfs.

In polternden Stiefeln und laut lamentierend. Die sich auf den Höfen im Ort ungefragt nahmen, „was sie wollen und kriegen können", berichtete unsere Mutter. „Wie Räuber im Dreißigjährigen Krieg", meinte sie und sagte: „Ach so. Habt ihr sicher in der Schule noch nicht gehabt, den Dreißigjährigen Krieg. Die Geschichte, oder?"

„Dreißigjährigen …? – Nee!", sagte ich.

Sie verbat mir jetzt, wegen dieser SS auch nur vor die Haustür zu treten.

Sie meinte: „Die zeigen draußen Manieren und Benehmen wie Ochsen in einem Rosengarten. Denen ist zu trauen wie einem jeden Moment wild werdenden Wespennest", meinte sie.

Zum Glück blieb die SS aber nur wenige Tage.

Durchs Fenster zur Straße hin beobachtete ich jedoch einmal einen von diesen Kerlen, wie er vor unserem Haus einem friedlich daher gewatschelt kommenden Gänserich mit einem langen Knüppel auflauerte. (Ich dachte, ist der doof? Was will der damit?)

Das Tier kam ihm – arglos und unbekümmert den Kopf erhoben – friedlich in die Luft schnatternd, beinahe tänzelnd entgegen, da holte der mit seinem langen Knüppel aus und traf es mit aller Wucht in halber Höhe seines Halses.

Der Hals brach oder knickte wie ein Strohhalm aussehend und der Kopf sank mit dem abgebrochenen Stück Hals nach unten Richtung zur Erde und das arme Tier versuchte dennoch weiterzulaufen … Letzteres vergesse ich nie!

Und es dann aber zusammensackte und der Kerl ging hin und es einfach an den Flügeln packte und davonschleppte.

Ich wäre am liebsten raus und hätte mir den weggeworfenen Knüppel geschnappt und ihm von hinten eine über den Dez gehauen, dass er mit Nase und Zähnen voll auf den Boden gefallen und ich ihm von hinten hätte noch ein paar auf seinen Schädel geben können.

XVIII

Anderentags ging aber alles dann ganz schnell: Das Donnern in der Ferne im Westen rückte näher und wurde lauter.

Die SS brummte noch am selben Abend nach Osten ab. Der heranrückenden Front entfliehend. Der Mitte Deutschlands zu. Aber „Gott sei Dank", meinte unsere Mutter. „Bloß keine deutsche Gegenwehr. Besonders von solchen Militärnarren und Unzurechenbaren. Hitlers blinden Narren. Denen zu trauen ist wie einem Krokodil, dass eine Woche ohne Nahrung war und einen Frosch vor sich schwimmen sieht", sagte sie.

Sogleich kamen jedoch noch einmal aus dem Osten drei Fahrzeuge mit Wehrmachtssoldaten und Kanonen hinten dran ins Dorf, wie zuvor schon mal welche da gewesen waren.

Man wusste nicht, wozu sie kamen.

Sie stellten ihre Fahrzeuge auf einem großen Hof unter zwei große Buchenbäume und saßen ansonsten nur in ihren Fahrzeugen und schliefen und rauchten und schienen nur auf etwas zu warten.

Als schließlich, nach Vermutung meiner Mutter wohl wegen der sich ändernden Lautstärke, die Franzosen bald oben am Berg erscheinen mussten, wurde der Bürgermeister aufgeregt und hektisch in seiner braunen Uniform, der roten Armbinde mit schwarzem Hakenkreuz und den Ledergamaschen und Pistole am Gürtel – „wie ein Feldmarschall nur ohne Stab" – sagte auch unsere Mutter lächelnd.

Er kam und befahl den Soldaten zur Panzersperre zu fahren und seine weiteren Anweisungen abzuwarten.

Er wollte – das sprach sich blitzschnell herum – jetzt den letzten Rest der Sperre verbarrikadieren lassen von den Soldaten mit der

Hilfe der restlichen älteren Mannsbilder aus dem Ort. Denn es mussten dicke, wenn auch nur vier Meter lange Baumstämme aus Tannen angehoben und quer in die schon links und rechts aus senkrechten Stämmen bestehende Sperre reingeworfen werden. Sodass die Straße vollkommen verriegelt war. Sie könnten nur noch ums Dorf herum längs der Waldränder fahren, wo angeblich deutsches Militär auf sie lauerte. Oder durch Beschuss die Panzersperre total zerschossen werden müsste, wenn das überhaupt erfolgreich ginge.

Der Schultheiß ließ zu diesem Zweck den amtlichen Bekanntmacher, den Dorfausrufer oder Klingelmann nur genannt (auch ein über Sechzigjähriger), der amtliche Bekanntmachungen des Rathauses oder der Regierung von einem Blatt ablesend durchs Dorf klingelnd lief, in Abständen stehen blieb und seinen Text von einem Papier ablas, nun losmarschieren mit der Aufforderung: „Alle männlichen Personen im Ort über 18 Jahre hätten sich unverzüglich vor der Panzersperre einzufinden. Vom Schultheiß befohlen. Sofort! Um sie zu verriegeln, damit der Feind nicht ins Dorf rein und durchs Dorf könne", waren seine Worte. „Im Auftrag des Führers Adolf Hitler!"

Aber keiner der gewünschten Männer des Orts kam irgendwo nach Beobachtungen unserer Mutter auf die Straße! Niemand war zu sehen. Der Ort war wie ausgestorben.

Alle blieben in ihren Häusern und schauten wahrscheinlich durch die Gardinen, was sich jetzt wohl täte.

Der Schultheiß soll getobt haben mitten auf der Straße, sagte unsere Mutter, als der Klingelmann ohne einen einzigen Mann von seiner Klingeltour zurückgekommen sei zum Rathausplatz in der Dorfmitte.

Nur der an einer Zitterkrankheit leidende Bruder eines sich im Krieg befindlichen Bauern sei mit wackligen Beinen angelaufen gekommen; worauf der Schultheiß ihn anbrüllte, was er hier wolle, „er solle abhauen. Verschwinden!"

Der Mann lief angeblich völlig verstört dann wieder nach Hause.

Vor Wut soll der Bürgermeister tatsächlich einmal in die Luft geschossen haben, sagte unsere Mutter. „Aber der Knall verhallte im Wind", sagte sie.

„Die Männer weigern sich wohl", meinte sie zu mir. „Denn sie fürchten sicher zu Recht, das Dorf würde dann beschossen und zertrümmert und in Brand gesteckt." Sie fand das klug von ihnen. Denn dabei kämen wer weiß wie viele dabei um. Und das ohne Bunker, meinte sie.

Jedoch der Schultheiß gab wohl nicht auf und trat danach mit den Soldaten aus den drei Fahrzeugen und seinen beiden auf seinem Hof als Zwangsarbeiter gehaltenen polnischen Kriegsgefangenen auf die Sperre zu und befehligte allen Anwesenden, die dort links und rechts der Straße gelagerten Baumstämme nun in die noch leeren beiden Schächte in der Mitte der Straße zu transportieren. Sodass die Straße jetzt auch in der Mitte verriegelt, eine Durchfahrt nicht mehr möglich und die Franzosen damit nicht mehr weiter nach Menningen, Ulm und Bayern könnten, es sei denn, sie umführen das Dorf auf dessen Wegen drumherum. Die aber fast allesamt nahe der Waldränder verliefen und dort von – laut Schultheiß – deutscher Wehrmacht empfangen und zurückgejagt oder vernichtet würden. Und die eventuell dennoch aufs Dorf zu fahrenden Franzosen obendrein dann von den hinter der Sperre liegenden deutschen Soldaten beschossen würden, sobald sie sich dem Dorf näherten auf der Straße vom Hang oben herunter.

Nach Beobachtung unserer Mutter aus der Ferne und unserer Nachbarin schienen die deutschen Soldaten jedoch nicht begeistert von diesem Auftrag.

Sie war in der Nähe gewesen mit anderen Frauen und hatten zugeschaut und berichtete später über das Geschehen: Als schließlich der Bürgermeister selbst zuerst vorneweg vor den Soldaten auf die noch offene Sperre zu marschiert sei – unmittelbar hinter ihm seine beiden polnischen Zwangsarbeiter und Kriegsgefangenen – tauchte der Bauer auf – ein schon älterer Mann, dessen Hof unmittelbar rechts neben der Sperre lag vom Dorf aus gesehen – mit einer Mistgabel in der Hand, die Zinken nach oben in die Luft haltend. Neben sich seinen polnischen Zwangsarbeiter und rief dem Schultheiß zu: „Nöscht doa! Jetzt isch Schluss doa. Willscht, dasch de Franzose noch desch ganze Dorf zerschieße täte? Und mai Haus als Erschtes wa? Und deins isch weit weg … Ha? – Hau ab! Ihr habt in Deutschland schon zu viel kaputt gemacht. Jetzt isch Schluss! Mach dich davonne! Und komm erscht wieder, wenn de die Sperre hier wieder abbaue willscht."

Der Bürgermeister zog seine Pistole aus seinem Halfter am Gürtel und zielte auf den Bauer und rief: „Verschwind! Oder isch schieß!"

Da sei was Unerwartetes eingetreten, sagte unsere Mutter, die mit anderen Frauen aus dem Dorf nicht weit entfernt gestanden und zugeschaut hatte und mir das später sagte: Der Pole des Bauern – auf dessen Hof er als kriegsgefangener Zwangsarbeiter war wie die beiden anderen Mitgekommenen auf dem Hof des Bürgermeisters, habe vor den Augen der Wehmachtssoldaten dem Bürgermeister von hinten die Waffe aus der Hand geschlagen. Womit der Bürgermeister wohl zu allerletzt gerechnet habe: von einem Kriegsgefangenen angegriffen zu werden.

Das schien ihn toll werden und schreien zu lassen wie ein wild gewordener Esel. Doch die daneben gestandenen beiden Polen des Schulheiß hätten den Schultheiß schon blitzschnell ergriffen und festgehalten und zu viert von der Sperre weggeführt. Und die Soldaten hätten es geschehen lassen, als fänden sie es gar nicht falsch, sondern gar richtig, was da jetzt passiere. Als sei es gar in ihrem Sinne.

Eine Absprache? Keiner wusste anscheinend etwas. Niemand erfuhr auch je etwas darüber! Auch später nicht und nie.

Die Soldaten seien umgedreht und wie auf Befehl dann in ihre drei feldgrünen Pkws gesprungen, die Kanonen zwar noch drangehängt, dann aber davongefahren durchs Dorf. Aber nicht auch Richtung Osten wie die SS am Tag zuvor, sondern nach Süden, zum dortigen Wald. Wo es noch keine Front zu geben schien oder jedenfalls weit weg. Dort ging's in den tiefen Süden des Landes, Richtung fernen Bodensee.

Derweil die drei Zwangsarbeiter den Schultheiß mit dessen eigener Waffe in Schach hielten und zusammen mit dem Landwirt des Hofs in dessen Scheune verschwanden. Und auch erst mal nicht mehr zu sehen waren.

Als meine Mutter sich dann umsah zum Ort, um heimzu-wollen, bemerkte sie, dass urplötzlich hinter ihr vor den Häusern auf den Straßen überall weiße Bettlaken oder Tischdecken als weiße Fahnen aufgetaucht und vor die Türen mit Besenstielen an die Wand gehängt oder gelehnt worden waren. Oder an Fenster-läden hingen.

Sie kam schnell nach Hause und tat etwas Ähnliches mit unserem Besenstiel und einem weißen Betttuch der Vorbesitzerin des Häuschens, und stellte es schräg gegen die Hauswand neben die Haustür und sagte uns, die Franzosen stünden zwar noch nicht oben am Berg, aber es müsse in der Nacht oder morgen damit gerechnet werden. Es könne aber wohl auch jeden Augenblick losgehen. Die Durchfahrt durch die Sperre stehe offen.

Nichts mehr passierte dann aber erst mal.

Die Nacht kam und alles blieb ruhig im Ort. Man hörte nur Kühe blöken, die noch nicht gemolken waren. Was nun nach-geholt und mit Futter versorgt zu werden schien. Das ist das Los der Bauersleute: dass sie ihr Vieh nicht im Stich lassen dürfen und auch nicht tun. Komme, was wolle.

Am anderen Morgen wurde vom Dorf aus mit einem Fern-glas beobachtet, dass am Berg oben die Franzosen mit ihren Fahrzeugen und Panzern standen und mit Fernglasern ins Dorf herunterschauten. Und wohl nur auf Befehle warteten, „um an-zurücken", nach Worten unserer Mutter.

Dann seien jedoch allmählich und ganz langsam – weil sie die weißen Fahnen im Dorf wohl entdeckt hatten – ohne großen Lärm erste Panzer von dort angefahren und im Schritttempo die Straße den Berghang heruntergerollt.

Und dann im Schritttempo durch die noch offene Stelle in der Sperre ins Dorf reingefahren. Wo die Panzer wegen der Breite gerade noch hindurch gekommen seien. Andere Fahrzeuge ohne-hin und hinterher.

Und dann kam alles überraschend schnell: Unsere Mutter kam endlich ins Haus. Wir hatten Angst gehabt um sie. Wir hörten von drinnen das schwere und immer lauter werdende Brausen der Panzermotoren und das heranrückende Brummen der Lkws.

Und wir hörten und sahen mit einem mal durchs Wohnküchenfenster zwei Stahlungeheuer auf Eisenketten zwischen unserem Vorderfenster und dem Dorfbrunnen gegenüber vorüber walzen und brausend nach Süden durch den Ort rollen; Panzer mit runden, drehbaren, schwenkbaren Eisentürmen oben aufgesetzt. Mit waagerecht und auf und ab zielenden Kanonenrohren, die sich schwenkten nach links und rechts und rauf und runter; und wohl jeden Augenblick bei Gefahr in alle Richtungen Feuer spucken könnten.

In unserem Haus zitterte der Boden.

Putz – sahen wir später – war von der Decke gefallen.

Dann schlichen gebückte Soldaten in khakifarbenen Uniformen und Stahlhelmen hinter den Panzern her, mit Gewehren vor dem Bauch gehalten.

„Ein schwarzhäutiger Afrikaner, schau mal", sagte meine Mutter ohne Angst und zeigte ihn vor dem Fenster draußen: ein Mann mit schokoladenfarbener Haut mit weiß blinkenden Augenrändern unter dem Helm. Dieser schlich mit anderen Soldaten hinter ihren Panzern her; Gewehre vor der Brust haltend, die Augen aller abwechselnd nach links uns rechts huschend über die ganze Straße wie Bäuerinnen auf ihrem Hof, wenn sie abends ihre Hühner und Gänse zusammentreiben wollen.

Auch ihre Kameraden hinter ihnen und neben ihnen schlichen in gleicher Positur mit Gewehren in der Hand.

Jedoch nicht lange danach, dann hatten die Panzer im Dorf gedreht und kamen zurück vorbei zur Dorfmitte gefahren. Als wenn nichts wäre.

Daraufhin wurde es ruhiger.

Nur entfernt von der Landstraße nach Menningen hörten wir jetzt weiter unaufhörlich Motorengeräusche brummend durch den Ort fahren.

Nicht lange, dann schrillten plötzlich vom Rathaus in der Nähe kommend Töne, als kratze jemand mit einer Eisengabel über ein Stück Blech, dass die Ohren schmerzten: Kriilll, Kriilll, Kriilll, so ähnlich. Zwei, drei Mal. Dann noch zwei Mal. Unser Schmied hatte kürzlich auf seinem Hof auch mal solche Geräusche gemacht gehabt mit Kratzen eines Eisenzinkens über Blech.

Und dann darauf erst ein pfeifendes viiiii, dann ein dunkler Ton eines Lautsprechers „Acht… Acht…", stotterte die Stimme. Wie auf einem Jahrmarkt zu Hause mal. Das Mikrofon wollte wohl jemand erst mal ausprobieren. Und dann noch mal die Stimme: „Achtung, Achtung. Hier spricht die französische Armee. Hier spricht der Kommandant! Folgen Sie sofort unseren Anweisungen. Belassen Sie Ihre weißen Fahnen vor den Fenstern und Türen. Den Bewohnern des Dorfs geschieht nichts, wenn sie unseren Anordnungen folgen." Aber er sprach mit Akzent: „Befolgen Sie unserä Anwaisungen. Und vielleicht äh verstäcktä Solldattänn: Kommänn Sie aus Ihren Verstäckenn mit …ärobbenen …änden! Sofortä! Gäbben Sie alle Kampfandlungen auf! Äs geschieht Ihnen nichts."

Er wiederholte: „Achtungä, Achtungä. Ann alle Bewohnärr: Gäbben Sie auch alle Waffän ab, die Sie abbänn. Alle Waffännn. Jetzt sofortä! Sofortä ier vor ihrem Ratttaus… Mit erhobenen … änden! Alle Waffäänn. Soforttä!"

Dann danach: „Alle Bewohnärr: Gäbbän Sie auch alle Radioapparatää ab am ä Ratttaus. Allää Radioapparatää am Ratttaus. Alle Waffäänn änd alle Radioapparatää. Jetzt Sofortä! Achtungää, Achtungää …"

Er wiederholte alles noch mal. Man verstand alles sehr gut. Und der Ton war eher freundlich als böse oder drohend.

Er musste sehr laut sprechen, denn von der nicht weit entfernt liegenden Straße nach Menningen hörte man ununterbrochen Panzer und andere Fahrzeuge durchs Dorf gen Osten Richtung der Stadt Menningen zu rollen und brummen. Und unsere Mutter sagte, sie hoffe, Menningen würde ebenfalls seine Panzersperre nicht verschlossen haben. Was man später erfuhr, dass es so war.

Auch unsere Mutter schnappte aber gehorsam sofort unser kleines Radio, den man Volksempfänger nannte, das mit dem

Goebbels drin. Dass sie hier gebraucht bei unserem Einzug im Dorfladen bekommen hatte. Zusammen mit einem neuen Schulranzen (Schultornister) für mich. Das Radio: um erfahren zu können, was sei und eventuell komme im Land.

Sie zog seine Schnur aus dem Stecker und trug es aus dem Haus um die Ecke unserer Straße zum Rathausplatz.

Und kam ohne Angst im Gesicht nach einer Weile zurück. Ich bewunderte sie; sie schien jetzt hier überhaupt keine Angst zu haben.

Am frühen Nachmittag vernahm meine Mutter vor unserer Haustür von Nachbarn, dass die Franzosen den von den Polen ausgehändigten Bürgermeister auf dessen eigenen Hof vor den Augen seiner Frau hatten erschießen wollen.

Die beiden Polen von ihm – seine Gefangenen – hätten sich aber dagegen ausgesprochen mit den Worten, als ihr Bauer und Herr sei er aber immer mit ihnen gut umgegangen. „Er sei nur politisch halt ein bisschen verdreht im Kopf." Oder „vielleicht auch nur gemusst verdreht!", hätte einer gesagt.

Die Fürsprache und das „nur politisch halt ein bisschen verdreht im Kopf" schien ihm das Leben gerettet zu haben. Er wurde erst mal in dem winzigen Gefängnisraum im Rathaus eingesperrt und zwei Tage später nach Sigmaringen – zur (bisherigen) Kreisstadt, zur Kommandantur der französischen Armee gebracht.

Das Brummen von Motoren durch den Ort jedoch sollte jetzt noch Tage und teilweise noch Wochen dauern. Auch Menningen hatte seine Panzersperre – zum Glück – offen gelassen wie bei uns.

Aber keiner schien im Dorf jetzt mehr Angst vor den Franzosen zu haben.

Der Krieg war zwar nicht vorbei, aber für das Dorf schien es so auszusehen. Die Front lag hinter uns und entfernte sich gar. Und zu verdanken hatte das Dorf, von den sich weigernden älteren männlichen Bewohnern abgesehen, den zwei polnischen Zwangsarbeitern und Kriegsgefangenen und dem Hofbesitzer neben der Sperre.

Da es keine Radios mehr gab und der Bürgermeister gefangen genommen war, wusste freilich niemand, was nun ist und noch käme oder kommen könne hier im Ort.

Was überhaupt los sei in Deutschland oder hier im Süden des Landes.

Aber schon nach wenigen Tagen trauten sich die ersten Dorfbewohner wieder auf die Straße. Und kurz darauf plätscherte plötzlich, erstmals seit unserem Ankommen im Ort, der Dorfbrunnen gegenüber unseres Hauses auf seinem leicht erhöhten, gepflasterten Platz. Klares – schmackhaftes – immer kaltes, frisches Wasser aus einer Originalquelle angeblich irgendwo aus einem Berg im Nordwesten plätscherte aus seinem Hahn. Und das sollte einen ganzen Sommer und Herbst lang plätschern, wie Einheimische aus dem Dorf uns sagten.

Schon am Abend trauten sich die ersten Bäuerinnen daher ihr Vieh aus ihren Ställen zum Tränken her zum Brunnen zu führen. Sich viel Arbeit sparend, statt wie im Winter über Eimer für Eimer Wasser, Kuh für Kuh und andere Tiere wie Ziegen und Schafe und Rösser und Schweine in den Stall oder die Ställe zu schleppen, war dies nun nur noch für ihre Schweine, Ziegen, Schafe oder Federvieh nötig, die zu klein waren, um aus dem Brunnen zu trinken. Denn Wasserleitungen hatten die wenigsten Höfe in ihren Scheunen, sondern nur in ihren Küchen oder Waschräumen, und so mussten sie es tragen in die Ställe.

Zwei Tage darauf wagten sich vereinzelte ältere Männer aus dem Dorf zur Durchgangsstraße nach Menningen hin und setzen sich auf die Maueromrandungen der Misthaufen zwischen Straße und Bauernhäusern dort und beobachten die auf der Straße an ihnen vorbeirollenden Fahrzeuge der fremden Armee.

Keinen Franzosen schien das zu stören.

Jemand sagte, es seien zwei Tage später auch Kinder mal mitgegangen. Und ein Junge habe mal keck mit der Hand an seinem Mützenschirm von Weitem einen vorbeifahrenden französischen Soldaten gegrüßt, der vorn neben einer Kühlerhaube eines Lkws in

Fahrtrichtung gesessen habe. Worauf der Soldat mit militärischem Gruß die Hand am Schirm des Helms zurückgegrüßt habe, als sei der Junge sein vorgesetzter General.

Daraufhin seien vor Freude alle Kindermützen neben dem Jungen in die Luft geflogen, hörten wir.

XIX

So vergingen erst mal weitere Tage. Man wusste von nichts. Hörte nichts. Nur französische Fahrzeuge rollten fast ohne Unterbrechung durchs Dorf.

Bis eines Tages die Nachricht auch zu unserer Mutter drang: Deutschland habe „kapituliert". Hitler und Heinrich Goebbels seien tot. Sie hätten sich selbst umgebracht. Der Krieg sei aus!

Und da war schon Anfang Mai.

Einige Tage darauf durften wir wieder auf die Straße, ohne dass noch jemand kontrolliert wurde.

Der Bäcker begann wieder Brot zu backen. Er war vom Kriegsdienst befreit gewesen, wie auch der Schmied. Nur der Sohn des Bäckers war als Soldat eingezogen.

Bislang hatten wir die Tage nur noch von Kartoffeln und Nudeln gelebt. Die Molkerei war abends ohnehin fast immer offen gewesen. Schließlich versorgte sie auch die Stadt Menningen im Osten mit Milch und Butter. Das Hinbringen, Abliefern und Abholen war unaufhaltsam und niemand hätte auch gewusst, wie das einzustellen sei. „Eine Molkerei ist ein Lebensquell im Dorf, wie das Herz eines Menschen oder Tieres, das weiterläuft, komme da praktisch was wolle", war unserer Mutters Meinung.

Der Dorfladen einer älteren, allein lebenden Frau machte wieder auf, besaß aber außer Streichhölzer und Talgkerzen und wenig anderem wie Schiefertafeln und Griffel für uns Schüler, nicht einmal mehr Schuhbänder im Angebot. Nur Milch gab es in der Dorfmolkerei, aber auch auf den Höfen für uns Evakuierte reichlich. Und auch Butter.

Der ehemalige Bürgermeister beziehungsweise Schultheiß des Orts saß in Sigmaringen im Gefängnis, erfuhr unsere Mutter.

Das Dorf befehligte eine Kommandantur der französischen Armee im Ort vom ehemaligen Rathaus aus.

Die Schule blieb weiterhin geschlossen.

Eine Woche darauf, an einem Nachmittag, geschah für alle etwas Unerwartetes: Plötzlich dröhnten – von Süden kommend – die Stiefel eines Trupps deutscher Soldaten im Gleichschritt ins Dorf. In Zweierreihen nebeneinander kamen da etwa zwanzig Mann im Marsch ins Dorf marschiert: Troattt, troattt, troattt kamen sie den Weg oder die Straße des Hangs vom Süden in den Ort der Dorfmitte zu.

Ohne Helm und Waffen. Nur ihre Käppis auf dem Kopf. Die Hände im Nacken verschränkt. An ihren Koppeln baumelten ihre wohl nur leeren Proviant- und Wasserbeutel.

Genau vor dem Brunnen blieben sie stehen und standen still wie auf Befehl! Und in Formation, so wie sie marschiert waren.

Leute kamen aus den Häusern geeilt und schauten zu den Männern, die mit ernsten, blassen, eingefallenen Gesichtern und starren Augen an ihnen vorbei zur Mitte des Dorfs marschiert waren. Ich sah sie auch kommen.

Alles blieb stehen und schaute nur. Keiner wagte etwas zu sagen oder zu fragen.

Es waren deutsche Wehrmachtssoldaten, die sich wohl im Süden in den Wäldern versteckt und das Ende des Krieges abgewartet hatten und sich jetzt wohl ergeben wollten.

Ob es jene waren, die zugelassen hatten, dass der Schultheiß von den drei polnischen Gefangenen festgenommen worden war, wurde vermutet, weil sie nicht nach Osten wie die anderen Militärs gefahren waren, sondern nach Süden. Sicher wusste man es aber nicht, denn in Uniformen sehen Soldaten erst mal alle gleich aus.

Den Franzosen im Rathaus aber wurde dies vorsorglich – und wohl im Sinne der Soldaten – sofort zugetragen.

Die Gewehrläufe der französischen Wachsoldaten im Dorf hatten die Hereinmarschierenden schussbereit verfolgt Meter für Meter und Schritt für Schritt.

Das hatte gefährlich ausgesehen mit den gezielten Rohren! Bis der Trupp dann wie von selbst auf Kommando plötzlich gegenüber unserem Haus vor dem plätschernden Brunnenwasser stehen geblieben war. Die Arme aber weiter erhoben und die Hände im Nacken verschränkt.

Französische Soldaten umzingelten sie jetzt mit Gewehren. Inspizierten und tasteten sie rund rum ab von den Schultern bis zu den Füßen.

Ein französischer Offizier trat heran, sprach mit einem deutschen Soldaten, der ihn wohl verstand, worauf sie dann alle die Arme runterließen.

Und einer nach dem anderen durfte daraufhin zum Brunnen zum Trinken und seinen Trinkbeutel mit Wasser füllen.

Da klatschten Umstehende vom Dorf laut in die Hände: wohl als Lob an die französische Armee gedacht für die erlaubte Geste des Wasserholens und Trinken-Dürfens.

Danach kamen aber auch schon zwei Lkws der Franzosen angefahren und der Offizier forderte die deutschen Soldaten auf, aufzusteigen.

Was anderes wäre nach Meinung meiner Mutter aber auch nicht zu erwarten gewesen. Und schon wegen Versorgung von Essen für die Hereinmarschierten war dies notwendig. Sie mussten erst mal von der Besatzungsarmee in Gewahrsam genommen werden. Erst danach könnte nach ihrer Ansicht von Oberen der Armee entschieden werden, was mit ihnen geschehe. Entlassung oder Gefangennahme. Ersteres sicher noch nicht.

Bewaffnete Franzosen sprangen in die Fahrzeuge. Die Ladeklappen hinten gingen hoch und die Lastkraftwagen fuhren davon in Richtung unserer Durchgangsstraße und offenen Panzersperre nach Nordwesten.

Das Intermezzo war vorbei. Aber mit anscheinend friedlicher Andeutung. Und es schien auch irgendwie die Luft im Dorf entspannt zu haben. Man fühlte mit einem Mal Angst abfallen beim Anblick der französischen Armee. Vielmehr als am Tage nach der Kapitulation am 8. und 9. Mai, die durch einen Aushang am Rathaus und vom Tingelmann per Auslauf bekannt gegeben worden war.

Aber vom Brunnen entfernt umstehende Frauen hielten Taschentücher in der Hand und weinten über die fortfahrenden Männer.

Unsere Mutter auch.

Jede hatte wohl gemeint, oder gar gehofft, es könne gar einer der ihren, der eigene Mann, Sohn oder Vater unter den Hereinmarschierten gewesen sein.

XX

Die im Ort auf den Höfen lebenden älteren Männer und die Bäuerinnen wagten sich nach ein, zwei Wochen allmählich dann erstmals mit ihren Kuh- oder Ochsengespannen auf ihre Felder ums Dorf, um sie zu bestellen. Das schien erlaubt worden zu sein. Das Frühjahr schien ja schon bald vorbei.

Die Schule blieb weiterhin geschlossen.

Dann folgten aber schlimme Zeiten: Hungersnot hörte man, könne Deutschland jetzt drohen. Nach Hörensagen wurden sie vor allem in den Städten befürchtet. Meine Mutter nickte, als könne sie so was Kommendes nachvollziehen. „Keiner, auch wer noch was hat, verkauft mehr etwas, weil er auch nicht weiß, ob er das Verkaufte anderswo sich neu beschaffen könne. Auch die ganze staatliche Organisation ist zusammengebrochen", sagte und meinte sie. „Es gibt sie nicht mehr. Von niemandem ist noch etwas zu kriegen. Und die Menschen in den Städten verhungern. Wer soll ihnen was geben? Wenn die Bäcker kein Mehl mehr bekommen, können sie nicht backen. Wer etwas in Reserve hat an Essbarem, an Nahrungsmittel, behält es zunächst für sich", sagte unsere Mutter. „Wer Kartoffel eingekellert hat, lebt von seiner Reserve, bis sie verbraucht ist. Wenn die Alliierten uns nicht helfen, gibt es Hungertode in den Städten", sagte sie mir.

Noch merkte man hier bei uns im Dorf aber nichts. Für unser Dorf schien so was schlicht nicht möglich. Rar-Werden von etwas ja – aber Hunger schien „nicht sehr aussichtsreich", wie unsere Mutter sagte.

Aber in den Städten und Großstädten schienen das Gefahren zu sein oder zu werden, laut unserer Mutter und den Meldungen aus unserem Radio, das wir jetzt wieder zurückerhalten hatten.

Wir dachten erstmals wieder an unser Zuhause im Ruhrgebiet und fühlten uns hier sicher. Nach unserer Mutter war davon für uns nichts hier zu befürchten. Milch gab's weiterhin in der Dorfmolkerei.

Der Bäcker im Ort verkaufte vorerst allerdings nur noch halbe Brote, gegen die alten Lebensmittelkarten.

Uns selbst half unsere Nachbarin. Unsere Mutter half ihr dafür in Stall und Scheune.

Der Sommer kam und die Schule im Dorf wurde wieder aufgemacht und die Schüler aufgefordert, die Schule wieder zu besuchen. Alles Amtliche wurde inzwischen durch Aushang am Rathaus bekannt gegeben und der bisherige Dorfausrufer wieder seines Amtes bekleidet. Er war wohl kein Nazi gewesen.

Das Fräulein Lehrerin von zuvor, das von uns immer begrüßt werden wollte und musste mit dem Heil-Hitler-Gruß: Bei ihrem Betreten des Raums wir unaufgefordert auf Kommando aus den Bänken aufspringen müssend in den engen Gang zwischen den Bankreihen, den rechten Arm schräg in die Luft geworfen und „Heil Hitler" gebrüllt, sobald sie drin im Raum die Tür hinter sich geschlossen, und als Erste Heil Hitler gesagt hatte; sie war jetzt bei uns durch einen freundlichen älteren Herrn mit leicht ergrauten Haaren ersetzt, der aufzupassen schien, dass ja niemand aus Versehen wieder aufsprang und diesen Gruß vielleicht gegen die Decke des Klassenraums trällere.

Er sagte nur lächelnd „Guten Mooorgen" in gar nicht militärischem Ton.

Und wir auch, und rutschen wieder auf unsere Bänke.

Und er hinter dem Pult Platz nehmend und lächelnd und weiter in den Raum schauend, als wolle er uns fragen: „Wie geht's? – Habt ihr ausgeschlafen?"

In der Oberklasse war ebenfalls ein älterer Herr, anstelle des anderen Lehrers zuvor, erschienen. Beide früheren – Lehrerin wie Lehrer – seien Parteigänger der Nationalsozialisten gewesen, hörten wir. Und deshalb abgesetzt. „Nazis", sagten wir Kinder jetzt freilich auch, statt wie bis dato wie erwartet Nationalsozialisten oder Parteiangehörige. Wohnhaft waren beide in Minningen gewesen.

XXI

Der Sommer kam. Der Spätsommer und der Herbst näherte sich. Im Dorf traten ruhigere und entspanntere Zeiten an, aber die ersten Bittsteller – trotz Reiseverbot mit dem Zug in eine andere Zonengrenze als der eignen – traten im Dorf auf. Wer bei der Ernte helfen konnte und wollte, bekam etwas. Andere bekamen oft wenig oder standen vor verschlossenen Türen.

Unsere Haustür blieb aber offen für jemanden, der klopfte. Unsere Mutter gab von dem, was sie selbst hatte durch Hilfe bei unserer Nachbarin. Es waren überwiegend Frauen mit Kindern und gelegentlich alten Männern oder alten Frauen – die Großeltern der Kinder.

Unsere Mutter sagte immer zu uns: „Wer so was mit ansehen kann, und nicht gibt, was er aber entbehren könnte, muss selber sehen, wie er damit fertigwerden kann."

Unsere Mutter half ja auch der Nachbarin, aber auch anderen Bäuerinnen auf den Feldern und Höfen, deren Männer ebenfalls aus dem Krieg nicht zurückgekommen waren. Und so konnten wir von dem von dort Bekommenen auch fast immer etwas abgeben. Auch die anderen evakuierten Frauen taten dies. Die Bäuerinnen waren froh und brauchten Hilfe. Wir Evakuierten waren froh und dankbar für das, was wir dafür erhielten. So bestand Frieden und Freundlichkeit und Dankbarkeit zwischen uns.

Wir bekamen dafür Milch und Kartoffeln, Butter und auch Geschlachtetes. Wenn das Schlachten von Schweinen auch rationiert war auf unbestimmte Zeit je ein Schwein pro Jahr und Familie. Auch Mehl und Eier zum Spätzle-Machen hatten wir immer. Und schwarz geschlachtet wurde auch, was unsere Mutter wusste.

Es gab nämlich einen älteren Bauern im Dorf, der mal Metzger gelernt hatte. Ein Fachmann also. Der im Dunkeln kam und im Dunkeln wieder ging.

Unsere Mutter lernte sogar Pflügen mit zwei Kühen als Gespann.

Ich war richtig stolz auf sie und saß an schulfreien Nachmittagen mit meinem Bruder am Feldrand des Ackers, um ihr zuzuschauen, wie sie – wie sonst Bernds Kinderwagen, jetzt den Eisenpflug vor sich dirigierend – hinter dem Gespann herschritt und – langsam aber sicher – Furche um Furche längs des Ackers zurücklegte, sodass das noch umzupflügende Stück Acker in der Ackermitte immer kleiner und schmaler wurde von Tag zu Tag, immer schmaler und dann nichts mehr übrig blieb für ihr Gespann, vollständig der Acker umgepflügt dalag und zum Himmel schaute und auf neue Saat oder Bepflanzung wartete. Und wohl jeder Bauer oder jede Bäuerin auch auf Gottes Hilfe hofft.

Und die Kühe auf den Höfen abends wieder Klee zum Futtern kriegten, immer als Belohnung für ihre Schwerarbeit auf den Äckern.

Meine Mutter imponierte mir bannig, wie sie das hinlegte: Furche für Furche pflügend und abschreitend, ab und zu mal „Hüüüh" rief, damit die Kühe nicht meinten, einschlafen zu dürfen beim Gehen; sie hatte sogar gelernt mit der Peitsche zu schlagen – nee, nee – nur in die Luft zu knallen wie unser Fuhrmann im Dezember von Menningen her, damals durchs Schneetreiben. Wodurch die Kühe jedoch nach jedem Knall jedes Mal wieder munterer wurden, als seien sie tatsächlich aus einem Nickerchen im Gehen erwacht. Und tatsächlich sichtbar einen Schritt zulegten. „Eine Schneidermeisterin mit solch grobem Werkzeug …", sagten vielleicht auch manche Leute.

Gelegentlich rief sie aber auch mal „Ohaah" zu den Kühen, was für diese anhalten hieß: stehen bleiben! Wasser im Eimer kriegen – verschnaufen für Mensch und Tier am Ackerrand. Unsere Mutter aus einer Wasserflasche, die sie vor sich am Pflug baumeln hatte, einen tiefen Schluck Wasser nahm wie ein Mannsbild. Meist aber immer nur am Ende einer Furche.

Derweil ich neben dem Holzgitter meines Bruders am Ackerrand hockte, während er auf einem Grasrand versuchte, seine Bauklötze zum Stehen zu bringen. Und manchmal aber auch schon nach 'ner Fliege oder Bremse tatschte, die ihm wohl zu frech geworden war.

Einmal jedoch markierte er unsere Mutter ungewollt wohl nach, als er aus dem Kindergatter rauswollte – ich vermutete zum Pipi-Machen – er aber stattdessen in gebückter Haltung wie unsere Mutter drin im Acker, längs der äußersten Ackerfurche zockelte wie ein älterer Bauer halb gebückt hin und her mit dem Oberkörper wackelnd. Aber zurückgetrottet kam, als ich ihn rief.

XXII

Die vom Hörensagen in den Großstädten aufkommende Hungersnot verschonte uns drei daher und auch die anderen Evakuierten im Dorf, die Ähnliches erlebten wie wir.

Im Gegenteil: Wenn Bettelnde aus nahen oder fernen Städten bei uns im Ort auftauchten und an unserem kleinen Häuschen sich nicht trauten, anzuklopfen, ging unsere Mutter hinaus, lief ihnen nach, rief sie und gab immer, was wir hatten und uns wieder besorgen konnten oder ohnehin bekamen.

Das große Kommen von Hungernden aus den Städten des Landes schien noch ausgeschlossen, denn es gab von den Siegern gegen Deutschland erhobene Reiseverbote für Bewohner von einer Besatzungszone zu einer anderen.

Nur fragte sich jeder wohl, wie das gehen soll in ganz Deutschland bei einer zusammengebrochenen staatlichen Struktur.

Im Herbst aber strömten – wie die Leute erzählten – dann in Scharen wie Ameisen Frauen und Kinder und alte Männer aus dem Bahnhof aus Menningen über die Felder und Wiesen und Wege der Dörfer, um nach Essbarem zu bitten, etwas zu tauschen und vor allem auf den abgeernteten Feldern um die Dörfer herum nach liegen gelassenen, übersehenen oder beschädigten Kartoffeln zu suchen, liegen gelassenen oder verlorenen Getreideähren, und vor allem – legal – Fallobst an den Wegen und Straßen rund um die Dörfer aufzulesen und zu sammeln, auch, um gegen eine Sachspende etwas Essbares zu bitten. Immer nur Mütter mit Kindern. War ein Mann dabei, war es erkennbar der Großvater der Kleinen. Erst wenige Männer aus dem Dorf waren im Laufe des Sommers aus dem beendeten Krieg nach Hause gekehrt, nach den Worten unserer Mutter. Meist solche, die körperlich beschädigt waren und in den Gefangenenlagern nicht brauchbar waren zur Arbeit. Jedoch alle Frauen bangten und hofften auf doe Heimkehr ihrer Männer und Söhne.

Unsere Mutter sprach nie etwas über unseren Vater. Es sei denn, wir fragten sie was. Sie sorgte nur den ganzen Sommer über für Rosen aus unserem Gärtchen rund ums Haus. Sie standen in einem kleinen Väschen auf einer Kommode in unserer Wohnküche neben einer Fotografie von ihm. Ob sie hoffte, dass er vielleicht doch noch lebte, wusste ich nicht und traute mich auch nicht zu fragen.

Ich hatte den Eindruck, als verbiete sie sich jedes gewünschte Wort über unseren Vater zu sprechen. Sie tat wohl, als lebte er mit uns und zwischen uns, nur halt unsichtbar.

Aber vor allem viele der ankommenden Städter boten sich an zur Hilfe bei den Ernten, vor allem bei Kartoffeln.

Wer ein solches Angebot erhielt, war wohl ein Glückspilz und konnte einen Sack voll – wenn er oder sie es schaffte – nach Hause zum Bahnhof tragen.

Ansonsten suchten sie auf bereits geernteten Kartoffelfeldern nach liegen gebliebenen oder übersehenen oder vom Pflug beschädigten Knollen, auf abgeernteten Getreidefeldern nach liegen gebliebenen oder ab- und runtergefallenen Ähren; boten sich an zum Helfen beim Ernten der Kartoffeln, und – legal – vor allem auch nach Fallobst unter den Bäumen der gemeindeeigenen Wege und Straßen um die Dörfer suchend. Abends dann das Gefundene kilometerweit zum Bahnhof tragen oder schleppen müssend, wenn die Ernte mal etwas erbracht haben sollte.

Als einmal ihretwegen im Dorf jedoch Unmut oder Unwillen auftrat wegen dem Wort „Bettler", vor allem von Kindern gern benutzt, belehrte unsere Mutter uns beide zu Hause: „Erstens wird man nicht als Bettler geboren", sagte sie, „sondern gemacht. Und zweitens: Wer halt Hunger nie richtig verspürt wie die Kinder hier im Dorf, die von Bettler sprechen, der kennt Hunger halt wie ein Fisch im Wasser den Durst. Eigentlich sind die Kinder daher unschuldig. Nur Erwachsene sollten es besser wissen und allenfalls von Bittstellern sprechen. Aber sagt den Kindern, die Leute bitten nur um Nahrung, weil sie nichts haben außer Hunger. Man muss es ihnen sagen, damit sie wissen, was sie tun. Uns selbst würde es – wären wir noch zu Hause im Rheinland – jetzt genauso ergehen."

Bei den Worten meiner Mutter „Fisch" und „Durst" soll ich mit dem Kinnladen geschluckt haben, als ob ich habe prüfen wollen, wie das funktioniere bei einem Fisch, der Durst habe.

Im Herbst waren im Dorf dann zwei aus Kriegsgefangenschaft entlassene Soldaten heimgekehrt. Die ersten Kriegsheimkehrer des Dorfs.

Alle Betroffenen im Dorf fingen an zu hoffen und meinten wohl, es gehe endlich los, dass gefangene deutsche Soldaten jetzt heimkehren dürften.

Aber es war ein Trugschluss: Beide Heimgekehrten waren Kriegsversehrte, die deswegen wohl zur Arbeit in den Lagern der Siegerländer nicht oder nur beschränkt geeignet, und nur darum entlassen worden waren. Einem fehlte die rechte Hand. Dem anderen der linke ganze Arm.

Ein Heimkehrer im darauf kommenden Frühjahr ging am Krückstock; sein linkes Bein schien schwer beschädigt.

Dann hörte es mit Heimkehrenden aus dem Krieg aber auch schon auf. Die Leute bekamen nach meiner Mutters Worten Angst, dass die nicht Heimgehörten nicht mehr lebten. „Eine ganze Generation junger Männer ist das", sagte meine Mutter. „Schlimm!" Und dann begann sie zu weinen, wohl, weil sie jetzt an unseren Vater dachte.

Unsere Mutter hatte um unser kleines Gärtchen vor und an den Giebeln des Häuschens auch Rosen gepflanzt. Drei frische Blüten steckten davon immer in einem Väschen vor einer Fotografie unseres Vaters in unserer Wohnküche.

Todesnachrichten wie früher durch eine Behörde oder den Bürgermeister gab's nicht mehr. Entweder einer kam überraschend plötzlich nach Hause zu seinen Angehörigen oder es blieb Tag für Tag unverändert, wie es war, und man trug vermutlich die unsichtbare Last des Fehlens weiter mit sich – Tag für Tag und Jahr für Jahr.

Bei uns wechselten die roten Rosen Woche für Woche das Väschen in der Stube. Verwelkte Rosen gab es in dem Väschen jedoch nie. Im Winter steckte eine einzelne, künstliche rote Rose darin. Der Dorfladen hatte sie ihr mal besorgt.

XXIII

Das Elend mit den hungernden Städtern zog sich lange hin und dauerte noch knapp zwei, drei Jahre. Unsere Nachbarin, der unsere Mutter immer half, gab – wie unsere Mutter wusste, jeder Frau, oder altem Mann, die ihren Hof betraten, etwas in ihren Rucksack. Männern gab sie – wie andere auch – Arbeit wie zum Beispiel Holzhacken für den Winter.

Die Anzahl der Bitsteller ließ erst im Herbst 1948 nach, als im Juni davor die Währungsreform, die Geldreform, gekommen war und das alte Geld wertlos wurde durch Ablösung mit der neuen D-Mark.

Für jede Person gab es vierzig Mark vom Staat. Auch für Kinder.

Eine von irgendwelchen Regierungsstellen beschlossene Sache, die keiner genau kannte, aber mit Nasenrümpfen bedacht wurde. Jedoch für jede Person gab es gleich viel: 40 Mark. Das ließ denken, nun seien alle Menschen gleich reich oder gleich arm. Es gebe keine Unterschiede mehr.

Aber unsere Mutter wusste es ein bisschen besser, schien's. Sie sagte: „Nee, nee, Kinder. Vermögenswerte bleiben. Haus. Hof. Fabrik. Wälder. Auch Bankguthaben behalten noch einen Wert 15:1 Mark. Auf euren Sparbüchern zum Glück auch. Nur: Ein altes Reichsmarkstück ist noch 10 Pfennig wert an neuem Geld. Kannst dir für eine alte Mark ein paar Bonbons für zehn Pfennig vielleicht kaufen, wenn's welche geben sollte."

Was sie nicht wissen konnte und keiner: Wochen später verkaufte die Frau des im Krieg gefallenen Klempners im Dorf für eine alte Reichsmark – nach der Geldreform jetzt 10 Pfennige an Wert – in ihrem Laden Speiseeis als Eis am Stiel.

Was Eis am Stiel war, wussten wir Kinder jedoch erst mal nicht. Speiseeis mit Erdbeer- oder Schokoladengeschmack, wie man hörte. Oder auch Himbeere. Vanillegeschmack kam später! In einem dünn gebackenen Hörnchen sitzend, das Eis.

Die Frau Klempnerin mit Werkstatt und Laden, aber ohne Mann, konnte es gebrauchen. Sie besaß ja keinen Hof und Landwirtschaft. Sondern nur die leer stehende Reparaturwerkstatt und davor den Laden für Töpfe, Pfannen und Badezuber. Und ein paar Hühner und Kaninchen haltend für sich hinten auf ihrem Hof.

Die Schaufenster des Ladens zur Straße hin waren jetzt oft Sammelplatz für Kinder mit alten Reichsmarkstücken und Schlecken am Eis im Hörnchen. Der Frau Klempnerin war es nie zu viel, einem Kind für 10 Pfennige des neuen Geldes oder einer alten Reichsmark ein Eis in einem Hörnchen zurechtzumachen und herauszugeben.

Manche meiner Schulkameraden und Kameradinnen empfanden das nicht als erwähnenswerte Wertschätzung. Unsere Mutter aber schon! Und das gab ich vor dem Laden stehend meinen Umstehenden zu beachten. Wenn ein Einziger oder ein einziges Kind in den Laden trat, und die Frau Klempnerin beim Bimmeln der Ladenglocke von hinten aus der Wohnung kam und das Eis in die Hand des Kindes drückte. Das verdiente nach meinem Dafürhalten Respekt!

Zunächst erschien es mit der Währungsreform als seien alle Menschen jetzt gleich. Gleich arm und gleich reich.

„Aber halt nur Schein", sagte unsere Mutter. „Wie die Sonne auf den Dorfteich scheint und sich dort spiegelt, ist's halt nicht die Sonne, die dich anguckt dann, sondern nur ihr Schein. Eine Blendung! Täuschung durch die Natur", sagte sie. „Gleich sind alle nämlich nur an Bargeld. Nicht an Vermögen! Und das auch nur für den ersten Tag!

Denn wer kein Vermögen besitzt, der besitzt nur vierzig Mark, und dabei scheint's zu bleiben", sagte sie spöttisch. „Es sei denn, du hast Arbeit und verdienst was dazu an neuem Geld! Oder hast was gegen Geld zu tauschen. Sonst sind die vierzig Mark schnell alle!

Aber wo findet man Arbeit gegen Geld und wann und wie viel?", meinte sie, die Schneidermeisterin war von Beruf und nur gelegentlich von Dorfbewohnern aufgesucht wurde, um etwas zu reparieren oder zu ändern an alter Kleidung.

So gehe das Leben also ungleich weiter, lächelte sie dennoch dabei, als sie das sagte.

Es passierte dennoch etwas Seltsames im Ort eines Nachmittags: Ein schon klappriger, schwarz lackierter Opel P4 aus der Kriegs- oder noch Vorkriegszeit, ein viereckiges Kästchen aus schwarz lackiertem Blech und auf vier Rädern, ein fünftes hing hinten am Gefährt als Ersatz, mit Motor, pötterte von Süden ins Dorf gefahren kommend auf der leicht abschüssigen Straße, auf der damals der Trupp unbewaffneter deutscher Soldaten einher marschiert gekommen war, hier mit einem Herrn Baron von Waldersfeld am Steuer, sonst keine Person im Gefährt.

Ein bisschen zu schnell oder zu eilig, denn es hüpfte leicht auf der unebenen Straße wie ein zu schnell geschobener Kinderwagen über ein Geröll, der manchmal mehr in der Luft hängt als auf dem Boden rollt, hatte jemand beobachtend gesagt. Aber der Fahrer merkte es dann und fuhr langsamer.

Es gab angeblich – vom Himmel oben kommend – wieder Benzin irgendwo zu kaufen in Menningen oder auch andernorts. Auch Treibstoff für den Lanz Bulldog, den einzigen Bulldog des Dorfes, konnte man in Menningen jetzt kriegen.

Neue Zeiten schienen irgendwie anzubrechen.

Der Baron hielt Schulmädels auf der Straße an, um sich nach dem Haus des neuen Bürgermeisters zu erkundigen. Der alte, ehemalige war irgendwann aus seiner Haft entlassen worden und ging jetzt nur seiner Landwirtschaft nach, er war ja auch nur ein sogenannter „Maulheld" zuvor gewesen in seiner Uniform, wie meine Mutter mir sagte, hatte aber niemanden ernsthaft geschadet im Dorf. Nur dort gedroht mit der Panzersperre.

Die Mädels wollten freilich dem Baron den Weg direkt bis vor die Haustür zeigen und stiegen ein und zwängten sich übereinander – alle in das etwas zu enge Gefährt; nur um mal – zum ersten Mal in ihrem Leben – Auto fahren zu dürfen. Und der Baron fuhr los, wohin der Weg ihm nun gesagt wurde. Der Beobachter soll gefürchtet haben, die Federung des Wägelchens könnte wegen des Gewichts zusammenbrechen.

Man erfuhr das Geschilderte mit den Schulmädchen alles erst Tage später freilich. Und jemand hatte vielleicht auch erst gar gemeint, hier fände gerade eine Entführung junger Mädchen statt.

Der Baron war ein vor dem Krieg vor den Nazis nach Nordamerika emigrierter Mann. Jetzt zurückgekehrt und sein Gehöft und seine Ländereien zurückerhalten, irgendwo nicht weit entfernt im Süden Rielfingens, das anscheinend doch zu den größeren Dörfern im Umkreis zählte mit seinen 300 Einwohnern samt uns Evakuierten. Klar: Hinter der Bahnlinie bei uns im Norden lag ein kleiner Ort mit sechs Bauernhöfen, Zottelbach genannt, der gemeinderechtlich zu Rielfingen gehörte und deren Schulkinder – fünf an der Zahl – jeden Tag über eine halbe Stunde Weg zur Schule bei uns hatten, und die gleiche Zeit natürlich zurück über den Bahnübergang der Linie Sigmaringen–Menningen. Im Winter kamen die oft zur Schule dick eingekleidet wie Nikoläuse und in Stiefeln. Und oftmals schneebedeckt!

Und für all diese Kinder und dem Dorf Rielfingen wollte der Baron angeblich eine Turnhalle bauen lassen. Als Geschenk ans Dorf. Und auch gleich noch auf einer Wiese daneben einen Sportplatz herrichten lassen. „Jungens müssen doch Fußball spielen können", soll er gesagt haben. Dabei wussten wir gar nicht mal, wie das geht. Nach welchen Regeln so was gespielt werde. Nur halt, dass der Ball mit dem Fuß gestoßen und dirigiert werde, und mit den Händen nicht berührt werden dürfe, hatte unser Lehrer gesagt. Und in einen Kasten, Tor genannt, geschossen werden müsse.

Der Bürgermeister sei völlig sprachlos gewesen, ohne seinen Gemeinderat gleich bei sich gehabt zu haben. Habe nur noch die beiden Lehrer auf die Schnelle hinzugezogen und alles erst mal nur vorberaten, was und wie man die Wünsche des Herrn Baron für Rielfingen erfüllen könne.

In trockene Tücher wurde alles erst später mit dem neuen Gemeinderat und der Kreisstadt Sigmaringen gebracht, hieß es. Bisher kannte das Leben doch fast nur Nehmen. Und nun so was? Geben ohne Gegenleistung? (Ja doch! Gegenüber den sogenannten Bettlern war ja alles meist ohne Gegenleistung gewesen. Nur das Wort „Vergelt's Gott!" gab's oft zwei-, dreimal hintereinander.) Oder eine kleine Hilfe auf dem Hof durch einen älteren Mann unter den fast nur Frauen. Holz spalten zum Winter wurde zum Beispiel gerne angenommen und von den Bäuerinnen an ältere Männer vergeben. Oder einen Zaun flicken oder ein Scheunentor, wenn jemand etwas davon verstand.

Aber erst im nächsten Frühjahr solle mit dem Bau von Turnhalle und Sportplatz in der Nähe oben hinter dem Schulberg begonnen werden, hörte man. Dort gab's noch brachliegendes Land angeblich. Und einem geschenkten Gaul guckt man bekanntlich nicht ins Maul.

Ja, so weit ein Lichtblick für den Ort und seine Schüler! Von einem vor den Nazis geflohenen Mann mit seiner Frau. Es soll ihnen hier gedacht werden, wie auch den Polen, den ehemaligen Rettern vielleicht des ganzen Dorfes gegen die Vernichtung.

Einen Sportplatz und eine Turnhalle nur für Schulkinder?, fragten wir uns. Aber wir kannten noch nicht mal einen Ball. Hatten im Frühjahr mal mit leeren Konservendosen Fußball gekickt: eine Hinterlassenschaft der französischen Armee an einer Schutthalde. Doch das Blech zerkratzte und zerschnitt die Schuhspitzen, sodass uns das Spielen damit zu Hause verboten wurde.

Aber wir kannten ja nicht mal die Regeln dieses Spiels. Hatten nur versucht, dem anderen die Blechdose wegzunehmen mit den Füßen, mit den Händen war nicht erlaubt.

Als wir dann mal mit einem Tennisball des Schustersohns Ball spielen wollten, kam der Lehrer unserer Klasse hinzu und lehrte uns die wichtigsten Regeln.

Der Baron trank im Gasthof „Zum Löwen" mit dem Bürgermeister und den beiden Lehrern noch jeder einen Krug Bier und fuhr danach wieder auf sein Gehöft hinter den Wäldern im Süden zurück.

Denn zum Spielen kannten wir – wir Jungs jedenfalls – im Sommer eigentlich nur drei auffallend runde Steine in knapper Hühnereigröße, mit denen wir uns auf dem Schulhof während der Pausen die Zeit vertrieben: Jemand warf sie in ein rechteckig mit einem Stock aufgezeichnetes Feld auf dem Boden, das zwei sich gegenüberliegende, eingezeichnete Tore besaß.

Einer fing an und musste mit den Schuhen oder barfuß jeweils einen der drei von ihm zuvor ins Feld geworfenen Steine zwischen die anderen beiden hindurch Richtung auf ein von ihm ausgewähltes Tor schießen. Links oder rechts.

Das Tor durfte er danach nicht mehr wechseln.

Schaffte er es bis zu dem von ihm ausgewählten Tor mit jedem seiner Schüsse immer jedes Mal mit dem dritten Stein durch die anderen beiden Steine hindurch ins Tor zu schießen, war er Sieger. Schaffte er es hingegen einmal nicht durch zwei Steine hindurch, schied er sofort aus und ein anderer war dran.

Ein „faires Spiel" meinten unsere Lehrer und erlaubten es weiter zum Ausgleich für Spieler und Zuschauer gegenüber dem aufmerksamen Lernen im Unterricht davor und danach.

Weiter spielen durfte immer nur der Sieger. Auch wenn er mehrmals hintereinander gesiegt hatte. Ein guter Spieler frequentierte allerdings oftmals sämtliche Schulpausen eines Schultages – was nicht gedacht und von uns anderen gewollt war. Aber das Leben bringt manchmal Gefälligkeiten und manchmal nur Nachsehen.

Es gab Tage, da war einer mehrmals hintereinander Sieger. Bei fünf Siegen musste er pausieren und der Nächste nach dem Alphabet war dran.

Etwas noch Erstaunliches, den Ort betreffend, ist zu berichten: Der Pole des Bauern an der Panzersperre vor drei Jahren, der dem damaligen Schultheiß die Pistole von hinten aus der Hand geschlagen hatte an der Panzersperre, und so wohl den Beschuss auf das Dorf durch die Franzosen verhindert hatte, war aus seinem Heimatland zurückgekehrt. Zusammen mit einer jetzt mit ihm frisch vermählten, jungen Frau. Der beschriebene Bauer mit dem Hof damals an der Sperre und seine Frau hatten nämlich keine Kinder und hatten daher auch keinen Erben.

Sie hatten ihrem ehemaligen Gefangenen und polnischen Zwangsarbeiter den Hof vermacht! Weil der so fleißig und wie ein Sohn gewesen sei. Und die beiden waren angereist, um jetzt Rielfinger zu werden und zu viert das Ganze künftig weiterzubetreiben. Und so kam es!

Vielleicht die erste deutsch-polnische Versöhnungsgeste nach dem Krieg, nach dem Überfall der Deutschen auf sein Heimatland. Hier als Bericht gedacht!

Unsere Mutter hatte jedoch – „dem Herrgott sei Dank!" – nicht lange nach der Währungsreform eine Anstellung in ihrem Beruf in einer neu aufgemachten, kleinen Bekleidungsfabrik an der Straße nach Menningen bekommen. Sie hatte sogar ein älteres Fahrrad dafür von der neuern Firma in die Hand gedrückt erhalten. Umsonst! Aber sie hatte protestiert und abgemacht, es auf Raten abzuzahlen, wie andere Frauen aus unserem Dorf und der Stadt Menningen auch. Hauptsächlich Evakuierte freilich und junge, aus der Schule entlassene Mädels aus Bauernhäusern und aus der Stadt. Arbeitsplätze mit Verdienst waren rar und gern genommen. Und Ausbilden junger Mädchen zur Näherin oder Schneiderin durfte sie als Meisterin auch.

Denn sie war ja in Wirklichkeit Schneidermeisterin von Beruf! Und wo kriegt man schon so schnell eine Meisterin her hier auf dem Land?

Sie durfte sogar nur halbtags arbeiten: vormittags zwei Stunden, während wir beide in der Schule waren; und Nachmittag zwei weitere Stunden.

Und nun tauchten wie ein Wunder nach dieser Geldreform plötzlich allerlei Waren auf zum Kaufen im Dorfladen und auch bei der Klempnerin und vor allem in Menningen, die es zuvor nicht mehr gegeben, und manche Leute – vor allem junge und Kinder, so wie wir – noch nie gesehen hatten. Fahrradreifen, die es zunächst nur aus Vollgummi gegeben hatte, gab's plötzlich wieder mit Luft im Inneren. Zuvor waren die ersten nach dem Krieg aufgetaucht nur aus Vollgummi. Robuste Umreifung der Felgen, jedoch über Feldwege und sogar Glassplitter fahren könnend, weil Luft-Verlieren nicht möglich war. Nur die Sättel hinterließen angeblich auf dem Allerwertesten Spuren am Gesäß bei zu langen oder zu ruckeligen Fahrten auf den harten Reifen, hörte man. Was aber wohl mehr ein Gerücht war. Und außerdem zum Langsam-Fahren zwang, was viel freundlicher war und Zeit zum Grüß Gott sagen bei einer Begegnung einen sagen ließ, statt hechelndes Ja, ja, ja, ja.

Niemand hatte seinen Allerwertesten auch bislang zeigen wollen als Beweis für einen arg strapazierten Hintern nach holprigen Wegen. Man müsse halt nur erfinderisch sein im Zusatzpolstern von Fahrradsätteln hatte es als Ausrede geheißen von denen, die sich solche Reifen angeschafft hatten.

Schuhe beim Schuster gab es erstmals aus echtem Leder, nicht nur die Kappen oder Oberteile wie zunächst angenommen, sondern rundum mitsamt der Sohlen, statt bislang nur Sohlen aus Holz, auf die einfach nur auf die Kappen draufgenagelt wurden vom Schuster.

Ein neues Laufgefühl zunächst mit einem Mal, auch für meinen kleinen Bruder beim Gehen. Weil der Schuh oder besser gesagt die Sohlen sich bogen beim Laufen. Gesund wohl für die Füße.

Armbanduhren aus Amerika lagen in Menningen in einem Schaufenster aus, wurde erzählt. Wer kannte so was? Die Einzigen im Ort, die ein Uhrwerk mit sich trugen, schienen die beiden Herren Lehrer in Form von aufklappbaren Taschenuhren zu sein, die an angeblichen Silberkettchen hingen.

Die diese Uhren nur zum Einhalten eines pünktlichen Unterrichts eigentlich bedurften. Wer zu spät zum Unterricht kam, bekam aber nicht mehr wie zuvor im Dritten Reich mit dem Stock welche auf die Fingerspitzen. Stattdessen die Klasse halt nur „Schlafmütze" sang. Was lustig und versöhnlich stimmte.

Und der Lehrer lächelte und vielleicht heimlich hoffte, nicht selbst mal die Zeit zu verschlafen.

Und natürlich lebte die Armbanduhr unserer Mutter noch.

Ansonsten erfüllten die Kirchturmuhren ihren Zweck mit ihren viertelstündigen Glockenschlägen, oder bei uns zu Hause eine Pendeluhr an der Wand.

Aber der Schwarzwald war ja sehr nahe und die Klempnerin bot plötzlich erstmals auch Kuckucksuhren an von dort zum Kauf.

Sie verkaufte – wie schon erwähnt – mit einem Mal in ihrem Laden neben Pfannen und Töpfen und Eimern, Waschzuber und Badewannen nunmehr auch Eis am Stiel, aber jetzt auch ohne Stiel in mitgebrachten Schüsseln für zu Hause. Was den beiden Gasthöfen im Ort, dem „Dorfkrug" und den „Zum Löwen" gar nicht zu schmecken schien und deren Wirtinnen den neuen Bürgermeister beschimpften, weil er das nicht unterbinde. Ein Klempnerladen mit Eis am Stiel!? Das sei, als wenn unser Dorfschmied plötzlich auch Zitronenkuchen backe über seinem Feuer oder Vanillepudding kochen wolle.

Der kleine Dorfladen bei uns um die Ecke in der Nähe bot aber jetzt auch Eis am Stiel an. Und noch ein paar Sachen mehr als zuvor. Und außerdem auch erstmals leichte Damenblusen in nordamerikanischer Durchsichtigkeit. Nebst Zigaretten, die über den Atlantik geschwommen seien.

Ich ging derweil jetzt ins sechste Schuljahr.

Mein Bruder Bernd war nun eingeschult worden und besaß Schiefertafel und Griffel und Schwamm zum Abwischen und Putztuch und Schulranzen wie ich und lernte zu Hause das Einmaleins hersagen.

Und noch etwas Neues gab es im Sommer: die Olympiade in London im Radio. Alles Wettkämpfe. Einer gegen alle oder alle gegen einen – hochinteressant.

Und mir fiel dabei der Sieger im Marathonlaufen auf: Emil Zátopek. Ein einsamer Kämpfer. Ein Marathonläufer aus der

Tschechei. Der die Goldmedaille gewann im 10.000 Meterlauf und im 6.000 Meterlaufen die bronzene obendrein!

Da die Möglichkeiten im Dorf, um Sport zu betreiben so zahlreich waren, wie im Januar Schmetterlinge auf einer Eisblume sitzen – mit Ausnahme des Schwimmens im Sommer – kam mir in den Sinn, ebenfalls Marathonläufer zu werden. Weil man dazu nur gesunde Füße und Beine brauchte und sonst gar nichts. Wohl auch keinen Trainer. Das heißt halt nur Fleiß und Ausdauer und Wille!

Und weil wir Kinder Barfußlaufen gewöhnt waren, weil wir vom Frühjahr bis Herbst grundsätzlich nur barfuß gingen und auch gehen mussten – der teuren Schulsolen wegen – auch zur Schule – und man deshalb nur Holzsohlen vom Schuster machen ließ, konnte man das Trainieren für den Marathonlauf auch barfuß tun.

Seitdem ging ich zum Beispiel im Sommer zum täglichen oder allabendlichen Baden am Mühlenbach, einem Nebenfluss des Allerbachs, der wiederum nur ein Nebenfluss der Donau aus Donaueschingen war, nur noch im Dauerlauf, statt dem üblichen Gehen; das heißt normalen Schrittes. Und im Sommer sogar nur barfuß, wie es ansonsten auch vom Frühjahr bis Herbst für alle Schulkinder üblich war. Die Fußsohlen entwickelten sich dabei zu Lederhäuten. Die einem so schnell nichts anhaben konnten.

Und das Sonderbare bei meinem Lauf: keiner fragte einen, warum man lief, statt gemächlich ging.

Dass Kinder nämlich oft im Dauerlaufen sich gern bewegen, im Gegensatz zu spazieren gehenden Großvätern, ist wohl üblich und alltäglich.

Ich konnte daher heimlich für den Marathon trainieren, ohne dass jemand etwas bemerkte oder es auffiel. Es sei denn, weil ich plötzlich nur noch lief, statt ging. Dann hatte ich als Ausrede „Zurzeit hab ich viel zu tun" für mich, meinen Bruder oder meine Mutter.

Und wenn ich das durchhielte, könnte ich mich vielleicht schon bei der übernächsten Olympiade zum Mitmachen bewerben, rechnete ich mir aus. Und meine Mutter würde sich freuen und stolz sein. Und mein Bruder ganz bestimmt auch!

Tja und so lief ich nun fast nur noch alle Wege, die ich zuvor im Schritttempo spaziert war, im Dauerlauf halt.

Und keiner stellte eine Frage an mich im Dorf, die mich zu der Aussage meiner wirklichen Absichten zwang!

Und zum Üben und vor allem auch zum Spaß-dabei-Haben, fuhr ich heimlich, aber unsichtbar fast immer obendrein eine Lokomotive. Wer hat schon mehr Kraft und Ausdauer wie eine solche Maschine? Es ist ja nicht verboten, sie zu spielen. Nur Pfeifen wollte ich nicht laut im Dorf, auch damit sich niemand erschrecke. Und wissen sollte es vor allen Dingen auch nicht jeder.

Und so fiel dies überhaupt keinem auf, denn das Hin- und Herbewegen der Arme wie das Radgestänge einer Lokomotive gehört zum Dauerlaufen ja dazu.

Aber die Fantasie, eine kräftige Lokomotive zu sein mit Bedienungshebel und Feuerloch und Schornstein vorn und allem Drum und Dran und Fenster links und rechts und vorn und hinten inklusive Kohlewagen und mit Feuerloch unmittelbar vor einem, macht einfach Spaß und vertreibt jede Langeweile auf jeder Strecke. Man hat dabei ja immer was zu tun und zu beobachten.

Und so hatte ich eine Aufgabe für mich für jetzt und für die Zukunft als Freizeitsport gefunden, die nichts als gute Fußsohlen und Kraft und Ausdauer erforderte. Aber ich musste die Frage von Mitschülern beantworten: „Wo willst du denn hin?" Und ich offen sagte: „Nur noch vor dem Abendessen etwas trainieren, um mehr essen zu können" oder nach dem Mittagessen einfach kurz: „Hab zu viel gegessen, muss was abtrainieren, damit meine Hose noch passt" – als unverdächtige Begründungen.

Und ich eines Tages aber dann verreisen müsse, weil ich vielleicht Teilnehmer der weltberühmten Olympiade werden könnte. Die Teilnahme allein ist vielleicht schon ein Ding und konnte einen halb berühmt machen, waren meine Gedanken. Und meine Mutter wäre sicher stolz auf mich.

XXIV

Und so rückte der Herbst des Jahres 1948 allmählich heran und ich lief gerne viele Wege auch für meine Mutter mal dahin, mal dort hin und aus Spaß für mich auch den Gugelhopf hoch, unseren Berg im Süden, unseren höchsten Berg im Süden, mit seinem Jesuskreuz auf seinem Gipfel, um mir Kraft und Ausdauer anzueignen.

Der Herbst kam mit Langeweile, denn mit Baden und Schwimmen bei der Mühle im Mühlenbach wurde es langsam zu kalt. Und die Freizeit wurde plötzlich leer und trist, wie ein Wassertopf mit einem Loch im Boden oder ein Stall mit unbelebten vier Wänden.

Aus Langeweile standen wir Jungs der Evakuierten oft nur am Dorfteich rum und lauschten den Fröschen oder ließen flache Steine über die Wasseroberfläche flutschen. Die Jungs der Bauernhöfe hatten leider viel Arbeit tagsüber zu verrichten und kriegten meistens nur abends frei.

Oder aber wir machten uns zu zweit oder zu dritt den Gugelhopf hoch. Unserem Berg im Süden des Orts. Ich nahm dann meist meine neue von meiner Mutter zum letzten Geburtstag geschenkt bekommene Mundharmonika mit und spielte einfach irgendein in der Schule neu gelerntes Lied.

Wir saßen meist mit dem Rücken vor dem Holzkreuz mit der Figur von Jesus dort über uns und dem Blick ins Tal. Im Herbst auf die auf der Weide sich jetzt aufhaltenden Kühe. Aber von dort oben hatten wir auch unsere Störche auf dem Kirchturm gut im Visier. Wie deren Jungen sich durch Flugübungen auf ihre erste Herbstreise nach Afrika mit ihren beiden Alten vorbereiteten: Zunächst nur mehrmals alle drei nacheinander erst ein paar Mal nur so tun als ob, als ob sie sich in die Luft oder Tiefe stürzen wollten, und dann doch nicht.

Während einer der beiden Alten losflog, wohl um es ihnen zu zeigen, wie das geht.

Am Tag darauf aber schließlich einer wagemutig in die Luft sprang und davonflog, als wollte er den beiden verbliebenen Jungen nur sagen: „Los, los, los! Die Luft, die trägt euch, ihr Angsthasen." Denn tatsächlich sprangen die beiden zunächst Verbliebenen in die vor ihnen wohl gähnende Tiefe, aber dann, schwupp, fingen sie sich auf und flogen tapfer weiter.

Das Erlebte passierte jedes Jahr neu mit den neuen Jungen. Und die Storcheneltern dankten vielleicht auch jetzt dem Herrgott wahrscheinlich, weil er ihnen Angst genommen hatte vor der Rückkehr mit ihren Jungen in einigen Wochen nach Afrika, wie der Pferdefuhrwerker damals zu mir gesagt hatte.

Wenn wir Jungs auf dem Gugelhopf waren, sprach sich das schnell rum im Dorf unter den anderen, und schon kamen welche nach. Selbst unsere Mädels aus der Schule trauten sich dann hoch.

Wir saßen dann alle zusammen nebeneinander vor dem Holzkreuz und der Spitze des Hügels und ich spielte mit meiner neu geschenkt erhaltenen Mundharmonika und wir schauten ins Tal oder darüber hinaus in die Ferne in Richtung Felsen der Schwäbischen Alb oder auf die Linie der Donau oder der Eisenbahnlinie von Sigmaringen nach Menningen davor, wenn ein Zug nach Osten oder Westen daher gedampft kam.

Wenn Mädchen aus dem Dorf auch hochkamen zu uns, musste ich oft das Lied spielen „Sah ein Knab ein Röslein stehn, Röslein auf der Heiden …" Manchmal zwei bis drei Mal. Und bei den Mädels war ich dann, so schien's mir, Hahn im Korb.

Oder alle zusammen das Lied „Auf der schwäbsche Eisebahne …" von dem Bäuerlein, das zaghaft an den Bahnhofschalter tritt, den Hut lüftet und den Herrn Beamten bittet um ein Billett, freundlich dankend drei Mal Vergelt's Gott danach sagend und sich dann den noch leeren Schienen zuwendet, geduldig auf das zu erwartende Ungetüm von Lokomotive mit seinen Waggons hintendran harrend, das jetzt kommen musste. Die auch halten täten, auch wenn nur er allein dort stehe mit seinem Hut und niemand auszusteigen gedenke. Er aber ein! Muss ein stolz machendes Gefühl für einen Mann aus einem kleinen Dorf sein, der vielleicht das erste Mal in seinem Leben mit solch einem Unikum von Gefährt eine Reise tut. Und der Zug dann nicht mal halte, weil einer oder gar eine Dame auszusteigen gedenke, wie er dann meinte, sondern allein nur seinetwegen quietschend und kreischend zum Stehen kommt. Dampf ablassend und danach wieder kräftig anziehen müssend, damit die Räder wieder ins Rollen kommen. Welch ein Erlebnis und Gefühl und Aufwand, wenn man mal eine solche Reise tut.

Vom Blick von unter dem Holzkreuz hatte man bei gutem Wetter eine Sicht im Norden bis über die Eisenbahnschienen Sigmaringen–Menningen und über die dahinter liegende Donau und zu den Felsen der Schwäbischen Alb hinweg und dem kleinen Ort Zottelbach, direkt am Fuß der Felsen, den ich erwähnt hatte mit seinen sechs Bauernhöfen.

Und gegen Ende des Herbstes sammelten sich unten im Tal die ersten Flugvögel zu Scharen. Und in jedem Jahr neu die neuen jungen Störche mit den ähnlichen Flugversuchen wie die Letztjährigen.

Ein Maler aus Menningen hatte eines Nachmittags dort oben gesessen im Herbst und ein meterbreites Panoramabild gemalt, mit ein Drittel Himmel oben auf dem Bild mit Federwölkchen oder größeren dort, und die Kirchturmspitze unten links darin, und den unteren Teil mehr angedeutet als in Wahrheit zu sehen war. Und nur ganze fünf Häuser. Aber der Maler meinte, das Weglassen auf einem Bild gehöre dazu wie das auf dem Bild Gezeigte. Es müsse nur in Harmonie und im Gleichgewicht erfolgen. Die Linie der Donau reiche aus als schmaler Strich, nur die gelben und weißen Kalkfelsen der Schwäbischen Alb dahinter müssten ein Augenfang des Bildes aus der Ferne sein. Statt einer Reihe von Kühen reichten drei aus zur Charakteristik eines Bildes. Und zwei junge Störche von den dreien flogen sogar quer über den Himmel. Es sei nicht Aufgabe des Malenden, die Wirklichkeit zu kopieren, sondern dessen Charakteristisches. Der Maler war leider nur zwei Nachmittage lang dort oben gewesen.

XXV

Der Spätherbst kam mit ruhigeren Zeiten im Dorf und drumherum. Es wurde nicht kalt aber kühl.

Und dann brachte dieser, als es dann doch kühler wurde, schließlich eine Grippe ins Dorf und schickte so manchen Dorfbewohner ins Bett. Gelegentlich gesund gebliebene Frauen unter den paar evakuierten Frauen waren jetzt begehrtere Hilfskräfte in manchen Häusern, wo die alleinige Person auf einem Hof das Bett hüten musste.

Aber selbst den Dorfschmied mit immer offenem Hemd und grau behaarter Brust hatte die Grippe erwischt.

Was fehlte im Ort waren allerdings nun die klingenden Schläge auf seinem Amboss am Tag, die mitunter über den Dorfrand hinaus bis zu den Waldrändern zu hören waren: Ging! Ging, Göng! Ging, Ging! Ging, Göng! Ging.

Zum Glück erwischte die Grippe von uns zu Hause keinen.

Sie hielt sich viele Tage und bald zwei Wochen und ging dann doch anscheinend auch allmählich wieder; doch da hatten wir hatten schon Anfang Dezember – und sie hatte sich noch unserem Bäcker aufgelauert.

Ich brauche nicht zu sagen, dass wir nur einen Bäcker hatten wie bei den anderen Handwerkern auch. Nur Dorfschenken oder Gastwirtschaften auch genannt, hatten wir zwei; den „Zum Löwen" und den „Dorfkrug". Beide nicht weit voneinander entfernt an der Straße nach Menningen gelegen. Aber freundlich zueinander die beiden Wirtinnen, wie zwei Hähne benachbarter Bauernhöfe zueinander.

Der Sohn des Bäckers war auch noch nicht aus dem Krieg zurück, wie viele andere ebenso aus dem Ort.

„Ausgerechnet halt auch noch den Bäcker!", sagte meine Mutter, als sie von dessen Grippe hörte. Und im Dorf wurde es Tagesgespräch als falle das kommende Weihnachten aus.

Schon anderentags machte es im Dorf die Runde. „Der Bäcker liegt im Bett!"

Und jeder Dorfbewohner, ob alt, ob jung, sagte einem anderen: „Hast du schon gehört? Der Bäcker ist …"

„Der Bäcker?", fragte der andere.

Auf dem Schulhof gab es am Morgen die Ersten mit nur einem oder zwei Äpfeln zum Vesper, statt Brot.

Und die Bäckersfrau ließ verlauten: Und erwischt habe es ihn „nicht ohne"! Dass selbst der Doktor aus Menningen mit seiner einspännigen Pferdedroschke habe anfahren müssen, „um sich ein Bild von ihm zu machen und ein Medikament mitzubringen", habe die Frau Bäckermeisterin gesagt.

Tja – und nun keinen Bäcker fürs ganze Dorf?

Man hörte fast nur noch das Wort „Bäcker" im Ort die Runde machen. Selbst auf dem Schulhof! Klar, denn für die Schüler drohte nun für alle das Vesperbrot in den Pausen auszufallen. Und selbst für die Lehrer – ha, ha, ha!

Früher mal hatte man – so hört man – noch selbst gebacken auf einem Bauernhof. Aber das ist lange her. Und da hatten die Hausfrauen auch noch mehr Zeit zum Sauerteig ansetzen und später den Teig gehen lassen, als sie noch ihre Männer hatten. Und den Ofen beobachten. Jetzt mussten sie alle auf einem Hof anfallenden Arbeiten alleine tun. Höchstens mithilfe der Kinder!

Tja und so kam's: Die Grippe schien sich schon endlich davongemacht zu haben, da fiel ihr wohl der Bäcker ein. Den müsse sie sich auch noch schnappen, meinte die Dame wohl.

Just lag er im Bett und am dritten Tag ging das Brot bei uns zu Hause aus.

Und meine Mutter fragte mich, ob ich nicht anderentags – an meinem schulfreien Nachmittag – zum Bäcker nach Marbach gehen könne.

Marbach war ein Nachbardorf von uns im Westen. Hinterm Wald gelegen. Eine Stunde Marsch auf Schusters Rappen. Aber knapp halb so weit wie nach Menningen halt!

Ich kannte den Ort zwar nur von mal kurzem Sehen: Ich war im Sommer – gleich nach der Währungsreform – mit meiner

Mutter mal, als sie ihren Arbeitsplatz noch nicht hatte, in dem Dorf gewesen; sie hatte sich für ihre, von einer älteren Bäuerin geschenkt bekommene alte Nähmaschine Ersatzteile und Nähzeug besorgen wollen, was es in Marbach nach Aussage unserer Nachbarin in einem Laden gab und preiswerter als in Menningen.

Also waren wir gleich nach der Währungsreform mit ein bisschen neuem Geld in der Tasche im Sommer zusammen hinmarschiert. Mit der Auflage an meinen Bruder, das Haus zu hüten und keinen reinzulassen, während der etwa drei Stunden. Aber auf das Hüten des Hauses war bei ihm ebenfalls Verlass wie die Achtsamkeit einer Schnecke auf ihr Häuschen. Oder ein Domspatz auf sein einziges, geschlüpftes Junges.

Der Weg war nicht sehr breit, ein Feldweg durch Wald. Sodass zwei sich begegnende Fuhrwerke nach Hörensagen gelegentlich Schwierigkeiten hatten, aneinander vorbeizukommen. Aber für mich halt kürzer als nach Menningen.

Die Vernachlässigung des Wegs zu einem Nachbardorf hat etwas mit geringer oder fehlender Kommunikation unter den Dörfern untereinander zu tun, wie unser Lehrer sagte. „Beschränkte Kommunikation." Denn jedes Dorf achtet nach Möglichkeit darauf, alles selbst, allein oder mit eigenem Handwerker zu erledigen. Um möglichst nicht einen aus einem anderen Dorf nehmen oder fragen zu müssen. Jedes Dorf hielt sich daher nach Möglichkeit einen eigenen oft zu brauchenden Handwerker und musste daher auch dafür sorgen, dass dieser zum Leben ausreichende Aufträge aus dem Dorf erhielt. Bäcker. Metzger, Schmied, Maler, Schreiner oder Zimmermann und Klempner und Kirche und Pfarrer sowieso und Küfer, der Fassmacher für den Most. Und eine Frau als Haarschneiderin. Und bei uns sogar ein Trupp Dorfmusikanten, zu denen ich zwangsläufig noch kommen muss.

Der Herr Pfarrer möge verzeihen, wenn ich ihn hier zum Handwerk zähle. Aber sein Bereich ist ja der des Lieben Gottes auf Erden. Und das dürfte für ein Dorf reichlich zu tun vielleicht sein!

Und kurz: Eine Hand wäscht die andere, ist Pfand der Dorfbewohner untereinander!

Also wurden die Straßen und Wege als Verbindung zu Nachbarorten nur wenig benutzt. Jedenfalls was Rielfingen anbetraf. Ansonsten nur für die eigenen Fahrten zu den eigenen Feldern und Wäldern rundherum. Entsprechend vernachlässigt waren die Wege zu anderen Orten.

Marbach mit seinem Bäckerladen lag von hier aus hinter dem Wald. Etwa eine gute Stunde auf Schusters Rappen für einen Erwachsenen. Hatte aber einen Bahnhof etwas entfernt vom Ort gelegen.

Ansonsten jedenfalls nicht ganz so wie bis zum Menninger Bahnhof gelegen.

Steinig war der Weg – und Unebenheiten gab es nicht wenig. Eben nicht sonderlich gepflegt. Hauptsächlich benötigt zum Holz aus dem eigenen Wald zu transportieren. Man musste seine Augen beim Gehen immer auf den Weg gerichtet haben, wenn man nicht stolpern wollte wegen Schlaglöchern und Steinen.

Wie's auch sei: Es war ein warmer Sommertag gewesen Anfang August. Und meine Mutter und ich hatten uns zum Besorgen ihrer Nähzeug-Utensilien auf den Weg gemacht. Ihre Arbeitsstelle hatte sie erst später bekommen.

Brennnesseln hatten den Weg gesäumt zu beiden Seiten mitunter hoch bis zu meinem Hals. Aber das Rot von Himbeeren leuchtete durchs Gestrüpp hindurch, derweil Brombeeren noch am Reifen und grünlich waren.

Aber die Zweige beider Sträucher langten oft in den Weg herein und versuchten mir die Knie blutig zu kratzen und meine Mutter gelegentlich am Rocksaum festzuhalten, wenn man nicht achtgab.

Und Schmetterlinge flatterten einem vor der Nase rum, als hätten sie noch nie ein Gesicht eines Menschen aus der Nähe betrachten können. Oder als wollten sie einem etwas flüstern, weil sie einem so kurz vor dem Mund rumflatterten.

Aber auch Bremsen und Stechmücken summten frech um Knie und nackte Beine, Gesicht und Nacken. Aber Letztere gibt's im Sommer ja überall auf dem Lande.

Ich schwor mir dennoch heimlich, im Sommer den Weg jedenfalls nicht mehr zu begehen. Meine Mutter bestimmt auch. Auch wenn sie öfters lachte über uns beide.

Aber nun hatten wir Anfang Dezember und Plagen mit Stechmücken und Bremsen sicher nicht.

Eine Kreisstraße von Norden nach Süden durchs Ländle querte irgendwo zur Hälfte in der Mitte des Walds den Weg, die irgendwo Richtung Bodensee führe, wurde gesagt.

Hier lägen nach Hörensagen noch ausrangierte oder beschädigte deutsche Militärfahrzeuge vom Krieg irgendwo in den Straßengräben, wurde erzählt. „Aber wegen der ungeklärten Rechts- und Eigentumsverhältnisse wage sich anscheinend noch niemand, sich die vielleicht noch brauchbaren Teile anzueignen", sagte unser Lehrer. Ein zerschossener Militäromnibus soll angeblich auch noch irgendwo in den Brennnesseln im Straßengraben rosten, sagte er.

Man sieht daher: Diebe sind die Schwaben nicht! Die rühren fremdes Eigentum nicht an.

Die Kreuzung war jedoch sehr breit und luftig und eine Trauerweide, hoch wie ein Kirchturm, stand genau an ihrer Ecke im leichten Wind, sodass deren Äste mit ihren langen Ruten sich hin und her bewegten über das Gras unter sich wie die Röcke unserer Schulmädchen mal bei einem Tanz auf unserem Schulhof.

Auf dem Hinweg waren wir den ganzen Weg neben den fliegenden Plagen nicht einer Maus begegnet. Nur zurück kam uns ein Mann entgegen mit halbem Gesicht. Sein schwarzer Bart bedeckte nämlich seine Brust aufwärts bis knapp unter die Augen, sodass man nur die obere Hälfte des Gesichtes, seine Augen und die Stirn, sehen konnte. Und auf einem Tiroler Hut hatte er drei Papageienfedern, die zappelten beim Gehen wie Forellenschwänze beim Tauchen bei uns im Mühlenbach, dass man sich wunderte, dass der Hut fest auf dem Kopfe saß.

Dass es Federn von Papageien waren, war ich mir recht sicher, weil ich erst eine Woche zuvor auf unserem ersten Jahrmarkt im Dorf, bei einem wandernden Kleinwarenhändler einen Papagei unterm Zeltdach hatte hocken sehen. Ein bunter Kauz mit prachtvollem Gefieder.

Als meine Mutter, mein Bruder und ich das Zelt betraten, begrüßte er uns auf seiner Stange hockend mit „Griß Gott!" und nickte und fragte: „Wie gäht's?" Und wenn man ging und ein paar Pfennige in eine Dose vor ihn geworfen hatte für sein Futter, quakte er hinter einem her: „Adää der Ärr!" Und „Tschiss die Dame!"

Meine Mutter warf ihm zwei alte Reichsmarkstücke in die Dose, weil er laut seinem Herrn auch noch La Paloma singen könne. Was er dann auch prompt tat: Er setzte sich in Positur, schüttelte sich einmal die Federn bis zum Hals und begann: „… Uirr giengänn an Bourrrd, es wääähte ein frrrüscher Uinndt – zurr Muuuuttärr sprach ick, ack weene nich um dein Kind …"

Er beherrschte Melodie und Text. Nur halt in seiner Mundart! Der Besitzer kam wohl aus dem Norden Deutschlands, der Heimat meiner Mutter, nach dem „Tschiss"-Sagen seines Papageis beurteilt, was wohl „Tschüss" heißen sollte. Denn hier im Süden sagte man stattdessen ja „Ade!"

Ich warf selbst eine alte Reichsmark in die Dose im Wert eines Eis am Stiel und wir verabschiedeten uns.

Ich grüßte den jetzt hier auf dem Waldweg uns entgegenkommenden Mann mit den Federn überm Kopf und lupfte meine Mütze und war gespannt, ob er stehen bleibe oder weitergehe. Denn wegen meiner Mutter war ich immer der Meinung, sie vor Männern beschützen zu müssen.

Er ging – gesegnet sei es – nur einmal nickend und „Grüß Gott" sagend weiter.

XXVI

Nun hatten wir jetzt ja aber Herbst oder gar schon Winter, weil Dezember, und ich musste allein ins Dorf Marbach, denn unsere Mutter musste ihrer Arbeit nachgehen am Nachmittag in der Kleiderfabrik.

Ich hatte einen schulfreien Nachmittag und sagte zu. Zu einem Bäcker in Menningen wäre es knapp die Hälfte der Strecke länger gewesen. Also entschieden meine Mutter und ich, ich ginge nach Marbach.

Anderentags: Unsere Mutter war also zum Nachmittag zu ihrer Arbeit gegangen und hatte mir noch den Zettel für das, was ich vom Bäcker mitbringen sollte, gegeben. Und die Lebensmittelmarken, die man braucht. Und Geld. Und sie hatte noch gesagt: „Brot bringst drei Leib. Einen für unsere Nachbarin." und war dann gegangen, aber hatte noch gewarnt: „Heino, geh pünktlich um zwei, dass du um drei Uhr dort bist, wenn der Laden aufmacht. Und vergiss nicht, die Tage sind jetzt kurz, und um vier wird es schon wieder dunkel. Und zurzeit täglich noch eher. Und außerdem könnte nach Meinung unserer Nachbarin auch schon mit Schnee gerechnet werden. Drum seh' zu, dass du um drei dort bist, wenn der Laden aufmacht. Dann bist du um vier wieder zurück, wenn's im Wald schon wieder dunkel wird. Denk dran! Und halt dich dran und dass dich keiner aufhält. Sei um drei Uhr dort!" Und ich versprach's.

Als ich meine Schulaufgaben fertig hatte und es viertel vor zwei war, wollte ich noch einen Blick auf meines Bruders Rechenaufgaben auf seiner Schiefertafel werfen. Tat's: Die Aufgaben waren aber alle richtig und ich war stolz auf ihn und klopfte ihm die Schulter und schnappte meine Jacke über meine Trainingshose, meinen Rucksack und meine Mütze. Er schaute mir freudig nach und winkte noch und ich verließ das Haus zu meiner Tour zum Brot-Holen.

Gleich vor der Haustür hörte ich jedoch ein etwas unbekanntes Geräusch und meinte, es käme aus der Richtung meines Wegs – West/halb Südwest.

Es war ein Geräusch, als machten unsere Dorfmusikanten irgendwo Musik. Und im Augenblick vielleicht nur der Trommler ein Solo hinwarf. Die Trommel vor seinem Bauch war ein mostfassgroßes Ding.

Das war eine Truppe älterer Männer, vom Kriegsdienst befreit gewesen wegen ihres Alters, die vor dem Krieg nach Hörensagen im Dorf oft zur Hochzeit, aber auch sonst zum Tanz aufgespielt hatten.

Jetzt gab es keine Hochzeiten mehr – „vorerst jedenfalls" – meinte meine Mutter.

Jetzt ließen sie nur noch zuweilen am Grab eines verstorbenen Dorfbewohners traurige Musik erklingen. Die Trommel allerdings gedämpft dann, wie durch ein dickes Tuch berührt.

Ansonsten marschierten sie nur noch gelegentlich durch die Straßen, nur um zu zeigen, dass es sie noch gebe, und dabei die Trommel laut polternd, jeden Takt unterstreichend, sodass man am liebsten gleich hinterher marschieren wollte im Takt. Kinder taten's ungefragt und hüpften klatschend hintendrein, was nach den Gesichtern der Marschierenden diesen nicht willkommen schien. Aber Kinder haben manchmal Rechte, die sie sich einfach nehmen. Ob's jedem gefällt oder nicht! Ich finde das auch gut so!

Was anderes als die Musikanten konnte das Geräusch, das ich hier jetzt hörte, nicht sein, dachte ich. Das heißt: eigentlich nur die Schläge des Trommlers waren die Geräusche. Aber ich dachte nichts Weiteres dabei und machte mich auf. Aber bemerkte: das Bumm Wumm Bomm oder auch – Tong kam aus der Richtung meines Wegs. West/Südwest.

Der Himmel war grau bedeckt wie am Vormittag. Besonders helle war der Tag nicht. Aber auch nicht besorgniserregend grau, meinte ich. Und jedenfalls nicht nach Schnee aussehend.

Ich steuerte der Straße zum Dorfausgang zu.

An seinem Ende lag, bevor der Weg weiter einen Hang hochführte, unsere kleine gemeindeeigne Wiese linker Hand, die zwei- oder dreimal mal im Jahr gemäht wurde von irgendjemand im Gemeindeauftrag, aber ansonsten unbehandelt brach liegen blieb, als sei sie zu nichts nütze.

Nur eine alte Frau aus dem Dorf, die sich zwei Ziegen hielt und als Heilerin galt, führte zwischen Frühjahr und Herbst die beiden Tiere gelegentlich dorthin, wo sie aber statt Gras lieber die Sträucher links und rechts des Platzes knabberten.

Im letzten Frühjahr erkrankten jedoch mehrere Kinder aus dem Dorf an einem eitrigen Geschwür am Unterkiefer, das die Leute als „Haarwurm" bezeichneten. Ich auch!

Da das Dorf keinen Doktor kannte, gingen die Kinder zu der alten Frau, der Heilerin, die heimlich aber auch als Hexe tituliert wurde.

Ich oder unsere Mutter erfuhr von diesen Besuchen erst später, als bei den meisten Kindern die Entzündung zu heilen begann.

Mein Schulbanknachbar gehörte auch dazu.

Da meine Entzündung unverändert eiterte und wässerte, sagte der Rheinhold – so sein Vorname und im Übrigen der Junge aus der Herfahrt damals in der Nacht unserer Evakuierung, er sei bei der alten Frau zum Besprechen gewesen. Seitdem trockne sein Geschwür, was man aber auch sah.

Nachdem ich dies meiner Mutter berichtet hatte, hatte sie mich auch hingeschickt zur Besprechung. Die alte Dame setzte mich auf einen Stuhl in ihrem Wohnraum ihres kleinen Häuschens, direkt unterhalb eines Jesuskreuzes, flüsterte ein paar Worte und zeigte mit ihrer rechten Hand ein paar Figuren vor meiner Nase. Dann konnte ich wieder gehen mit den Worten, anderentags und tags darauf noch mal zu kommen.

Ich tat's und meine Mutter gab mir zur dritten Vorstellung bei der Dame ein verschlossenes Briefkuvert mit.

Nach dem ersten Tag fing die Wunde anderentags an zu jucken, nach dem zweiten an zu trocknen und nach dem dritten Tag begann die Wunde abzuheilen wie bei meinem Schulbanknachbarn, dessen Kinn jetzt nur noch eine leicht gerötete, aber völlig trockene Haut zeigte.

Seitdem wurde die alte Dame nicht mehr Hexe genannt von den Schulkindern, sondern Frau Magda, wie sie auch hieß.

Auf der Wiese im Gemeindeeigentum hatten wir im Frühjahr mal so was wie Fußball gespielt mit leeren Konservendosen; einer Hinterlassenschaft der französischen Armee. Ganz in ihrer Nähe an einer Müllhalde hatten wir die entdeckt.

Denn einen Ball kannten wir nicht.

Doch das Spielen mit den Blechdosen wurde kurz oder lang dem einen wie dem anderen von uns zu Hause verboten, weil das Blech der Dosen sichtbare Schäden auf den Schuhspitzen bei jedem hinterließ.

Zu Ostern warfen wir auf dem Platz dort immer unsere Ostereier in die Luft, um auszuprobieren, wessen Ei nach dem Herunterfallen die härteste Schale besäße.

Zuvor, zu Neujahr jedoch, dem letzten, hatten wir mit Karbid und Wasser in einem ehemaligen Gasmaskenbehälter aus dem Krieg versucht, so was wie Kanonendonner fürs Dorf zu fabrizieren: Tat man Wasser in einen ehemaligen Gasmaskenbehälter aus Blech und warf ein Bröckchen Karbid mit rein, verschloss die Dose mit ihrem Deckel und ließ das Karbid im Wasser ein kleines Weilchen köcheln und sich Gase drin bilden, und hielt dann ein brennendes Sturmfeuerzeug oder ein Streichholz an ein kleines Löchchen am Dosenboden, dann gab's einen Knall, dass der Deckel zig Meter weit flog und die Vögel das Weite suchten.

So vertrieben wir für uns und für das ganze Dorf jedoch die Geister des alten Jahres! Und begrüßten die neuen am Neujahrsmorgen und den ganzen Tag hindurch. Im katholischen Rielfingen war das erlaubt!

Später, zwei Tage danach, aber dann verboten vom neuen Bürgermeister, weil er meinte, dass die Knallerei mit dem Karbid zu gefährlich sei. Nicht für die Geister, meinte er, sondern für uns Schüler! Und er informierte unsere Lehrer.

Eine kurze Zeit im Frühjahr dieses Jahres hatten wir auch hier mit einem Tennisball des Schustersohns Fußball gespielt. Beide Mannschaften spielten nur auf ein Tor. Und unser Lehrer aus der Oberklasse hatte uns die Spielregeln erklärt. Vor allem, was ein Foul ist und wann es einen Elfmeter gibt.

Das Tor bestand nur aus je einem Haselnussstock rechts und links als Torgrenze, etwa ein Meter achtzig hoch, die Querlatte musste man sich denken; dafür machte die schon mal einen unsichtbaren Bogen nach oben oder eine Kurve nach unten als souveräne Abweichung, oder die beiden Torstöcke konnten in Gedanken verlängert oder gestaucht werden. Das machte einen Unterschied, wie wenn ein Pferd ohne Berührung über einen Zaun springt und anschließend ebenso zurück.

Unser Torwart grinste dann nur und sagte: „Wir nehmen die Mitte von beiden Meinungen", und damit hatte es sich. Denn das war null!

Es ging also schon mal fröhlich zu, kann man sagen. Denn Streithähne waren unerwünscht.

Der Torwart musste freilich für beide Mannschaften gleich gut halten. Was unser Torwart Thomas immer tat.

Die Torlinie und der Platzrand waren markiert mit Sägemehl vom Küfer, der die Mostfässer fürs Dorf baute und reparierte.

Doch schon nach ein paar Spielen, nach einer Woche, verlor der Tennisball die Luft. Schlapp sprang er nicht mehr, der arme Kerl! Sodass es mit Fußball wieder zu Ende war.

XXVII

Die Geräusche, die mir auf meinem Weg jetzt vom Platz entgegenkamen, hörten sich nach dem Trommler der Musikkapelle an. Mit seiner bald weinfassgroßen Trommel vor dem Bauch.

Die anderen Instrumente schwiegen. Mit fiel auch gleich ein, warum wohl: Ich wusste von dem Nachbarsjungen des Trommlers, dass der Trommler und seine Frau im Herbst auf Schusters Rappen beim Ohrenarzt in Menningen gewesen waren, weil beide den Eindruck hatten, nicht mehr richtig zu hören. Vom vielen Üben des Trommlers im Sommer auf seiner Bank vorm Haus, und bei Regen und im Winter halt drinnen in der Stube, wusste ich von seinem Nachbarsjungen. Aber keiner hatte ihnen gesagt, dass das Trommeln hören auch schwerhörig machen kann. Und dass er wie seine Frau im Herbst beide meinten, nicht mehr gut zu hören und immer lauter sprechen mussten.

Sie kamen aber beide ohne Hörrohr wieder vom Doktor, aber mit der Auflage an den Trommler, nicht mehr wie bislang im Freien vor dem Haus oder gar drinnen in der Stube, sondern womöglich in seinem separaten Schuppen zu spielen, um seine Frau vor den Trommellauten zu schonen, und an beide, sich während des Spiels Watte in die Ohren zu tun. Was beide jetzt täten. Nur hätte der Schuppen keine Fenster und es würde ab Herbst früh dunkel drinnen. Und außerdem riefen sich die beiden jetzt öfters laut über den Hof, wegen der Watte in den Ohren, weswegen des Jungens Mutter fürchtete, von dem lauten Rufen des Trommlers mit seiner Frau und umgekehrt, auch selbst jetzt schwerhörig zu werden.

So entstehen vielleicht Nachbarschaftszwiste, ohne dass man es will.

Aber die Vögel hätten nach Meinung des Nachbarsjungen schon immer wegen des Trommelns vor seinem Haus Reißaus genommen. Schon beim ersten Schlag jeweils. Und Schwalbennester hätten sie deswegen an ihrer Hauswand noch nie erlebt.

Selbst Maikäfer seien aus der Gegend geflohen, hatte der Junge behauptet und schwören wollen. Und unsere Störche im Dorf mieden ebenfalls ihre Gegend, meinte er.

Ob das alles stimmte, weiß ich freilich nicht.

So dachte ich jetzt jedenfalls, dass der Trommler jetzt vielleicht allein dort auf unserem Platz stehe und übe. Zum Frieden aller und zur Schonung auch der Ohren seiner Frau.

Das Geräusch konnte nur der Trommler sein, nach meiner Meinung: Dong. Bong Bong. Wumm. Bumm. So klangen die Schläge. Mal auch Blamm.

Aber da kam mir der Altbauer Struwe entgegen, der seinen Hof uns gegenüber, auf der anderen Seite des Dorfbrunnens hat, dessen Sohn auch nicht oder noch nicht aus dem Krieg heimgekehrt war, und er daher Altbauer genannt wurde, wenn der erwachsene Sohn der eigentliche Bauer ist.

Er lächelte und sagte: „Na, Heiner, willscht au zum Fußballspiele mit dem neue Ball?"

„Ball? Neue? – Nee", sagte ich. „I muss nach Marbach zum Brot hole wegen dem Bäcker."

„Ah ja", sagte er, „die habe 'n Ball zum Spiele nämlich auf der Dorfwies doa, der isch groß wie 'n Kürbis oder noch größer oder wie 'n riesen Kopfsalat. Muscht mal sähe. I dacht, desch gibt's nescht. Hab no nie so'n großen Ball gsehe. Aber Brot ischt wichtig. Lauf mal zu! Hascht ja kei kurzen Weg vor dir!" Und er ging dann weiter.

Ein Ball wie ein Kürbis oder ein Kopfsalat? Was soll denn das?, dachte ich. Wie kommen die denn dazu? Mit einem Kürbis Fußballspielen ist bestimmt nicht erlaubt vom Bürgermeister: wenn der das hört, dachte ich noch. Tiere quälen ist verboten. Große Pflanzen quälen kann vielleicht ebenso verboten werden, wenn die vielleicht auch Schmerzen haben, ging mir durch den Kopf. Man müsste es halt nur wissen oder untersuchen. Nur können die ja beim Gequält-Werden schlecht schreien. Aber siehe, dachte ich, das weinende Röslein aus dem Lied „Sah ein Knab ein Röslein stehn".

Aber mich geht's jetzt nichts an, ich muss nach Marbach zum Brot-Holen, dachte ich. Ich muss vorüber! Hab nichts damit zu tun!

Aber es hörte sich an wie ein Schlag des Trommlers auf seine mostfassgroße Trommel.

Aber ich kam nun schon darauf zugefahren mit meiner Lokomotive auf den Platz davor und sah ein Ding als Ball, das tatsächlich so groß war, wie der Altbauer gesagt hatte: „Kürbis oder großer Kopfsalat."

Ich sah den Bomm-bamm-bumm-Macher hier jetzt auf dem Platz durch die Luft sausen und fliegen und bei jeder Berührung machte er Bong. Bung. Wumm. Beng oder auch Bang.

Durch die Luft fliegen und kreuz und quer über die Dorfwiese sausen, springen, hopsen. Trullern auch. Und manchmal senkrecht in die Luft steigen wie eine Lerche, nur viel, viel schneller, wie ich im Heranfahren sah.

Ich hatte nach dem Gespräch mit dem Altbauern wieder Tempo aufgenommen gehabt und war in Fahrt, aber dann ließ ich Dampf jetzt ab und fuhr langsamer auf den Platz nun zu, obwohl ich dran vorbeimusste! Ich wollte nur mal sehen, was die da haben.

„Heh, Heiner! Beeil dich!", riefen mir jedoch zwei Spieler schon von Weitem zu. „Uns fehlt ein Mann. Los, mach zu! Der Hannes hat heut Geburtstag und den Ball von seinen Eltern gekriegt!"

Ich dachte: Nun, etwas Zeit hast du schon noch. Um drei macht der Bäckerladen erst auf, wohl wie bei uns. Ich brauche keine Stunde bis zum Bäckerladen mit meiner Lokomotive und stehe dort nur schwitzend rum und kann mich erkälten. Und auch eine Grippe kriegen. Mal sehen, dachte ich, was das für ein Ding da ist, der groß aussah wie der Luftballon meines Bruders vom Jahrmarkt kürzlich.

Also nahm ich Dampf weg, zog die Bremse, brachte die Maschine am Rand zum Stehen und sprang ab. Legte Mütze und Rucksack daneben hin, und da spielte mir ein Spieler auch den Ball schon über den Rand des Spielplatzes zu.

Es war wohl einer von der Mannschaft der augenblicklichen Verlierer, der mir den Ball zuschoss.

Ich muss noch erwähnen: Die meisten Jungs der einheimischen Dorfbewohner mussten im Sommer allerdings eh mehr auf den Höfen und Feldern ihres heimischen Hofs bei der Arbeit helfen. Wir waren daher nur wenige und meist nur Söhne von Evakuierten. Höchstens sieben. Nur an den späten Sommerabenden kamen unsere einheimischen Schulkameraden hinzu. Die Mädels im Dorf gingen aber ohnehin ihre eigenen Wege. Schauten höchstens mal kurz irgendwo zu.

Jetzt, Anfang Dezember, waren aber ein paar Jungens mehr hier und ich kam aber nicht richtig dazu zum Zählen: es war ein Gejage um den Ball, der tatsächlich die Größe eines Kürbisses hatte. Ich glaube, jetzt waren es – wenn ich mitmachte, eine kurze Zeit: sieben gegen sieben. Das waren ja nicht wenige. Und alle spielten auf das einzige Tor.

Ich dachte aber noch an meine Mutter, als der geschossene Ball auf mich zulief. Ich wich ihm aus und ließ ihn die alte, vom Frühjahr noch stammende Sägemehllinie – die Außenlinie – überqueren.

Dann hob ich ihn auf und war baff über die Leichtigkeit des gelb-braunen, großen Kerls. Größer als ein Kopfsalat. Hart wie die Außenhaut eines Kürbisses und leichter als eine halbe Hühnerfeder.

„Werf' ein, Heiner, und mach mit, uns fehlt ein Mann!", rief mir ein Spieler vom Feld drinnen zu. Und ein anderer: „Der Ball gehört dem Hannes, der hat heut Geburtstag und den Ball von seinen Eltern als Geschenk bekommen!"

Dass ich hätte irgendwo auf meinem Weg zum Bäcker aufgehalten werden können und dabei Zeit vergeude, wäre mir vor dem Gehen nicht in den Sinn gekommen. Woher auch? Die Herbsttage und die frühen Wintertage sind nun mal immer die langweiligsten für Kinder in einem Ort auf dem Lande, wie meine Mutter ebenfalls meinte.

Ich tat's und warf den Ball ihm zu. Er gab ihn mir rollend zurück, weil ich zwei Schritte vorgetreten war, über die Auslinie rein, und ich dachte: „Mal sehen, was der Kürbis oder Salatkopf kann!" und schoss ihn im Kommen scharf aufs Tor.

Ein „echter Fußball" aus der Stadt sei das, hörte ich einen Jungen mir sagen. „Ein Lederball, der wohl viel Geld gekostet hat", rief mir ein anderer zu. Käme aus Stuttgart.

Klar: Des Schusters Frau hatte hinter ihrem Haus einen Laden im Herbst zum Schuhkauf eingerichtet. Und der schien gut zu gehen. Sie kamen aus den Dörfern unserer Umgebung mit den neuen Reifen aus Hartgummi auf ihren Fahrrädern angetrampelt, nur weil's bei der Frau Schuhmacher heimlichen Dorfrabatt zu geben schien gegenüber den Preisen für Schuhe in Menningen.

Letztens soll gar der Herr Baron von Waldersloh mit Gattin in seinem pötternden Opel P4 zum Schuhkauf vorgefahren sein.

Man munkelte, der Schuster suche schon einen Lehrling aus dem Dorf zur Ausbildung als künftigen Gesellen, weil sein Sohn nach dessen Ausbildung den Meister machen solle und dann die zwei den Laden schmeißen müssten.

Ich ließ mich überreden. Und: Gewiss, ein Riese war dieser Ballo hier zu diesem kleinen, ehemaligen Kerlchen von Tennisball zuvor. Das lockte einen schon der Größe wegen.

Doch wenn man diesen großen Kerl hier mit der Fußspitze auch ganz sachte nur berührte, war der auch schon wieder weggeflogen, ehe man sich versah. Ähnlich wie meines Bruders gasgefüllter Luftballon, den er kürzlich von unserer Mutter auf dem ersten Jahrmarkt hier im Dorf geschenkt bekommen und an einem Haltebändchen über der Schulter nach Hause gezogen hatte. Das sei halt ein „richtiger" Ball, wie man jetzt Fußball spiele in der Stadt und in Stuttgart sowieso, hörte ich zwei Spieler hier vom Platz sagen. Und Sonntagsabend im Radio sei jetzt auch davon zu hören. „Ein echter Ball aus echtem Leder", hatte ich nun schon mehrmals gehört.

„Kommt aus Stuttgart!", sagte mir noch ein anderer, das zweite Mal. „Die gibt's jetzt dort zu kaufen", rief jetzt sogar ein Dritter zu mir.

Der könne auch nicht mehr schlapp machen richtig, rief ein anderer. Den könne man ganz leicht flicken. Er habe eine Lunge im Inneren, dünner als 'ne Schweinsblase sei die, aber zäh wie ein ungekochter Schweinemagen, die man aus einem winzigen Schlitz der Hülle herausziehen könne, wenn sie mal undicht werde. Und flicken könne man ihn mit einem Fleckchen Gummi, nicht größer als ein Fingernagel. „Und Kleber drauf und nur kurz trocknen lassen und wieder rein und fertig", habe Hannes – der Sohn des Schusters – gesagt, rief mir ein anderer zu. Hannes selbst war freilich mit im Spiel.

Der Ball müsse nur noch wieder aufgepumpt werden mit 'ner Fahrradpumpe an der Stelle, an der man die Lunge herausgezogen und wieder reingestopft habe. Mit Ventil, ähnlich eines Fahrradreifens nur wesentlich kleiner. Sei auch mitgeliefert worden dafür, die Pumpe und das Flickzeug. Von dem Sportgeschäft aus Stuttgart. So was gebe es bald vielleicht auch in Menningen. „Vielleicht aber auch hier bei der Klempnerin!", rief mir irgendein anderer zu. Und ich musste lachen, und dachte: Kommt einer rein zum Klempnerladen mit 'nem Groschen von dem neuen Geld für ein Eis am Stiel, und der zweite schüttelt den Kopf und will einen Fußball groß wie ein Salatkopf kaufen. Und die nächste Person ist eine Bäuerin, die eine neue Bratpfanne braucht. Alles in einem Laden! Vielleicht auch noch Schuhe demnächst! Dann ist der Schuster am Dorfrand wütend! Ich fragte mich, was hier jemand gegen die Frau Klempnerin habe. Die halt aufgeweckt und fleißig sei.

„Der Klebstoff für den Ball", sagte mir noch ein anderer, „halte ewig."

Hmm: Skeptisch war ich dennoch.

Da rollte mir einer den Ball jetzt noch mal genau vor die Füße!

Das hätte er freilich nicht tun sollen. Aber ich dachte: Dem werd ich's zeigen! Denn ich hatte das Feld ja schon betreten.

Wenn ein Mann hier fehlt an der Zahl, dann bin ich nach Adam Riese bei denen der Richtige, die einen weniger haben, jedenfalls für einen Schuss!

Und dann mein Schuss!

Der flog jedoch nicht – der sauste. Und mitten aufs Tor und auf den Torwart drauf.

Der flog bis hinters Tor – der Torwart.

Und mit dem Ball im Arm.

„Zwei zu drei!", riefen ein paar Jungs und ich kannte den Spielstand nun.

Böse war der mir nicht, der Torwart. Der war mein Freund, der Thomas! Aber Spiel ist Spiel!

Und als es weiterging mit diesem Rollmann, und ich ihn sogar wieder sogleich hatte, kurvte ich kurz samt Ball um zwei Spieler rum und frech noch um einen Dritten; und machte dann ’nen Hackenschuss aufs Tor, und meine unfreiwillige Mannschaft hatte ausgeglichen!

Das darf nicht wahr sein, dachte ich noch selber. Und der Thomas, unser Torwart, der bei uns früher mit Konservendosen und dem Tennisball auch immer im Tor gestanden hatte und halten musste, war alles andere als ein unsicherer Kantonist und geschult durch den vorherigen kleinen, schlapp gemachten Zwerg: Das Ding aber, das nun noch mal auf mich zugerollt kam, durch irgendwen oder irgendwas, hätte halt nicht kommen sollen, jedenfalls nicht zu mir.

Ich kriegte ihn, hatte ihn, umkurvte damit den ersten Gegner links, den nächsten – ha, ha! – nee, ebenfalls links, und weil der Nächste endlich meinte, diesmal rechts? – nee! Ebenso wie jedes Mal zuvor: Und drin war der Ball und meine Mannschaft ging mit einem Tor in Führung!

Und dann?

Nun und dann schien es eine Weile zu dauern, bis der Ball in meine Nähe kam und ich ihn hätte kriegen können. Dann irgendwann schien irgendeiner der Spieler wie hypnotisiert: Statt auf einen seiner Mannschaftskameraden zielte der versehentlich wohl auf mich oder er hatte heute zwei linke Füße.

Und ich hatte den ja nicht gerufen, den Rollmann, den Ballo oder Springinsfeld: Er kam halt an, als möge er mich. Und ich hielt den Fuß auf ihn, drehte mich um und schoss und flutsch – der Thomas lag daneben, aber einen Zentimeter halt zu wenig.

Zwei Tore nun in Führung.

Ich ließ es nun leiser angehen: Meine Mannschaft hatte ja auch noch andere Spieler …

Und als sei ich eben Lehrer hier, dabei jedoch nur Enthusiast gewesen, schossen die ihr drittes Tor in Führung.

Was konnte ich dafür?, hab ich mich selbst gefragt.

Der Ball flog halt auf mich. Und von meinem Fuß am Spielzeugrand ins Tor.

Ich hatte irgendwann jedoch genug, den Kerl von Ball immer wieder und manchmal auch ungewollt zu kriegen und ließ irgendwann den Blick per Zufall längs meines hergekommenen Wegs zum Dorfrand gleiten: und verdorri! Das durfte einfach noch nicht sein: Da ging schon ein Licht an! An einem Stall. Nee, nicht das Erste. Da war schon ein anderes, das schon brannte. Weiter weg ein drittes.

Das durfte nicht wahr sein, meiner Meinung nach. Ich war doch noch keine Ewigkeit schon hier? Vor einer kurzen Weile doch erst angekommen. Das konnte nicht sein! Das konnte nicht wahr sein! „Da kann man mal sehen, wie schnell die Zeit vergeht, wenn sie einem mal gefällig sein soll schon gar!", dachte ich noch. Und wurde schon ein wenig wütend.

Zwei Lichter brannten da! Und nun erschien auch schon ein drittes! Wo ist die Zeit, die ich doch hatte, geblieben? Lichter von drei Stallfenstern. Es ist doch noch keine Zeit zum Melken, dachte ich. Die ist erst gegen Abend. Weiter.

Da flammte gerade ein viertes Licht auf in einem Stubenfenster, weiter entfernt. Und das war mir zu viel! Denn wenn die Lichter in dieser Jahreszeit im Dorf in Stall und Scheune aufzuleuchten begannen, war Abendzeit im Ort gekommen und mindestens die Zeit zum Melken und anschließender Viehversorgung.

Und jetzt kam auch noch ein weiteres Licht in einer Stube hinzu. Jetzt – wo Stromsparen ohnehin Usus und geboten ist.

Drei Stallfenster und eines in einer Küche und eines in einer Stube. Das bedeutete in einem Dorf mit Kühen: die Zeit zum Melken reift heran oder harrt darauf, dass jemand käme. Es könnte doch noch nicht schon vier Uhr sein, dachte ich.

Die Kirchturmuhr hatte ich hier bei dem Geschrei nicht schlagen gehört. Zu sehen war sie von hier nicht. Zu klein, zu niedrig der Turm, da von hier aus zu viele Dächer von Bauernhäusern noch vor ihm lagen.

Und wie hätte ich da auch auf die Zeit achten sollen?, schob ich die Schuld von mir.

Ich wollte auch schon los.

Aber da ging im Dorf ein weiteres Stuben- oder Küchenfenster an. Und in meinem Kopf ein Licht: „Mein Freund, du hast dich schon verspätet! Hau ab!"

Da machte ich Schluss! Das konnte nicht oder durfte nicht sein.

Ich schnappte vom Rand der Wiese meinen Rucksack, die Mütze und machte mich von dannen. Egal was die von mir dachten. Ohne ein Wort! Ohne jede Überlegung bestieg ich meine unsichtbare Lokomotive. Und sogleich ging's bergauf den Hang hinauf zum Wald.

Dem Thomas hatte ich die Tore keinesfalls gegönnt: Das war ein feiner Junge und ein Schuljahr älter als ich und daher wohl auch ein Stückchen klüger und immer viel gelassener, wenn andere hektisch oder böse oder gar giftig wurden auf dem Schulhof in der Pause. Der war Schlichter hier und dort. Ein feiner Kerl. Eine Autoritätsperson schon in jungen Jahren, habe ich mal gedacht von ihm. Denn unbestechlich und drum immer Torwart hier.

Doch hätte ich das Ding doch bloß überhaupt nicht erst berührt und wäre unerschütterlich einfach weiter meines Wegs gefahren oder auch gegangen. Vor wahrscheinlich schon einer ganzen Weile … Dann hätte ich gemächlich und gelassen im hellen, statt jetzt schon langsam dem dunkel wieder werdenden Wald zufahren können, war mein Gedanke.

Denn nur den Ball zu berühren, war mein Fehler an diesem Tag. Und zwar ein kardinaler! Und verschuldet hatte er es mit seinem Reiz.

Doch zugestanden: Ich schien vergessen zu haben, warum ich hier sei und was und wohin ich wollte. Und nicht nur für 'ne kurze Weile vergessen. Wo war mein Kopf – mein Verstand geblieben? Zwölftausend Meter. Hin und zurück. Was für eine Summe, erst recht an Schritten, kam mir in den Sinn. Und dann schon jetzt hier nach den Lichtern in den Ställen beurteilt: die Zeit zum Melken. Abendzeit!

Was sollte ich tun?, fragte ich mich. „Rennen!", sagte mir eine Stimme. „Du bist vorhin gerannt, wie ein Verrückter. Dann tue es auch jetzt!"

„Doch! Doch!", sagte mir mein Kopf! „Los Junge, lauf – lauf!"

Ich tat's. Aber ich dachte: gerannt und auf den Ball gestürzt hast du dich wie in einer Schar von Spatzen, denen man eine Handvoll Brotkrümel vorwirft. Und die dann gegeneinander jagen wie Verrückte.

Und mein Hirn dabei schien nicht größer als das eines Sperlings gewesen zu sein, ging mir durch den Kopf.

Ich weiß aber noch, dass mir meine Mutter eingefallen war während meines Spiels zu Beginn und ich heimlich mit ihr geflüstert hatte so ähnlich wie: „Nur ein Momentchen, Mutti! Ein winziges Weilchen – ein ganz kleines nur. Es kann nicht schaden. Ich hab noch Zeit, ich lauf ja schnell. Ich hab 'ne Lokomotive, von der du ja nichts weißt. Die macht Dampf. Da würdest du staunen. Drum nur 'n Weilchen nur. Mehr nicht!"

Doch dabei hatte ich mich mit der Zeit und ihrem Weilchen wohl verhauen wie ein Igel, der vor einem herangaloppierenden Gaul partout noch über die Straße dackeln will und meint: „Das schaff ich noch – das schaff ich noch!", und dabei sogar sein Leben riskiert mit den Hufen über sich. Das ich hier ja nicht tat.

Aber ich erinnerte mich an die Tore jetzt im Laufen, die ich geschossen und unsere Mannschaft in Führung gebracht hatte. Und bekam wohl nur deswegen – bildete ich mir ein – von jedem meiner Mannschaft jedes Mal den Ball zugespielt. War plötzlich so was wie Hahn im Korb. Als ob der Ball jetzt nur noch mir gehöre. Ich Trottel! Und stürmte weiter. Immer weiter. Und der Ball half mir. Und ich vergaß die Zeit. Ganz einfach! Und wollte nun jetzt schon sagen: „Du Verführer!" Hatte das Wort schon auf den Lippen. Entschuldigte mich blitzschnell aber vor ihm wegen dem Wort.

Dann fiel mir aber ein beim Laufen den Hang hinauf zum Wald, was unser Lehrer mal dazu zu uns über die Zeit gesprochen hatte: Bedächtig – wie oft – stand er mitten im Raum. Den Blick zunächst nach draußen durch die Fenster gleiten lassen: seine Figur sich drehend um eine halbe Achse mit Augen wieder in den Raum: Dann leiser werdend, wie immer, dass man ihm lauschen musste, stand er im Raum und sagte: „Die Zeit." Den Blick jetzt wieder durch den Raum langsam fahrend: „Die Zeit, Kinder, die Zeit, hier, um uns jetzt herum, und draußen, egal wo und wann: Wir meinen immer, sie könne uns täuschen. Sie sei mal schneller, als sie soll. Dann wieder langsamer als wir wollen. Sie sei sogar hinterlistig. Hinterhältig sogar, wenn sie nicht so ist, wie wir wollen. Husche mal blitzschnell an einem vorüber und entferne sich, wie die Schlusslichter eines Zugs an unserem Bahnübergang bei Zottelbach. Dann wieder langsamer angekrochen kommt wie eine Weinbergschnecke bergauf.

Sie ist nicht, was ihr über sie denkt: Die Zeit ist immer gleich. Läuft unentwegt in immer unveränderter Geschwindigkeit entlang unserer Nase, aber nicht geradeaus, sondern unentwegt ohne Anfang, ohne Ende. Als sei sie Herrin aller Ewigkeit. Und keiner kann sie auch nur ein Momentchen zum Verweilen drängen, wenn sie das nicht will. Sie ist absolut gehorsam ihrem und unserem Herrn! Ihr wisst schon, wen ich meine …?"

Ja. Wahrscheinlich hatte er recht, dachte ich jetzt und merkte, dass mir der Schweiß trotz Mütze die Stirn runter lief.

„Unser Lehrer hatte recht. Ob sie nun ein Mädchen ist, die Zeit, oder eine Dame. Wenn er es sagt, dann stimmt's. Sie ist immer gleich. Nur wir wollen immer was anderes. Ja! Ja! Ja!", sagte ich vor mich hin und lief – nein: Ich fuhr dann wieder.

Glockenschläge unserer Kirchturmuhr hatte ich nicht vernommen gehabt, bei dem Geschrei. Das hätte ich wissen können, sagte ich mir.

Erst als ich vor meinen Augen ein Stallfenster hatte aufleuchten sehen, dann noch ein zweites und dann ein drittes, dann erst schien ich kapiert zu haben, was die Glocke geschlagen hat, wie man sagt. Und bin losgerannt. Zu 6.000 Meter hin und zu 6.000 Meter retour, von Dorfmitte zu Dorfmitte.

Erst da und jetzt hatte ich Dussel mich gefragt, was die Glocke im Kirchturm wohl geschlagen haben könne, die sich hinter unseren Scheunendächern ja nicht absichtlich versteckte wegen mir.

Wenn's Licht angeht bei uns in den Ställen im Winter, ist's nämlich gegen viere, sagt man im Schwäbischen; (gegen vier Uhr), und jedenfalls langsam Zeit zum Melken.

Ein ungutes Gefühl hätte mich zurück ein Stück ins Dorf rennen lassen sollen, um auf die Kirchturmuhr zu schauen hinter den Scheunen. Jedoch die Angst, zu erschrecken, wie spät es sei, hatte es mich bleiben lassen. Und wenn dabei ein Gegentor gegen uns gefallen wäre in der Zeit, hätte ich die Schuld gekriegt. Und außerdem was dann? Meiner Mutter eingestehen sollen, was für einen großartigen Sohn sie habe, der ohne Brot nach Hause kommt? Nee!

Egal! Es war zu spät. Ich hatte den Hang jetzt gerade hinter mir und kam schon der Waldschneise entgegen. Man kann die Zeit halt nicht halten, wie man ein Pferd am Halfter zurrt, fiel mir Schlaumeier ein. „Das solltest du dir mal für alle Zeiten merken, Junge!", dachte ich. Und die Worte des Lehrers, des Herrn Guttmann.

Ich war schon knapp vor der Schneise, drehte mich aber noch mal um, um den Kirchturm vielleicht von hier oben zu erblicken, aber nee: auch nicht von hier oben – der Kerl! Er stand halt woanders hinter einem Dach und konnte ja nichts dafür!

Aber eines sah ich noch: Der Himmel begann bannig sich zu dunkeln.

Bis vier Uhr, hatte meine Mutter gesagt. Dann haben wir's schon dunkel. Bei bedecktem Himmel sicher. Und dann wird's Nacht, ganz schnell. So dachte ich, ums ehrlich zu sagen. Und lief. Und fuhr.

Und zurrte meinen Rucksack jetzt noch mal fester im Lauf. Schob meine Mütze noch mal zurecht und tauchte jetzt auch ein durch die Schneise in den Waldeingang. Und schon schien mir links und rechts im Unterholz, die Nacht beginne ihr Bett dort schon zu richten.

Und ich wollte schon rufen: Halt, halt, Madam! Ich muss doch noch im Hellen hier zurück!

Ich gab Dampf und wurde wütend!

Ich nahm mir vor: durchhalten zu müssen. Kämpfte aber mit dem Gedanken: Den Bäcker noch um einen Tag aufzuschieben wie meine Mutter ja gemeint hatte. Aber nee. Und jetzt erst recht nicht! Nicht wegen meines Bummelns. Gezwungenermaßen, statt freiwillig nach ruhiger Überlegung und die Umstände beachtend.

Dennoch: Was an dem kommenden Tag darauf nämlich passierte, was ich dann vernommen hatte? Nehme ich hier vorweg: Da donnerte nämlich gleich kurz nach Mittag der Lanz Bulldog, der einzige Bulldog des Dorfs, der jetzt wieder Treibstoff kriegte aus Menningen, durch Dorf und alle Straßen, bullernd und donnernd durch seinen zuweilen Feuer speienden, senkrecht meterhohen Schornstein.

Gesteuert der Kerl von der Besitzerin persönlich; denn ihr Mann war auch noch nicht zurück vom Krieg. Mit einem Anhänger mit Vollgummireifen hinten dran und nur halb besetzt mit Frauen aus dem Ort und alle und jeden einladend, aufzusteigen hinten auf den strohbedeckten Hänger, mitzufahren; notfalls zu allen drei oder vier Bäckerläden in Menningen, deren Brot zu kaufen und gerecht an alle zu verteilen.

Die beiden Lehrerfrauen hätten auch mit drin gehockt und mit den Kopftüchern gewunken, wurde da erzählt.

Wohl auch dem Bäcker zuliebe, diese Tour. Damit er sich keine Sorgen zu machen brauche und in Ruhe seine Grippe auskurieren könne.

Aber all das war Schnee vom anderen, dem erst noch kommenden Tag, von dem ich ja noch nichts gewusst hatte. Sondern erst, als alles vorüber war.

Und außerdem: „Was heute ist – ist heute zu tun und nicht morgen ...“, sagte unser Lehrer auch, wenn einer meinte, seine Schulaufgaben zu vergessen und bis morgen nachholen wolle.

Sei's wie sei! Für mich war das nicht Gegenstand meines Denkens. Ich hatte nicht verschieben wollen. Für mich war heute heute und hatte es gesagt! Und meiner Mutter versprochen!

Ich lief jetzt und lief und meinte wohl, von der verlorenen Zeit noch etwas einholen zu können. Dachte dann auch wieder an meine Lokomotive. Und dann: Ich könnte jetzt einen Heizer gebrauchen zu meiner Lokomotive. Einen Heizer, ja! Was ich schon mal probiert hatte im Sommer zum Mühlenbach hin mit meinem Schulbankkameraden. Der mit mir die Schulbank teilte. Auch einem evakuierten Jungen. Jenem aus dem Zug hier her nach Rielfingen damals im Schneetreiben. Mit dem ich mich auf meiner Schulbank besser verstand wie oftmals mit mir selber.

Ein Heizer bei mir und um mich versprach mehr Sicherheit nach vorn, zur Seite und nach hinten. Man weiß ja nie, was kommt, dachte ich.

Und schwupp sagte ich „Ja“ und so machten wir beide nun gemeinsam Dampf und Tempo, mein Schulfreund und ich. Die Skimütze noch mal fester auf die nasse Stirn gedrückt. Und den Schotterweg jetzt geradeaus. Zum Glück lief der kaum ohne große Kurven. Fast immer nur der Nase nach. Und mein Heizer warf umgehend Kohlen in die offene Feuerklappe neben mir.

Aber dann fiel mir verdammt noch mal was anderes ein. Was ich vergessen zu haben schien, aber im Kopf plötzlich aus einem dunklen Winkel gekrochen schien, wie eine Maus aus einem Schuppen oder Kellerloch plötzlich guckt: Schlicht nur ein Gerücht, aber es klebte jetzt vor meinem Blick, als sei es schon sehr alt: Auf dem Schulhof mal gehört, nur wusste ich nicht mehr die Zeit: Es versteckten sich in den Wäldern Deutschlands noch Leute, die vom Krieg und der Zeit der Nationalsozialisten etwas auf dem Kerbholz haben: Kriegsverbrecher der Nazis und SS. Verbrechen selbst an Kindern.

Feige Leute, die feige ihrer Strafe entgehen und für sich in ihrem Versteck wohl auf bessere Zeiten hofften.

Wobei mir obendrein jetzt durch den Kopf noch ging: dass freilich zum Verstecken hier im Süden Deutschlands reichlich Wald zu finden sei.

Dann dachte ich aber wieder: ein Gerücht. Sei es wirklich noch so, wäre meine Mutter im Sommer nicht so arglos mit mir vielleicht durch den hier Wald hier spaziert. Außerdem jetzt im dritten Jahr schon nach dem Krieg! Oder vielleicht gar nicht. Und meine Mutter hätte, wenn noch was dran sei, mich jetzt nicht alleine gehen lassen.

Nach Menningen vielleicht, aber nicht nach Marbach. Denn sie wusste sicher mehr als ich. Ich suchte in ihrer Tageszeitung immer nur Berichte von Emil Zàtopek. Sie durchblickte die Zeitung meist von vorn bis hinten und hätte mich nicht nach Marbach gehen lassen, wenn sie den geringsten Verdacht gehegt hätte, dass was dran sei an dem.

Wir fuhren darum unbekümmert weiter. Ich hatte aber dennoch so was wie einen Stein im Magen, wegen dem Gerücht. Von dem ich hoffte, dass er wieder verschwinde.

Tatsächlich schien's im Unterholz doch meiner Meinung nach bemerkbar dunkler schon zu werden. Und ich wollte schon rufen: „Halt – halt! Ich – wir müssen doch noch hier zurück, noch mal hier vorbei, bevor's zum Schlafen gehen kann, liebe Frau …", wollte ich der sich breit schon machenden Nacht zurufen, hatte ich auch schon auf den Lippen, verbiss mir jedoch wieder die Vokabeln. Denn wenn man Hilfe vielleicht brauche, müsse man sich seine Umgebung zu Freunden und nicht zu Feinden machen, war auch unseres Lehrers Meinung.

Wir liefen, liefen, liefen, fuhren: Die spitzen Steine auf dem Schotterweg und dessen Löcher bemerkten wir erst kurz vor ihrem Auftauchen vor oder bereits unter uns. Und in manches Loch tappten wir voll rein, sodass mir einmal vom linken Knöchel her ein Nadelstich durchs halbe Schienbein stieß und ich Angst bekam, der Schmerz könne mich jetzt hindern, mit dem Fuß überhaupt noch aufzutreten. Sodass wir umdrehen und ich würde heim humpeln müssen oder vielleicht gar nicht mehr werde laufen können. Ohne Brot zu Hause ankommen und selbst anderentags nicht mehr werde zum Bäcker gehen können.

Ich humpelte und humpelte. Und wollte auch schon weinen.

Denn die harten Holzsohlen, die ich noch hatte unter meinen Schuhen – Ledersolen waren noch viel zu teuer und meine Holzsolen wegen des Barfußlaufens den Sommer über noch nicht aufgebraucht – waren tückisch und gaben keinen Deut nach beim Auftreten auf ein offen oben aufliegendes Steinchen, oder beim Treten gar auf einen viertel oder halb herausguckenden Stein, sondern wollten immer gleich das Bein zum Wackeln und Umknicken bringen. Der große Nachteil dieser unnachgiebigen Solen.

Zum Glück ließ das Stechen im Weiterfahren nach. Und auch das Humpeln.

Ich wusste auch oder meinte: Wenn ein Schmerz nachlässt, war eine Schädigung meist wieder auf dem Weg der Heilung.

Und sie war – wie mir schien – zumindest nicht sehr böse gewesen.

Und weil dies mich dann gleich sofort etwas fröhlich stimmte und anscheinend auch der Weg nun gleichmäßig prima unter uns hindurch wie ein Schienenstrang verlief, begann ich wieder Mut zu fassen und fing an, leise, damit mein Heizer es erst mal nicht höre, ein Lied mit Rhythmus vor mich hin zu summen, aber ganz ohne Ton, der aber zum Laufen oder Fahren harmonisch war und dem Tempo angemessen schien: Das Lied von der Schwäbischen Eisenbahn; denn es hatte Schwung und passte zum leisen Lokomotiven-Zischen: „Tsch – Tsch – Tsch!" Und zu unseren hin und her gleitenden Ellenbogen als Radgestänge: „Tsch – Tsch – Tsch!":

„Uf dr Schwäbsche Eisebahne
Wollt e moal a Bäuerle fahre
Ging and Kass' und lupft de Huat
‚a Bilettle send so guad.'
Trulla – trulla – trulla – la
Trulla – trulla – trulla – la
Noach Sturgert – Ulm un Biberach
Mekle beuerle – Durlesbach …
Tsch – tsch – tsch! …"

Gleich nach dieser Strophe kam mir jedoch die Frage in den Sinn, ob denn der Weg nachher zurück wohl auch noch so harmonisch liefe.

Und schwupp: ein hartes Sprichwort fiel mir ein: Leichtsinn käme vor dem Fall.

Ich hielt also sofort an zu singen. Allerdings auch, weil mir zum Weitersummen jetzt die Luft knapp werden könnte.

Besann mich daher nur noch nach vorn auf unsere Strecke und lief und lief, als könne ich der kommenden Dunkelheit doch noch Einhalt gebieten.

Überraschend wurde jetzt das Licht vor uns auf dem Weg etwas heller, weil die uns kreuzende Kreisstraße schon auftauchte – zur Hälfte etwa unserer Strecke – deren Bäume ihr mehr Platz gelassen hatten zum Lichteinfall vom Himmel an dieser Stelle, als die Tannen längs unseres Wegs: die Überlandstraße von Sigmaringen zu einer kleineren Stadt im Süden, deren Namen ich vergessen habe, und zugleich aber Richtung zum Bodensee.

Diese Straße war etwa um die Hälfte breiter als unser Weg. Und an deren Kreuzung die große Trauerweide stand. Die im Sommer mit meiner Mutter im Wind mit ihren Ruten über den Gräsern hin und her geschaukelt hatten wie die Röcke unserer Mädchen in der Schule mal beim Tanz auf dem Schulhof; oder der Rock unserer Mutter danach mal bei einem Solo-Tango zum Radio zu Hause. Sie wollte uns zeigen, wie sie mit unserem Vater am Hochzeitsabend einen Tango aufs Parkett gelegt hatte. Letzteres „... aufs Parkett gelegt ..." waren ihre Worte.

Heute jedoch machte die Trauerweide im Düsteren hier ihrem Namen alle Ehre! Ihre Ruten hingen still wie ein Kirchturm steht im Wind. Wir überquerten die Straße, ohne nach links oder rechts zu schauen. Und ich dachte an das Gerede von den Überresten zerschossener deutscher Militärfahrzeuge vom Krieg. Die hier noch irgendwo lägen. Was einem irgendwie gleich die Schultern etwas enger werden ließ.

Wir tauchten auf der anderen Seite wieder in unsere, jetzt schon wieder noch dunkler anscheinend gewordene Route und meinten wegen des weniger gewordenen Lichts, dass die Zeit mit

uns womöglich Schabernack triebe und uns an der Nase herum-
führe und uns hinter sich her japsen ließe, und heimlich den Abstand zum Dorf vor uns auch noch vergrößere – „falls der Teufel
hier sein Handwerk im Spiel vielleicht habe", wollte mir in den
Sinn dabei kommen.

Aber ich dachte wegen der Zeit an die Worte unseres Lehrers
und biss mir auf die Lippen.

Wir fuhren jedenfalls, was wir konnten! Denn der schmale Streifen
Himmel oben über unserem Weg zwischen den Tannenspitzen
näherte sich dem Dunkeln. Und hier drinnen, hier unten wurde
es düster, dass die Sicht auf dem Weg schon in zehn Meter mehr
vor uns beeinträchtigte.

Plötzlich gewahrten wir im letzten Augenblick vor uns auf dem
Weg einen schlangenähnlichen Gegenstand. Mehr als Schatten,
denn als klares Bild.

Wir wichen ruck, zuck noch aus nach links durch einen blitz-
schnellen Bogen – obwohl so was eine Lokomotive eigentlich gar
nicht kann – aber dann war das Liegende im Vorbeifahren lediglich ein Stück Ast, das uns täuschte und der Figur einer Kreuz-
otter ähnlich sah. Uns aber zu Fall hätte bringen können.

Schließlich und endlich durchfuhren wir irgendwann den
Waldausgang in zugleich kühlere Luft und ich wunderte mich
überhaupt nicht, dass in den Häusern unten im Tal so viele Lichter
schon brannten. Und dachte an noch etwas: dass wir auch heute
keiner Maus begegnet seien auf dem Weg! Der schien verlassen
wie der Weg des Rotkäppchens im Märchenbuch.

Wir standen kurz, um zu verschnaufen rechts vom Weg an einer
Ausbuchtung – wie damals meine Mutter mit mir – um uns und
unsere Lokomotive abzukühlen, denn wir schwitzten, dass ich
glaubte, wir dampften hier vor dem Wald und sahen es nur nicht.

Und just kam in diesem Moment – ein Pfiff!

Ein Pfiff einer echten Lokomotive schallte von Weitem aus
Nordwesten aus der Dunkelheit durchs Tal hinter dem Dorf herüber.
So, als grüße sie ihre jetzt hier oben aufgetauchte Schwester,

unsere Lokomotive, die sie eigentlich aber gar nicht mehr hier sehen konnte, bei dem schwindenden Licht.

Meine Mutter und ich hatten im Sommer bei unserem Gang nach Marbach, hier genau an dieser Stelle, auch Halt gemacht in der Sonne, weil ein kühler Wind hier oben wehte. Und hatten eine Pause eingelegt und gestanden und in das weit bis zur Schwäbischen Alb sich erstreckende Tal geblickt: durch das fern – vor der Alb verlaufend – die Donau verlief, dann davor die Eisenbahn von Sigmaringen nach Menningen und davor die Straße sich leicht schlängelte, auf der damals die französische Armee aus Nordwesten auf Rielfingen zu gekommen war. Alles vor dem Bild der Felswände der Alb verlaufend. Kilometer entfernt! Und auf den Gleisen damals in der Sonne und der zu flimmernden Luft von Osten nach Westen ein Zug durchs Tal gekrochen kam. Lang – endlos lang zog er daher mit Dampf schnaufender Lokomotive. Man konnte Mitleid mit der kleinen Lokomotive vorne in der Hitze vor dem langen Zug kriegen. Deren Dampf die flimmernde Luft sofort über deren Schornstein zu verschlingen schien.

Mit Holzstämmen hoch beladene Waggons hintendran. Als deutsche „Reparationszahlungen für Frankreich", hatte meine Mutter mir gesagt. „Wiedergutmachung von uns für im Krieg in Frankreich angerichtete Schäden." Was uns aber auch schon unser Lehrer in der Schule gesagt hatte. Wo das Holz hinfahre und wofür. Der Schornstein der Lokomotive dampfte heftig, doch die Hitze über dem Tal schien ihn sofort zu verschlingen. Die Eisenbahnlinie von Menningen nach Sigmaringen war das. Ich hatte meine Mutter nach der Strecke, um sicher zu sein, damals gefragt – und sie sagte: Ja. Das ist die, auf der wir damals im Dezember kamen. Im Schneetreiben gegen die Fenster. Weißt du noch? Und die bei uns an Zottelbach vorbei nach Menningen führt. Aber wir kamen hier mit dem Zug von links, da liegt Sigmaringen", sagte sie.

Oft hatten Güterzüge nach dem Krieg gleich hinterm Kohlenwagen auch zwei oder drei Waggons zur Personenbeförderung angehängt, berichtete unser Lehrer in der Schule mal.

Dieser Zug damals auch: drei dunkelfarbige Wagen mit schmalen, dunklen Fenstern, deren Scheiben zu vibrieren schienen im Widerschein der Sonne bei der Fahrt.

Aus solchen Waggons quollen in den vergangenen Hungerjahren wohl auch hier bei Marbach wie in Menningen die Frauen mit ihren Kindern. Um als Bittsteller über das Land zu ziehen und Äpfel und Birnen an den Wegen und Straßen aufzulesen; oder auf den Feldern nach liegen gebliebenen oder verlorenen Ähren von Weizen und Roggen, oder nach vom Pflug beschädigte oder vom menschlichen Auge übersehene Kartoffeln zu suchen. All dies noch dem Hitler-Regime zu verdanken.

Der Zug in der Sonne damals hier im Tal beim Anblick mit meiner Mutter bremste an einem kleinen Häuschen, dem Bahnhof wohl.

Neben einem danebenliegenden, etwas größeren, lang gestreckten Gebäude, nach einem Gasthof aussehend.

Eine lange häuserlose Straße führte von dort nach hier unten links nach Marbach.

Die Lokomotive damals ließ mal kurz pechschwarzen Dampf in die Luft, dann einen Augenblick gar keinen, dann wieder weißen, als habe sie eben nur kurz Luft geholt oder sich verschluckt wie ein Mensch. Und dann dampfte sie heftig und laut – man hatte es gehört bis hier herauf – und begann dann den langen Zug allmählich wieder ins Rollen zu bringen; kaum merkbar erst, dann schneller werdend und mit der Nase links im Westen in einen Hügel stoßend mit darüber hochwachsender Waldwand, und der Hügel verschluckte dann den langen Zug wie ein Loch einen Regenwurm. Weg war alles und das Tal lag verlassen vor den weißen und gelblichen Felsen der Schwäbischen Alb, nur von der Sonne beschienen. Aber ein Pferdefuhrwerk trottete vor der Bahnlinie langsam und einsam dahin auf der Straße nach Osten, nach Rielfingen zu.

Anzuschauen war das Ganze gewesen von hier oben wie ein nach außen blickender Werbeprospekt an der Innenwand des Schaufensters unseres Klempnerladens im Dorf mit einer abgebildeten Spielzeugeisenbahn.

Mein Heizer und ich hatten jetzt hier leicht verschnauft und machten uns beide wieder hier auf unseren Weg.

Ich gestehe: Diese Erinnerung hier vom Sommer erweckte in mir jetzt bei unserem nur kurzen Verschnaufen den Wunsch, ich hätte in diesem Moment hier in der aufkommenden Dunkelheit auch meine Mutter neben mir zum Weitergehen gehabt wie damals. Vor allem wegen dem Weg zurück. Doch die aufkommende Dunkelheit hatte ich mir selbst vorzuwerfen. Verführt worden halt nur von dem Bong, Bang, Bumm machenden, blitzschnell über den Platz sausenden Ball.

Dennoch etwas verschnauft und entspannt, als hätten mein Heizer und ich doch Wesentliches schon geschafft, fuhren wir jetzt den abschüssigen, baumgesäumten Weg im Halbdunkel den Lichtern des Dorfes entgegen.

Und auch gleich darauf nun auf einen größeren runden, verlassenen und unbeleuchteten Platz zu, an dessen rechtem Rand die rote Reklame des Bäckerladens leuchtete, wie neuerdings auch das Schild unseres Dorfladens daheim bei uns, und mich ein wenig an Weihnachten erinnerte.

XXVIII

Wir waren angelangt: Sprangen ab von der Lokomotive und stellten sie rechts neben die Tür und waren dann aber auch schon auf der oberen der zwei Treppenstufen, die Klinke von mir gedrückt und drin waren wir im Bäckerladen.

Zu schnell. Leider zu schnell, denn die Glocke über der Tür schien Purzelbäume zu schlagen und hörte überhaupt nicht auf: Bing, bing, bing, bing, bing. Und ich sah die Frau Bäckerin im weißen Kittel hinter der Ladentheke mit Stirnfalten und Augenbrauen spitz wie Heuschober und ich erwartete die Worte: „Rauß! Rauß! Aber Schnell!"

Was hätte ich dann wohl gemacht?

Obwohl das Gebimmel hinter uns jetzt schon längst Ruhe gab.

Blitzschnell nahm ich noch meine Mütze ab wie man es in der Schule lernt, dass mann seine Kopfbedeckung abnimmt, wenn man einen Raum betritt und verbeugte mich nicht wenig tief, um der Frau Bäckerin anzudeuten, dass ich eine gute Erziehung vielleicht besäße.

Zum Glück sagte die links vor dem Ladentisch stehende von zwei Damen in dicken Mänteln: „Manchmal können Ladenglocken auch leicht tückisch sein, wenn man sie nicht kennt und zum ersten Mal deren Tür betritt. Du weißt ja nicht, wie leicht die reagieren."

Ich bedankte mich im Stillen bei der Frau für diese Worte und nahm mir vor, am Sonntag in der Kirche beim Gebet an sie zu denken!

Nahm aber gleichzeitig wahr, dass ich freilich keinen Heizer bei mir hatte, sondern – und das war der Stand der Dinge: allein hier stand hinter den beiden Damen. Allein, wie man alleiner nicht sein kann, wie ich dummerweise dachte aber mir klar wurde, dass ich zurück nach Hause trotz weiterer Einbildung allein den Wald zurück musste.

Ich behielt meine Mütze in der Hand wie es sich gehörte und tat ein schuldbewusstes Gesicht. Und verbeugte mich ein zweites Mal in Richtung der Frau Bäckerin, dass sie mir mein Hereinstürmen in den Laden verzeihe, weil nicht von mir gewollt, dass die Tür so schnell aufgegangen sei.

Aber schließlich wandten sich dann alle drei Damen wieder sich selber zu und ich bekam mit, dass ihr Gespräch, das sie führten, sich um das Einmachen von Gurken handelte.

Denn die Frau Bäckerin sagte gerade, sie habe aber in diesem Jahr dem Gurkenfass etwas Dill hinzugefügt. Was ihr Mann gut befunden habe, denn der Geschmack sei nur ganz entfernt bemerkbar.

Und ich dachte: Wenn ein Bäcker so was sagt, wird es stimmen, wollte ich ihr beistehen!

Wenn meine Mutter gesagt hätte, jemand habe den Geschmack kaum bemerkt, hätte sie das als Lob empfunden. Denn ich hatte ihr mal einen Stängel Dill vom Küchentisch stibitzt und darauf gebissen, und musste raus zu unserem Gärtchen vor dem Haus, um mich heimlich beinah zu übergeben und sie hatte mich wegen des Gärtchens benutzen wollen, und der Rosen dort ausgeschimpft.

Drum war ich froh, dass die unmittelbar vor mir stehende Dame, mit einem Kopf größer als die links von mir danebenstehende, die mir beigestanden hatte, einwandte: Dill? Den möge aber nicht jedermann. Der Zipfel ihrs Kopftuchs auf dem Rücken dabei hin und her flutschte durch die verneinende Kopfbewegung. Und ich war auch ihr dankbar. Weil damit das Gespräch weiterlaufen konnte nach dem vorausgegangenen Willen. Und mein in den Laden Gestolpere in Vergessenheit geraten könne.

Ich schaute mehrmals – um die Uhrzeit zu erfahren – jetzt nach rechts neben dem Ladentisch nach einer Uhr über einer Tür, die aus dem Laden wohl zur Wohnung führte.

Einer Kuckucksuhr mit einem Vögelchen oben vor einer Öffnung. Aber ich vernahm kein Ticktack, was verständlich war bei dem Gespräch, noch bewegte sich das Vögelchen, und die Zeiger standen eisern beide mitten auf der Zwölf und verharrten dort, und auch das Pendel unten bewegte sich wie ein Eiszapfen im Wind.

Aber was nützte mir die Uhrzeit, fragte ich mich, wenn ich sie jetzt wüsste? Die Tatsache, dass es draußen jetzt dunkelte, würde damit nicht davon besser gemacht, dachte ich.

Das Gespräch der drei zog sich dann aber dahin wie ein ellenlanger Güterzug an einem Bahnübergang, der kein Ende findet.

Sie sprachen dann auch noch über den Geschmack von Ziegen. Aber darüber musste man wohl auf dem Lande Bescheid wissen, fand ich als Entschuldigung für die drei; denn Ziegen gibt es hier im Land in fast jedem Stall, dachte ich.

„Doch Schafe", wandte die etwas korpulente Dame mit einem grün geblümten Kopftuch ein, „würden futtern, was Ziegen hingegen oft gar nicht mögen."

„So?", fragte die Frau Bäckerin, und die andere, etwas größere Dame sagte, „ja – davon habe ich auch gehört. Aber Pferde würden auf Dill nicht mal kauen – habe sie kürzlich von ihrem Schwager erfahren, sie würden es einfach aus dem Gebiss fallen lassen."

Ich bat den lieben Gott, das Gespräch zu beenden. Aber die andere Frau erwiderte: Da habe sie das Gegenteil vernommen; sie seien geradezu scharf darauf und zupften einem, einen Stängel Dill geradezu aus der Hand.

Ich wollte mich einmischen und sagen, das käme aufs Pferd an, aber ich wollte mich bei keiner der drei Damen unbeliebt machen und hielt den Mund.

Ich stand hinter den beiden und sah nur ihre Mäntel und spitzen Enden ihrer Kopftücher sich auf ihren Rücken beim Sprechen immer hin und her bewegen oder flutschen, was mir vielleicht die Zeit nicht allzu lange werden ließ. Ich versuchte zuzuhören, kam aber schließlich auf den fragenden Gedanken, warum eigentlich nur Frauen Kopftücher tragen. Ließ eine Antwortsuchen aber bleiben.

Ich gab aber nun mal einen lauten Hustenlaut von mir, als gerade eine Pause eingetreten war im Gespräch. Und zum Glück sagte die mir zu Hilfe gekommene Dame, sie müsse nun gehen, denn ihr kleiner Enkel sei bei ihr zu Besuch zu Hause und vielleicht jetzt allein, denn ihr Mann habe „heute Abend Feuerwehrversammlung". Sie schnappte ihre Tasche, sagte „Ade" und verließ darauf den Landen.

Ich sagte ebenfalls „Ade" zu der Frau des Feuerwehrmannes und die Türglocke bimmelte mit einem freundlichen Beng-Beng bei ihrem Hinausgehen, als habe sie ihr vorheriges Gebimmel selbst bereut und die Bemerkung der gehenden Frau von vorhin sich zu Herzen genommen.

Die drei waren per Du zueinander gewesen, wie hier auf den Dörfern wohl üblich – was ich noch erwähnen muss.

Die verbliebene Dame meinte nun zur Bäckerin: „Bei deren Feuerwehrversammlung möchte ich mal dabei sein, wie viel halbe Liter Bier da immer gelöscht werden", während die Frau Bäckerin dieser Dame zwei Brezeln gab und einen Laib Brot, Geld entgegennahm und Lebensmittelmarken und zu ihr dann „Grüß Gott" sagte, und diese ebenfalls mit sachtem Beng-Beng der der Glocke den Laden verließ. Aber etwas herrischer die Türglocke bei dieser Dame antwortete. Vom Beng ins Bing übergehend!

Und gleich darauf aber auch schon die Frau Bäckerin den Zettel meiner Mutter von mir entgegennahm, mir alles Gewünschte vorlegte, die Marken von der Lebensmittelkarte abschnippelte, die sie brauchte wegen dem Staat, der diese verlangte, Geld entgegennahm und retour welches gab und ich alles in meinen Rucksack packte und wieder umschnallte, als sie mich fragte: „Du bist nicht von hier?"

Ich sagte ihr: „Ich komm aus Rielfingen, unser Bäcker hat die Grippe."

Da kam die Dame des Bäckers um den Ladentisch herum und steckte mir zwei Stutenkerle oben zwischen den Schnüren in den Rucksack rein, und ich vergaß nicht zu sagen: „Oh, danke! Vergelt's Gott!" Und mir fiel ein: Wir hatten ja Anfang Dezember, und Nikolaus stünde vielleicht morgen oder übermorgen vor der Tür. So genau wusste ich das an dem Abend nicht.

Aber die Frau Bäckerin schien das Gegenteil von dem zu sein, was ich anfangs vermutete. Das sagten jetzt die zwei Stutenkerle für einen wohl nicht künftigen öfter kommenden Kunden.

Der Nikolaus kam bei uns im Schwäbischen nie allein wie in unserer Heimatstadt, sondern immer mit einem Knecht Ruprecht als Begleiter, der wie ein Franziskanermönch gekleidet war. Dunkel, mit rundem und auch dunklen Käppi auf. Und mit rußigem Gesicht, der dem unseren katholischen Bischof aus Freiburg ähnlich sehenden Nikolaus immer den Sack tragen musste und die Rute, falls der sie mal brauchte. Aber bei uns im Schwäbischen waren die Nikoläuse immer sehr sanftmütig. Und unserer hatte immer eine sehr ähnliche Stimme wie eine bekannte Damenstimme aus dem Ort.

Ich verließ nun mit „Ade" sagen und „Vergelts Gott" den Laden, und die Bäckersfrau sagte noch zu mir: „Komm gut heim!"

Ich konnte nicht drauf antworten und nickte nur. Und hoffte dasselbe. Aber dankte ihr heimlich für diese Worte.

Die Türglocke bimmelte sachte und geradezu freundlich, als sei sie nun traurig, dass ich ginge und mich um Verzeihung bitten wolle. Was ich in Gedanken dann auch tat!

XXIX

Draußen war es dunkel. Das hatte ich drinnen schon bei gelegentlichem Blickversuchen durch die Scheiben des Ladens bemerkt.

Die Dächer der Häuser verbargen sich unter dem Himmel, als seien sie gar nicht da; denn nur die erleuchteten Stall- oder auch Stuben- oder Küchenfenster zeigten an, wo ein Haus sich befinde.

Ich wartete, bis sich meine Augen besser an die Dunkelheit gewöhnt hatten. Der Himmel schien bedeckt wie beim Kommen; kein Mond, kein Stern war zu sehen. Aber Schneeflocken. Schneeflocken taumelten vor meiner Nase im roten Lichtschein der Leuchtreklame des Bäckerlandens. Und ich dachte an meine Mutter, die gesagt hatte, unsere Nachbarin meine, dass es Schneefall geben könne. Und meine Mutter gemeint hatte, Bauern und Bäuerinnen könnten Wetteränderungen voraussagen.

Ich gewahrte nur die Lichter der Stallfenster und eines einer Stube oder Küche. Und zwischen ihnen und mir tanzten ein paar Flocken.

Denn Straßenlaternen gab es nach Hörensagen in der Stadt Menningen, auf den Dörfern jedoch wie Maikäfer im September.

Ich suchte nach einer eventuellen Beleuchtung des hiesigen Kirchturms wegen der Zeit – sah aber nichts.

Aber die leuchtenden Fenster am anderen Ende des Platzes waren überwiegend kleine, waagerechte Stallfenster; denn die Leute hielten sich – wie bei uns – zu dieser Zeit meist alle in ihren Ställen auf zum Ausmisten, Melken, Heranschaffen des Futters und zum Tränken und Striegeln ihrer Kühe und des Versorgens anderer Tiere. Die Lichter der Küchen und Stubenfenster waren meistens ausgeschaltet derweil.

Und in den Ställen hatten wohl nur wenige Großbauern elektrisches Licht, die meisten nur Licht von Petroleumlampen wie bei uns.

Manche sogar gelegentlich Kerzenlampen. Was gefährlich war; denn erst im vergangenen Sommer hatten meine Mutter, mein Bruder und ich nachts vom Rande unseres Dorfes auf ein brennendes, einzeln liegendes Gehöft geblickt im Nordosten, hinterm Mühlenbach gelegen vor der Eisenbahnlinie Sigmaringen-Menningen.

Betrachtet im Beisein fast aller unserer Dorfbewohner neben und hinter uns um schon nach Mitternacht: Eine große Scheune samt Stall eines einsam gelegenen Gehöfts war in Flammen aufgegangen. Keiner wusste warum. Vermutlich durch offen brennendes Licht. Hinter uns munkelte jemand jedoch auch von absichtlich und Versicherung. Wieso „absichtlich", verstand ich nicht. Hörte aber: die Tiere seien alle aus dem Stall gerettet worden. Was uns gleich das Feuer mit weniger Angst betrachten ließ.

Die Feuer loderten hoch wie zwei Kirchtürme übereinander in die Nacht und in allen Farben, selbst in Grün; nur die Funken von vermutlich brennenden Strohballen stieben hin und wieder Mückenschwärmen gleich in die Luft und gegen den Himmel und erloschen gelb und dunkel werdend im Herunterfallen.

Kleine Weißgluten dort in der Ferne hatten mich erinnert an den Morgen nach dem Verlassen unseres Bunkers und dem Feuer in unserer Straße in unserer Heimatstadt.

(Dass ich den Namen unserer Heimatstadt nicht genannt habe und nenne, hat damit zu tun, dass sie ja an dem Vorfall mit den Bomben unschuldig war. Wie auch Rielfingen nicht schuldig war an der gebauten Panzersperre vor dreieinhalb Jahren.)

Ein leichter Windstoß mit Schneeflocken fuhr mir hier auf der Schwelle der Tür vor dem Bäckerladen jetzt ins Gesicht. Eine Lokomotive wieder spielen, ließ ich sein: Was sollte ich mit Tempo bei der Dunkelheit und der Gefahr eines Sturzes auf meinem Weg, dachte ich.

Doch dann dachte ich: Das gibt's nicht: Leichte Schneeflocken segelten jetzt auch vor den Lichtern drüben wieder hinter dem Platz und plötzlich auch vor meiner Nase. Eigentlich fand ich das gut: Der Schnee würde die Erde erhellen und sichtbar machen.

Aber nicht zu viel dürfte es sein, dachte ich. Man müsste noch sehen können, wo man hintrete.

Also ging ich langsam los. Jetzt in der Dunkelheit musste ich sowieso aufmerksam gehen.

Ein Windstoß kam auf, als ich die Hälfte des Platzes hinter mir hatte. Und ich spürte Flocken auf meiner Nase unter dem Mützenschirm. Aber die Erde war noch nicht weiß. Der Schnee aber wirbelte leicht vor mir auf dem Platz im roten Lichtschein wie Staubwolken im Sommer bei einem aufkommenden Gewittersturm.

Suchen musste ich aber den Weg, auf dem ich gekommen war ins Dorf zwischen den vor mir liegenden Lichtern.

Ein Kirchturm war – noch mal rundum schauend – nirgendwo zu erblicken. Mit den Uhren hatte ich heute sowieso gut Kirschen essen, schien mir. Aber manchmal hat man Pech, dafür ein anderes Mal nur Glück. So glich's sich aus. Außerdem: Was hätte mir das Wissen der Uhrzeit jetzt genützt? So viel wie ein leerer Geldbeutel, würde meine Mutter vielleicht sagen.

Ich trat langsam los.

Die Lichter am Rand des Platzes kamen näher und ich erkannte in etwa den Weg, den ich vorhin oder vor einiger Zeit – noch mit Heizer – gekommen war.

Ich versuchte mich zu fangen und dachte, jetzt ergehe es mir wie einem Rehkitz in der Nacht im Winter, das seine Mutter verloren hat und weinen will.

Ich unterdrückte ein solches Gefühl und hörte gleich darauf eine Kuh laut singen durch eine aufgegangene Stalltür gerade aus vor mir, als ob sie mir Mut zusagen wolle.

Dahinter standen die Kühe im Licht einer flackernden Laterne in Reih und Glied und wedelten mit ihren Schwänzen und warfen Schatten gegen die Decken und Wände. Zu hören war sonst nur das Klirren der Ketten der Halsbänder der Tiere gegen ihre Futtertröge.

Ich ging weiter und dran vorbei zum nächsten Haus rechts, dem gegenüber linker Hand jetzt auch Häuser kamen.

Langsam begannen meine vom hellen Licht in der Bäckerstube noch verwöhnt gewesenen Augen mehr zu sehen und ich sah jetzt den dunklen Weg wenige Meter voraus. „Hallo!", dachte ich, „vielleicht wird es doch gehen, trotz Dunkelheit."

Links waren zwei Stubenfenster des Hauses beleuchtet, aber Stallfenster lagen dort nicht oder sie lagen schon wieder im Dunkeln oder vielleicht nach hinten, zur anderen Seite raus.

Rechter Hand schob gerade ein Mann seine Mistkarre aus der Stalltür heraus, kippte sich hoch nach vorn, dass die Ladung herausrutschte, blickte anscheinend mal nach mir, das hieß, dass er mich vielleicht sah, und drehte dann wieder um in Richtung Stalltür.

Ich ging vorbei.

Und siehe da – oder oh du Schreck – Schneeflocken wirbelten jetzt dichter und größer, schien mir. Und eine leichte Windbö kam auf und ich spürte sie im Gesicht. Und die Flocken schienen größer zu werden.

„Was wäre besser?", fragte ich mich: größere Flocken und mehr Schnee, oder weniger, sodass ich die Erde des Wegs nachher im Wald vor allen Dingen noch sehen könne, oder weniger oder gar kein Schnee? Und alles ist dann dabei nur dunkel? Denn ich war zwar oft bei uns durchs Dorf abends im Dunkeln auch gegangen in einem Auftrag für meine Mutter oder auch ohne besonderen Grund, und bei Orientierung durch die Lichter der mir bekannten Häuser, aber nicht im Wald bei Dunkelheit. Und im Dunkeln bei Schnee beim Schlittenfahren sah man noch genug im Dorf, schon wegen der nicht wenigen beleuchteten Stuben oder Küchenfenster, die oftmals ihr Licht nach draußen durch die Scheiben auf die Straßen warfen und den Schnee erhellten. Zum Schlittenfahren im Dunkeln gerade richtig.

Ich fragte mich, was besser sei: Trockener Weg und Dunkelheit wie heute ohne ein Licht vom Himmel, oder liegen bleibender Schnee.

Aber wie hoch liegen bleibender Schnee?

Denn bei hohem Schnee sähe man die Straßengräben nicht links und rechts. Erst recht keine Äste und Zweige oder Steine oder Schlaglöcher.

Und in den Straßenrändern stehe jetzt vom Herbst Wasser in den Gräben. Und man wusste nicht wie tief, wenn man versehentlich reintrat.

Meine Mutter hatte mich ja wegen eines möglichen Wetterumschwungs nach Aussage unserer Nachbarin noch gewarnt und gemeint, erst mal den nächsten Tag abzuwarten! Aber ich hatte das nicht gewollt.

Der Vorwurf ließ mich nicht los, wäre ich an dem Spielplatz mit den Jungs und dem Ball vorbeigelaufen, wäre ich jetzt wohl schon wieder zu Hause.

Ich ließ das Wenn und Aber! Das half genauso wie ein leerer Krug, wenn man Durst hat.

Aber mit dem Fußball des Hannes, des Schusterjungen, hatte ja niemand gerechnet. Nur dass die Zeit bei einem Spiel viel schneller vergeht, hätte ich ja wissen können. „Halt – halt!", dachte ich jetzt an unseren Lehrer: Nicht die Zeit geht schneller: Wir vergessen nur, dass sie da ist und läuft, ob wir wollen oder nicht, wie unser Lehrer auch gemeint hat. „Sie läuft immer gleich schnell oder gleich langsam", hatte er noch gemeint. Nur unsere Meinung läge immer oft daneben.

Die Schneeflocken kreisten jetzt und wirbelten und tanzten und machten heimlich Angst, es könne jetzt oder in Kürze vielleicht sogar alles in kniehohem Schnee versinken. Wer weiß das schon, was bei Dunkelheit vom Himmel fällt?

Doch noch verbargen sich die Dächer der Häuser und Scheunen im Dunkeln. Noch waren sie kaum zu sehen. An wadenhohen Schnee erinnerte ich mich aus dem letzten Winter. Das durfte hier heute nicht passieren. Was sollte ich dann machen? Schnell zu laufen jetzt, und dem zuvorkommen, kam mir in den Sinn.

Ich ging weiter.

Nicht wenige Fenster und Lichter fackelten nur und deuteten damit wohl an, sie könnten noch von Kerzenlicht oder Petroleumlampen stammen und nicht aus elektrischem Licht. So, wie auch noch bei uns in Rielfingen die Ställe und Scheunen hauptsächlich beleuchtet wurden. Dagegen war es hier jetzt ziemlich dunkel neben und vor den kleinen Fensterchen der Ställe und den gelegentlich nur einen Spaltbreit offen stehenden Stalltüren und Scheunentoren.

XXX

Ich ging langsam weiter. Versuchte noch mal den Kirchturm dieses Dorfs zu erblicken. Aber nichts. Die Zeit oder die Uhren schienen heute mit mir wirklich gut Freund zu sein wie die Katze zu einer Maus.

Aber mir schien, als suchte ich nur einen Vorwand, stehen zu bleiben und abzuwarten.

Was ich als Dummheit empfand.

Dann dachte ich wieder, nachzudenken sei Rücksprache halten mit seinem Verstand und könne ja nicht schädlich, eher nützlich sein.

Aber an diesen Überlegungen nun meinte ich erkennen zu müssen, dass ich eigentlich mich völlig hilflos fühlte. Was könne ich mit Nachdenken an dem vor mir liegenden Wetter ändern? „Nichts!", wehrte ich mich trotz meines Gedankens. So viel wie ein Vogel beim Scharren im Schnee Futter findet, wenn er Glück hat, so werde es mir hier ergehen, dachte ich.

Ich fühlte leichte Schwäche in den Beinen, meinte ich. Und auch im Magen. Und dachte erneut: So muss sich ein zitterndes, sich verirrtes Rehkitz fühlen …

Ich war jedenfalls jetzt völlig auf mich allein gestellt. Und Gott ist auch auf sich allein gestellt, fiel mir da plötzlich ein, wie ein Blitz vom Himmel kommend.

Nein. Der ist nie allein: Der hat Jesus und die Schutzengel als Helfer um sich herum, dachte ich. Die konnten ihm zur Seite stehen.

Ah ja! Aber ich hatte keinen, wollte ich sagen. Da fiel mir ein Gespräch mit unserer Mutter ein, das wir mal geführt hatten. Als es um Gott und Schutzengel ging. Und sie gesagt hatte, dass unser Kleiner wohl einen Schutzengel habe, der ihm geholfen habe, als er hinter unserem Haus die Holzscheite zum Herdfeuern hat mal hochklettern wollen, und er mit mehreren schweren Scheiten heruntergefallen war und einige auf ihn drauf. Und er laut geschrien hatte, dass wir es vorne gehört hatten und angerannt gekommen waren. Er aber kaum eine Schramme davongetragen hatte.

„Weißt du es denn nicht sicher, dass es einen Schutzengel gibt?", hatte ich sie da gefragt. „Weil du sagtest, dass ‚er wohl einen gehabt habe'?"

„Nein", sagte sie. „Wissen tu ich das nicht. Ich vermute es. Wer behauptet, zu wissen, dass es einen Gott und Schutzengel gibt, den müsst ihr fragen: woher er das weiß. Ich weiß das nicht. Ich glaube nur daran. Das zu wissen, da müsste man ja das ganze Weltall sitzen haben im Kopf. Und dann wüsste man es wohl immer noch nicht. Lasst euch nicht ins Bockshorn jagen, was Gott betrifft und seine Engel: Auf einen Schutzengel, der um dich ist, wenn's sein muss, vertraue ich auch. Dann fühlst du dich zum Beispiel nie allein. Du solltest es ebenso tun", hatte sie noch gesagt. „Es kommt aufs Vertrauen an."

Doch da hatte sich mein Bruder ins Gespräch gemischt: „Nie alleine? Immer einen Schutzengel um mich? Was ist denn dann, wenn ich aber doch auch mal ganz gern für mich sein will, ohne den? Und ich deshalb wegrenne vor ihm und mich verstecke? Was macht er dann?", fragte er. (Er war nun mal ein Schelm! Und ging nun mittlerweile ins zweite Schuljahr.)

„Nee", sagte sie lachend. „Das schaffst du nicht, Junge! Glaub nicht, der Engel sei so ein Trottel wie du und ich. Der ahnt schon zuvor, wohin du willst. Den kriegst du nicht weg. Denk an dein Fallen von den Holzstapeln hinter dem Haus! Schon gar, dass der das Weite sucht, wenn du weggehst. Es sei denn, er geht freiwillig." „Freiwillig? Was sagt denn dann der liebe Gott, wenn der einfach abhauen will?" „Abhauen? Nee. Der haut nicht ab von kleinen Jungs und Kindern. Den siehst du nur nicht. Der passt auf dich auf wie ein Eichhörnchen auf sein Junges. Oder eine Glucke auf ihre Küken. Oder wie die Sonne auf deinen Schatten."

„Hast du denn auch einen Schutzengel?", fragte er unsere Mutter. „Ich? Ja, sagte ich doch – ich glaube! Wissen tu ich gar nichts. Ich vertraue nur darauf, wenn ich einen um mich wünsche."

„Nur dann?", fragte ich.

„Nee. Weiß ich nicht. Aber immer, wenn ich auf irgendetwas baue und meine, einen zu brauchen, vertraue ich. Und ich baue und vertraue auf vieles."

„Vertrauen", dachte ich. Und dann dachte ich jetzt hier: „Dann tue ich das jetzt auch! Schluss! Ich gehe los!" Was ich dann auch tat.

„Denn worauf meine Mutter vertraut, darauf kann ich getrost auch bauen und nach Hause tragen, wie meinen Rucksack auf dem Buckel mit den Broten und dem anderen", meinte ich.

Diese Worte schienen mich irgendwie stark zu machen und mir Halt zu geben. Ähnlich wie der Haselnussstock im Herbst neben unserer Haustür unsere prall mit Früchten behängte Tomatenpflanze hält und stützt, dass sie von der Last nicht zerbricht.

Das Leben ist doch schön mit Fantasie. Verbessert oft Tristes und beseitigt Langeweile, dachte ich dabei.

Heute war das Leben schön gewesen mit dem Ball, ohne dass man Fantasie dazu gebrauchte. Halt nur zur falschen Zeit für mich! Ein wunderbarer Kerl! Groß. Hart. Rund. Und zum Anfassen leicht. Sieht mindestens zehnmal schwerer aus, als er ist. Konnte springen, als sei er nur dazu geboren. Und rollen, als sei er dazu gemacht. Und hüpfen, als habe er es einem Laubfrosch abgeguckt. Und gegen die Stirn von einem prallen, als liebe er diese sanfte Haut. Und vom Torwart festgehalten werden mit der Brust und Armen, als wäre dieser sein Bruder. Tat er alles, ohne dass man es sich einbilden musste.

Was kann die Welt doch Schönes jetzt plötzlich schaffen ohne Krieg, kam mir in den Sinn und ich gedachte unseres ehemaligen Zuhauses im Ruhrgebiet, wo wir aber eine Sandkiste hatten hinter dem Haus und eine Kettenschaukel.

„Komisch!", dachte ich: „Wie kommt denn das jetzt hier her?"

Ich ging jetzt einen Schritt schneller. Ich war noch nicht mal auf dem halben Weg hinauf den Hang zum Wald. Und fünfeinhalb Kilometer noch vor mir.

Dem wollte ich ein Ende machen und ging und machte leicht größere Schritte.

Zertreten ließ der dünne Schnee sich nicht. Ob er liegen bleibe oder schmelze, müsse man sehen, dachte ich. Noch hinterließ er kaum sichtbare Fußabdrücke von mir. Es schien auch leicht kälter geworden zu sein. (Unsere Nachbarin hatte anscheinend recht gehabt, die gewarnt hatte, das Wetter könne sich ändern.)

Die Lichter eines nächsten Hauses kamen näher. Auch hier stand die Stalltür offen und zwei Frauen saßen im Hintergrund auf Schemeln jeweils neben einer Kuh und melkten.

Aber ich machte weiter Schritt für Schritt. Vorbei auch mal an einem beleuchteten Stubenfenster.

Aber die Zeit des Melkens war wohl immer noch im Gange, auch die Zeit des Stallausmistens und des Bestreuens mit neuem Stroh. Und Heu aus der Scheune holen und in die Futtergatter geben. Und Wasser in Eimern zum Trinken. Im Winter ist das tägliche Arbeit und nicht nur – wie im Herbst – die Tiere nur auf die Weide treiben und abends zum Dorfbrunnen führen. Das Bauer-Sein oder Landwirt ist eine harte Arbeit, dachte ich ungewollt.

XXXI

Die Straße ging jetzt leicht bergan.

Meine Gedanken wanderten nach oben in Richtung Wald.

Dort gab es keine Lichter mehr wie hier unten noch zur genügenden Orientierung.

Vor allem waren zur Not hier hinter den Fenstern und Türen Menschen, die mir helfen konnten, wenn ich sie rief und jemanden brauchte.

Oben im Wald wäre wohl ein Glücksfall, einen einzigen Menschen anzutreffen. „Und wenn: dann was für einen?", dachte ich nun wieder. Und das Gerücht stand wieder vor meinen Augen mit den Kerlen, die was auf dem Kerbholz haben. „Was das eigentlich für Menschen sind, die Unschuldige, die nichts getan haben, einsperren und wer weiß was mit ihnen angestellt haben?", dachte ich. „Umgebracht" hatten sie sie, war auf dem Schulhof zu hören gewesen.

Wer hält sich sonst im Dunkeln und im Wald schon auf? Und jetzt im Winter? Und wenn doch, dann doch nur … Ich bremste meine Gedanken. Weil ich nach Worten meiner Mutter mir mit solchen Gedanken nur Angst einheimste, statt zu vertreiben.

Außerdem fiel mir jetzt aber ein Wort von ihr von meinem letzten Geburtstag ein, ich würde ja „jetzt ein junger Mann".

Damals war ich stolz gewesen und mein Bruder hatte noch gesagt: „Mann, Heiner, pass auf. Du wirst jetzt gefragt", und hatte mich dabei schelmisch angeblickt.

Ich überlegte: 12 Jahre und ein junger Mann? Nein: Sie hatte gesagt, ich „würde", nicht ich „sei …"!

Ich überlegte weiter und tat dann doch endlich etwas forschere Schritte nach vorn, einen zweiten, einen dritten und ging langsam los, längs der meist dunkel vor mir liegenden Straße. Mir blieb ja nichts anderes übrig!

Besann mich dabei aber, auch nicht zu schnell zu marschieren wegen der Gefahr eines Sturzes.

Vom Himmel über mir war tatsächlich nichts zu sehen. Der war einfach weg. Die kleinen Flöckchen Schnee fielen direkt aus dem Dunkeln auf und um den Mützenschirm auf Nase und Gesicht, wenn ich den Kopf oder nur den Mützenschirm ein wenig hob.

Warum ich bloß wegen der Vorhersage von Schnee nicht abgesagt und einen Tag hatte warten wollen? Quatsch: wieso einen? Wer sagt denn, dass es jetzt nicht schon richtig Winter wird? Wir haben doch Dezember, dachte ich. Wenn nicht heut, dann morgen. Da soll man nichts auf morgen schieben, sann ich. Morgen könnte kniehoch Schnee vielleicht schon liegen. Dann ginge ganz sicher durch den Wald nichts mehr. Und nach Minningen vielleicht auch nicht besser bei wehendem Wind mit meterhohem Schneetreiben quer zur und über die Straße und über die Wiesen. Drum lieber nicht, sann ich. Brot ist wichtig, hatte heute noch der Altbauer Struwe auch zu mir gesagt. Mein Schelm von kleines Brüderchen – dachte ich aber noch – hätte sich vielleicht jetzt aber erst mal totgelacht mit dem Witz: „Der Heizer, der nie da gewesen, hatte sich samt der nicht vorhandenen Lokomotive einfach aus dem Staub gemacht!"

„Berni", dachte ich noch, „du hast ja recht, aber auch gut lachen."

Aber etwas drückte mich im Magen: Wie soll der Rückweg jetzt werdengleich oben im Wald bei dieser Dunkelheit? Mit vielleicht höchstens heruntersegelnden Flöckchen? Oder wenn es gar doch heftig zu schneien beginne? Was dann? Dass dann bettferndicke Flocken durch die Schneise über dem Weg herunterfallen würden. Und wer weiß, wie schnell der Weg dann hoch vor Schnee liege. Dass man gar nicht mehr durchkäme? Schnee stampfen, noch knapp sechs Kilometer weit. Und Weg und Wegrand nicht mehr unterscheidbar. Nur noch durch die schneebehangenen Sträucher und Brennnesseln Unterschiede sehend. Lieber nicht! Nur bitte wenig Schnee, sann ich vor mich hin. Dass alles dann nur weiß in der Dunkelheit läge, ohne Anzeichen, wo der Weg verlaufe, alles ist nur weiß bedeckt, ohne vielleicht Konturen – und zwei Gräben links und rechts des Wegs nur zwei oder drei, höchstens vier Schritte entfernt und drin bist du! Und noch nicht zugefroren. Drum Wasser bis zur Brust oder gar höher? Und im Wettlauf mit der zunehmenden Höhe des Schnees auf dem Weg.

Ein Stein oder Ast könnte aber auch irgendwo darunterliegen auf dem Weg. Und wenn mich jemand fangen wollte, dann dieser nur meinen Spuren hinterher zu schleichen brauchte.

Doch ich ließ das Grübeln endlich bleiben und ging weiter. Dachte nur noch, was ich mir habe eingebrockt mit dem Ballspielen.

Die waagerechten, schmalen Fenster der Ställe mit ihren dahinter brennenden Lichtern und huschenden Schatten machten hingegen den Eindruck, als lebte hier draußen vor den Türen keine Seele oder Maus im ganzen Ort.

Und alles schien hier – wie bei uns im Ort – jetzt sich zum Füttern und Melken und Ausmisten in den Ställen und Scheunen aufzuhalten.

Das Klirren der Halsketten der Kühe in den Eisenringen ihrer Halterungen war das vordringlichste Geräusch jetzt hier auf der Straße. Nur mit gelegentlichem Muuuuh!

Vor allem das Fell der Kühe muss jeden zweiten Tag, spätestens jeden dritten gestriegelt werden, am besten jeden Tag. Mit einer harten Bürste, vor allem am Hinterteil, mit dem sie sich leicht in ihren eigenen Kot legten beim Hinlegen und Schlafen. Und das dann antrocknete und von der Haut schlecht zu entfernen ist und dabei auch Verletzungen verursachen kann auf dem Fell.

Meine Mutter half nicht umsonst unserer Nachbarin zwei, drei Mal in der Woche im Stall im Winter wie im Sommer.

Vor den Scheiben der Fenster von innen huschten hin und wieder Schatten eines Menschen, wenn er sich zwischen Licht und Scheibe her bewegte. Ähnlich vor den Spalten der angelehnten Stalltüren und den halb offenen oder nur einen Spalt offenen Scheunentoren. Meist nur ein, zwei, drei Augenblicke, dann war der Schatten wieder weg. Viele Tiere, dachte ich, und nur ein, zwei Menschen dort drinnen.

Und auch nur wenige „Muhs" gaben die Kühe jetzt beim Füttern und Trinken ab, neben dem Kettenklirren. Kaum ein anderer Laut.

Ich ging. Aber da: Eine weiße Katze huschte von links, von der Straße kommend, plötzlich nur zwei Schritte nah an meinen Beinen vorüber auf den Rahmen eines fahlen Lichtes, eines Spaltbereit offenen Scheunentores zu. So nahe, als glaube sie, dass ich zu ihrem Hof oder Haus gehöre.

Sie erfreute mich, denn unsere Nachbarbäuerin hielt eine braungelb gefleckte, die öfters uns besuchen kam, durch die offene Haustür flutschte und bettelnd maunzte, und nicht aufhörte, bis sie was bekommen hatte, und ihren Bart dann leckte und zu Schnurren begann und anschließend mit ihrem Fell und ihrem Schwanz einem um die Beine kroch und schnurrte und scharwenzelte. Wohl auch vorsorgend an ihren nächsten Besuch denkend.

Mir schien manchmal, Tiere seien zuweilen klüger als wir, da sie auch ohne Schulbildung an die Zukunft dächten. Derweil wir Menschen das Morgige oder Übermorgige – die Zukunft – viel zu viel und zu leicht in den Wind schlügen, sagte sogar unser Lehrer – und meine Mutter auch!

„So wie du heute deine vor dir liegende Tour zum Bäcker", dachte ich.

Zu rennen oder auch nur schnell zu laufen – wurde mir jetzt wegen der Katze völlig klar – sei es auf alle Fälle zu gefährlich, ohne was vor mir zu sehen: Ich könnte stolpern und stürzen und mich verletzen und dann im Wald droben vielleicht liegen bleiben. Die ganze Nacht. Bis eventuell jemand käme und mich fände anderentags und vielleicht helfen könne. Und ich halb oder ganz erfroren sei.

Wenn überhaupt jemand auftauche und wenn, dann einer vielleicht von den zwielichtigen Gestalten aus dem Gerücht vom Schulhof, die sich im Wald versteckten, weil sie was aus der Kriegs und Nazizeit auf dem Kerbholz haben.

Ich schüttelte mich, um den Gedanken wieder abzuwerfen. Fühlte mich aber irgendwie kräftig dabei werden, wie immer, wenn man wegen etwas meint, stark zu sein. Vor allem beim Wut-Kriegen, meinte ich.

„Aber ja", sagte meine Mutter. „Wut ist ein Gefühl. Und bringt ihre eigenen Gedanken. Und Wut macht stark. Aber auch unvorsichtig. Aber jeder Gedanke, der kommt, vertreibt einen anderen mit einem anderen Gefühl als Folge", meinte sie. „Du musst sie kontrollieren. Gute gegen schlechte. Starke gegen schwache."

Ich ging jetzt langsam weiter und vorsichtig und Schritt für Schritt, bedächtig in die Richtung, aus der ich – noch mit Heizer und Lokomotive – gekommen war. Das Gefühl des Heizers war jedenfalls ein gutes Gefühl gewesen. Das Gefühl machte einen sicher. Oder sicherer. Der Junge von damals aus dem Zug hierher. Und jetzt mein Nachbar in der Bank in der Schule. Zur Not half mal jeder dem anderen. Nur hätten wir den Lehrer deswegen nicht belogen. Weil der – glaube ich – Lügen nicht liebt und die Wahrheit sagen belohnt.

Leichte, winzige Schneeflöckchen taumelten mal wieder um Nase und Mützenschirm. Auch mal im offenen Mund landend. „Sie wissen nun wohl noch nicht, was sie sollen oder wollen", dachte ich.

Ich lief an einem etwas offen stehenden Scheunentor vorbei, hinter dem am Ende der Tenne auf einem Holzfass eine Petroleumlampe fackelte, die ein Schaf beleuchtete, das vor einer dort wohl abgestellten Mähmaschine angebunden lag und kaute. Mit der Nase und seinen Augen nach hier schauend durchs offene Tor. Als sähe es mich.

Das offene Licht in einer Scheune – vielleicht auch noch unbeaufsichtigt – wird bei uns im Dorf für gefährlich gehalten.

Das Schaf hockte – aber angebunden und wiederkäuend – vor der abgestellten Mähmaschine im Hintergrund und schaute heraus aus dem Tor, als warte es darauf, dass ich was sage. Es kaute mit dem Unterkiefer von links nach rechts und von rechts nach links und schaute durch das offene Scheunentor, als habe es mich fest im Blick. Und strahlte dabei eine Ruhe, Zufrieden- und Gelassenheit aus, die einen neidisch machten.

„Solche Tiere haben es doch nicht schlecht", dachte ich und tat, als grüße ich es von hier draußen, nachdem ich nun weiterging.

In diesem Augenblick ertönte jedoch just der Laut eines Hundes links von der Straße über ein Scheunendach herüber.

Es war mehr ein Jaulen als Bellen: Uhuhuhuu, Uhuuhuhuuuhuu – oder so ähnlich!

Worauf sofort von derselben Wegseite her, ein Haus aber weiter dorfauswärts, ein anderer Hund antwortete; in nur leicht abgewandeltem Ton, als versuche er auf keinen Fall, seinen Nachbarn auch nur nachzuahmen: Ohuuhuhouuu, ohuu!

Und ich jetzt lächeln musste, statt Angst zu kriegen vor den beiden. Denn ich bin ein Hundefreund. Und Hunde riechen das von Weitem; von zwanzig, dreißig und mehr Meter weit. Manchmal von bis zu Hundert. Sogar über Scheunendächer hinweg wie diese beiden hier! Das sei „tatsächlich so", hatte mir ein Durchreisender mit einem Hund einmal in unserem Ort erzählt!

Und was er mir noch gesagt hat: Ein Hund ist dankbar, wenn er spürt, dass ein Mensch keine Angst vor ihm hat. Weil er liebt das Gefühl der Liebe, das er spürt und riecht. Und die Nase eines Hundes sei unübertrefflich, hatte er mir gesagt. Der fände auf einem Weg mit seiner Nase vielleicht mehr Informationen oder Nachrichten, „als für Menschen in einer Tageszeitung stehen", hatte er mir gesagt.

Seitdem nahm ich mir vor, wenn ich groß bin, einen Hund anzuschaffen. Nur müsste er wegen Zàtopek groß sein wie ein Schäferhund, dachte ich mir. Dem neben mir herlaufen ein Leichtes sei.

Vielleicht rochen die beiden hier mich und haben deshalb jetzt eben gejault und nicht nach mir gebellt. Mich hat nämlich noch kein Hund angeknurrt bei uns im Ort. Da staunten selbst die einheimischen Jungs unseres Dorfs nicht selten. Das Jaulen ist doch mehr ein Hallo-Sagen, als ein warnendes Schimpfen durch Gebell.

Denn wenn ich einen Hund sah im Ort, freute ich mich von Weitem und hätte ihn am liebsten umgefasst und gestreichelt und auf dem Kopf zwischen den Ohren die Stirn gekrault, was Hunde am allerliebsten mögen und oft ganz still dabei werden und den Kopf hinhalten, wie ein Mensch den Kopf beim Haareschneiden. Was bei meinem Bruder und mir unsere Mutter aber immer tat.

Und bei der nächsten Begegnung zwischen dem Hund und der gleichen Person der Hund gleich wieder still seinen Kopf hinhält und auf das Kraulen wartet.

Und wenn ich einen angeleinten Hofhund sah, redete ich sofort mit ihm und man sah dem Hund an, er freute sich und wedelte mit der Rute. Und wenn er konnte, hielt er seine Stirn parat zum Kraulen zwischen den Ohren. Denn dort juckt es ihn oft auch, weil keine seiner Pfoten seinen Nacken oder seine Schulter richtig erreicht. Und Kraulen beruhigt das Fell.

Es sei der Geruch des Menschen, der aus dessen Haut und Atem erscheine, wenn er aus Freude einen Hund sähe, den er gern hat, hatte der Durchreisende mir gesagt. Und ich habe dem blind getraut.

Und wenn wir drei – meine Mutter, mein Brüderchen und ich – keine Evakuierten noch immer wären, hätten wir vielleicht auch so einen Freund im Haus oder in einer Hütte neben unserer Haustür liegen. Und nachts drinnen neben der Treppe schlafen. Hier wäre das möglich, in einer Wohnung in der Stadt ein Problem. Und er hätte vielleicht dann jetzt neben mir her stolzieren können mit erhobenem Kopf und mit der Rute wedelnd, so nach dem Motto: „Nun kommt mal einer her, ihr Burschen …!" Und mir den Weg vielleicht jetzt weisen können durch die Dunkelheit – womöglich allein bloß durch schnupperndes Wahrnehmen meiner Fußstapfen auf dem hergekommenen Weg. Sogar durch Schnee hindurch, bin ich mir sicher, auch wenn ich's nicht weiß!

Vielleicht könnte ein Hund sogar mein Trainer werden, bei meinem Laufen, dachte ich. Ich werde mit meiner Mutter vielleicht mal reden müssen, kam mir ein Gedanke.

Ich trat nun weiter den zwar gering, dennoch leicht merkbar ansteigenden Weg entlang dem Dorfausgang zu und konnte rechter Hand durch eine weit offene Stalltür blicken, wo wiederkäuende, braun gescheckte Kühe seelenruhig mit sich zufrieden auf ihren Plätzen standen, mal einen Schritt der Hinterbeine vor, mal zurück oder zur Seite tretend und mit den Schwänzen wedelnd nach links, nach rechts, gemächlich wohl auch die Fliegen vertreibend.

Und weiter nach hinten in der Reihe der Kühe sah ich wieder zwei Frauen mit Kopftüchern auf Schemeln hocken, jeweils neben dem Euter einer Kuh: Milch in ihre Eimer melken.

Das seltsame beim Melken ist, dass die Kühe sich so lange fast keinen Schritt bewegen. Sie sind dankbar für das Melken, hatte unsere Nachbarin mir mal gesagt.

„Ja, sieh an", dachte ich. „Hier herrscht Ruhe und Frieden. Warum soll es durch den Wald oben denn gleich anders sein?", ging mir durch den Kopf.

Ja, warum?

Aber die Worte in meinem Kopf bei meiner Herfahrt am Abend den Hang herauf wollten sich jetzt wieder im Kreis drehen, unaufhörlich wie ein Karussell. Wegen den Kerlen, die vom Krieg und der Zeit des GröFaz „etwas und wer weiß was auf dem Kerbholz haben!"

Nichts sehen könnend jetzt gleich da oben drin im Wald – der Gedanke ließ mich einfach nicht weitergehen wollen. Wenn's gut geht einen Meter vielleicht. „Was ist das schon?", dachte ich. Einen und dahinter dann nur Finsternis. Schritt für Schritt in unsichtbare Dunkelheit. Und noch gut fünftausend Meter; und Schritte zwei Drittel mehr!

Den Gedanken wegen des Gerüchtes versuchte ich mir auszureden. Ging stattdessen Schritt für Schritt mich auf meine Füße zu besinnen. „Sicherheit geht vor!", dachte ich.

„Irgendwann wirst du durch den Wald aber die Kreuzung erreichen und hast die Hälfte schon geschafft, Heiner", redete ich zu mir. „Und wenn du die Hälfte hast geschafft, dann schaffst du auch die andere. Das müsst doch sicher sein."

Wenn bloß die dumme Angst nicht wäre, meinte ich. Aber meine Mutter fiel mir ein, die mal gesagt hatte: „Wenn ihr einmal Angst haben solltet, überlegt, ob es einen Grund gibt für die

Angst. Eine Berechtigung! Eine handfeste! Eine hieb- und stich-
feste, auf Tatsachen begründete. Nicht einfach so ein ungewisses,
unbegründetes Gefühl. Denn meistens oder oft ist Angst nur ein-
gebildet. Das habe ich oft an mir gemerkt.

Dann versucht an etwas anderes zu denken, als an das Angst-
machende. Oft fliegt die Angst dann davon wie 'ne Mücke von
der Hand, wenn du sie fangen willst.

Versucht es einfach mal! Und wenn das nicht hilft: Denkt
schnell an ganz was anderes. Und was Ängste gar nicht mögen,
ist etwas zum Lachen: am besten Heftiges. Lachen mögen die
wie unser Pfarrer oben auf der Kanzel sonntags während seiner
Predigt, wenn Schüler unten im Schiff unter sich am Tuscheln
sind, und die halbe oder ganze Kirche es bemerkt."

„Und wenn ich nichts zu lachen habe?", fragte mein Bruder.

„Dann sagst du blitzschnell ein Gedicht auf, das du aus der
Schule kennst, auf das du dich beim Vor-dich-Hersagen aber
konzentrieren musst!

Am besten sogar eins, das du nicht fehlerfrei beherrschst.
Damit der Angstgedanke abhaut wie 'ne Fliege von der Nase
beim Pusten mit der Unterlippe, weil du dich stark auf das Gedicht konzentrieren musst. Probiert es mal: Die Konzentration
auf etwas anderes macht es aus. Denn zwei Gedanken gleichzeitig
haben keinen Platz in unserem Kopf. Allenfalls nacheinander.
Platz hat aber immer nur einer! Das ist so sicher, wie ein Oster-
hase nur bunte oder farbige und keine weißen Eier legt. Ich tu
das auch, wenn's sein muss mal an ganz was anderes denken.
Kann zwar sein, dass die Angst dann danach wiederkommt. Dann
machst du's wie zuvor noch mal", sagte sie. „Mit 'nem anderen
Gedanken als dem ersten.

Denn zwei Gedanken gleichzeitig gehen in unseren Kopf nicht
rein. Das ist so sicher, wie die im Westen untergehende Sonne,
die am Morgen im Osten wieder hochgekrochen kommt. Merkt's
euch für die Zukunft."

Wir beide nickten mit dem Kopf.

Mir fiel aber damals gleich der eventuelle Postbote noch in unserem Zuhause im Rheinland ein. Der kommen könne … Und meine Mutter sich schnell irgendetwas zu tun besorgte. Derweil der Bote dann schon weiterging und der Briefkasten leer war. Und ihre Angst war für diesen Tag verflogen.

Versucht hatte ich das aber mal, was sie sagte. Hatte damals auch geklappt, erinnerte ich mich. Jetzt schien es mir aber hier Probleme zu bereiten.

Langsam marschierte ich nun rechter Hand am letzten Haus und Stall vorüber. „Nun geht's also los!", dachte ich.

Ein Mann schob gerade seine Schubkarre heraus durch die offene Tür zum Misthaufen davor, kippte sie dort leer und ich wartete, bis er sich wieder umdrehte und zurückging in den Stall. Denn ich wollte nicht gesehen werden.

Derweil eine Kuh laut ein langes „Muuuuuuh" durch die Öffnung sang. Und eine andere ihr antwortete. Und eine dritte etwas später wieder nur ein ganz langes „Muuuuuuuuuuu!" verlauten ließ.

Ab hier, spürte ich nun leicht in den Knien, begann der Weg nun leicht bergauf zu dem Hang hinauf zum Wald zu gehen. Es war das letzte Haus am Weg gewesen.

Es begann ein langer Hang mit ununterbrochener leichter Steigung. Bis oben der Wald von Weitem dann sichtbar werden müsste, wenn's nicht dunkel wäre.

Die schwarzen Stämme der Obstbäume am Wegrand hier links und rechts wären zum Verstecken oder Auflauern gut geeignet, dachte ich.

Es fing also jetzt schon an mir ängstlich zu werden. Was ich nicht sein wollte – meiner Mutter zuliebe. Weil die – so erinnere ich mich jedenfalls – nichts Falsches uns lehrte.

Auch die schwarzen Astgabeln der Bäume über dem Weg glichen Fangarmen zuweilen, die nach einem runterlangen wollten.

„Heiner – krieg dich ein!", sagte ich mir leise.

Gleichwohl dachte mein Kopf im Weitergehen jetzt nur noch an den jetzt auf mich zukommenden Wald, derweil der Druck auf meine Knie dann plötzlich nachließ als Zeichen, dass ich den Berghang geschafft und oben aber angelangt war.

XXXII

Das Schneien hatte aufgehört. Und die Erde schien doch noch zu warm für liegen bleibenden Schnee.

Nur Dunkelheit und die nahen, unmittelbar um mich herum stehenden Baumstämme waren jetzt wahrzunehmen. Selbst der Wald vor mir war nur als breite, schwarze Wand zu erkennen.

Und Stille war's. Kein Kettenklirren einer Kuh mehr oder gar ein „Muuh"-Ruf oder von sonst etwas Lebendigem.

Einen Hund, dachte ich plötzlich, müsste ich haben. Der nähme ganz sicher jede Angst von mir weg. Ein scharfer gegen einen der Kerle, dachte ich.

„Totenstille" herrschte jetzt hier oben.

„Quatsch: Totenstille", würde meine Mutter allerdings sagen. „Stille nur, weil alles schläft um dich, Junge! Der Wald, die Wiesen, die Tiere. Das ganze Leben schläft seinen lebendigen und wohlsamen Schlaf. Die Seelen der Toten sind nicht hier. Die leben und wohnen ganz woanders. Gott will nur nicht, dass wir wissen wo!", sagte sie mal. „Die Menschen können doch von Kriegen nicht die Finger lassen", fügte sie noch hinzu. „Schau den ehemaligen Hitler an und seine Kumpanen."

Ich hob jetzt den Kopf und schaute längs der Stämme der Chaussee und ging langsam voran. Immer versucht zwischen den Baumstämmen entlang in der Mitte zu verbleiben.

Und langsam kam das Schwarz der Waldwand näher. Hoch aufgerichtet. Sodass ich den Kopf heben musste zu seinem gezackten Rand oben. Hoch, breit, nach rechts und links in der Dunkelheit verschwindend. Die Obstbäume links und rechts von mir führten geradeaus auf ihn zu. Die Schneise sah ich nun: ein schmales, spitzes, absolut schwarzes Loch.

Linker Hand von mir bemerkte ich jetzt die Ausbuchtung des Weges, wo wir – Pardon, meine Mutter und ich – im Sommer gestanden und ins Tal geblickt hatten. Und ich mit Lokomotive mit vermeintlichem Heizer heute Abend. Ein Gefühl der Liebe meiner Mutter zu mir kam über mich. Ein Gefühl des Starkseins spürte ich.

Ich blieb stehen und dachte dann aber an ihre Worte wegen der Angst.

Doch da: Schneeflocken plötzlich wieder – juchhe! – fielen mir jetzt wieder vereinzelt auf und um die Nase, trotz des Mützenschirms.

Ich nahm die Mütze mal kurz ab. Aber auf den Haaren spürte ich die Flocken nicht. Sie waren wohl noch zu klein, dachte ich. Oder es war noch zu warm.

Ich stand. Lauschte. Aber vom Dorf drang kein Laut mehr hier herauf.

Die Worte unserer Mutter wegen der Angst kamen mir wieder ins Gedächtnis. „Wenn ihr mal Angst habt, denkt an was anderes. An ein Gedicht", hatte sie auch gesagt. „Denn entweder du denkst an das Gedicht, das du nicht stecken bleibst oder an deine Angst. Aber eines von beidem geht nur. Das meine ich!", waren ihre Worte. „Eines nur geht gleichzeitig in deinem Kopf. Mehr Platz lässt dein Kopf dir nicht! Glaubt's mir!", hatte sie gesagt.

Ein Gedicht! Das war's vielleicht!

Aber es müsste ja ein langes sein.

Eins, so lange ich durch den Wald brauche, gibt's nicht. Da war ich mir sicher. Selbst von Goethe nicht.

Dann müsstest du es mehrmals hintereinander aufsagen, wurde ich mir klar. Müsste auch gehen. Müsste ich drei oder vier Mal oder noch öfter aufsagen. Aber ich hatte so ein Gedicht – ehrlich gesagt – nicht vollständig im Kopf. Und: „Wer reitet so spät durch Nacht und Wind …?" Nee. Das macht ja noch mehr Angst. Und ist viel zu kurz!

Ein Gedicht? – Das eine Weile dauert. Aber Mut macht, dachte ich.

Da fiel mir eins ein. Und das auch wohl nicht so kurz war. Musste ich halt immer wieder von Neuem aufsagen. Und ich durfte nicht stecken bleiben, dachte ich. Sollte aber Mut machen!

Dann hat ich's: Eines das Mut macht, dachte ich, Ist „John Maynard". John Maynard von dem Dichter und Erzähler Theodor Fontane.

Das wollte ich probieren: Daherplappern könnte ich es aber nicht. Denn so gut hätte ich es nicht im Kopf, dachte ich. Das nahm ich mir jetzt ernst vor:

Ich trat also zurück auf den Weg. Stellte mich in „Hab-Acht-Stellung". Mit dem Gesicht zum Wald.

Überprüfte mit meinen Fingern noch mal beide Schnürsenkel meiner Schuhe, richtete mich auf, drückte meine Mütze noch mal fest und richtete meine Nase gerade hin zum Wald. Holte tief Luft. Noch mal. Noch mal und fing an und sagte mir – bläute mir ein: „beachte: auf jede Silbe tust du nur einen Schritt! Und wenn es zu Ende ist, beginnst du sofort neu! Keinen anderen Gedanken!", bläute ich mir ein. Und auf jede Silbe nur einen Schritt!

„Auf – je – de – Sil – be – nur – ei – nen – Schritt", sagte ich mir vor.

„Und keinen anderen Gedanken für irgendwelche Angst. Damit er keinen Platz findet im Kopf: Die Worte des Gedichts lassen das nicht zu, nach den Worten meiner Mutter. Und wenn das Gedicht zu Ende ist, fängst du von vorne an!", hatte ich vor mich hingesagt. Dann begann ich:

„Eins – zwei:

Ein Ge – dicht,
(von The – o – dor – Fon – ta – ne)
Eins – zwei – drei –
Eins – zwei – drei:
Und los:

John May nard!

Wer ist John May nard?

John May nard war uns er Steu er mann,
aus hielt er, bis er das U fer ge wann,
er hat uns ge ret tet, er trägt die Kron',
er starb für uns, un s re Lie be sein Lohn.

John May nard.

(Und ich lief:)

Die Schwal be fliegt üb er den E rie see,
Gischt schäumt um den Bug wie Flo cken von Schnee;
von De troit fliegt sie nach Buf fa lo –
die Her zen aber sind frei und froh,
und die Pas sa gie re mit Kin dern und Frau'n
im Däm mer licht schon das U fer schaun,
und plau dernd an John May nard he ran
tritt al les: ‚Wie weit noch, Steu er mann?'
Der schaut nach vorn und schaut in die Rund':
‚Noch drei ßig Min ut en … Hal be Stund'.'

Al le Her zen sind froh, al le Her zen sind frei –
da klingt's aus dem Schiffs raum her wie ein Schrei,
‚Feuer!' war es, was da klang,
ein Qualm aus Ka jüt' und Lu ke drang,
ein Qualm, dann Flam men lich ter loh,
und noch zwan zig Mi nu ten bis Buf fa lo.
Und die Pas sa gie re, bunt ge mengt,
am Bug spriet stehn sie zu sam men ge drängt,
am Bug spriet vorn ist noch Luft und Licht,
am Steu er a ber la gert sich's dicht,
und ein Jam mern wird laut: ‚Wo sind wir? Wo?'
Und noch fünf zehn Mi nu ten bis Buf fa lo. –

Der Zug wind wächst, doch die Qualm wol ke steht,
der Ka pi tän nach dem Steu er späht,
er sieht nicht mehr sei nen Steu er mann,
ab er durchs Sprach rohr fragt er an:

‚Noch da, John May nard?'
‚Ja, Herr. Ich bin.'
‚Auf den Strand! In die Bran dung!'
‚Ich hal te drauf hin.'
Und das Schiffs volk ju belt: ,Halt aus! Hal lo!'
Und noch zehn Mi nu ten bis Buf fa lo. –

‚Noch da, John May nard?' Und Ant wort schallt's
mit er ster ben der Stim me: ,Ja, Herr, ich hat's!'
Und in die Bran dung, was Klip pe, was Stein,
jagt er die Schwal be mit ten hi nein.
Soll Ret tung kom men, so kommt sie nur so.
Ret tung: der Strand von Buf fa lo! –
Das Schiff ge bor sten. Das Feu er ver schwelt.
Ge ret tet al le. Nur ein er fehlt!

Al le Glo cken gehn; ihre Tö ne schwell'n
Him mel an aus Kir chen und Ka pell'n,
ein Klin gen und Läu ten, sonst schweigt die Stadt,
ein Dienst nur, den sie heu te hat:
Zehn tau send fol gen o der mehr,
und kein Aug' im Zu ge, das trä nen leer.
Sie las sen den Sarg in Blu men hi nab,
mit Blu men schlie ßen sie das Grab,
und mit gold ner Schrift in den Mar mor stein
schreibt die Stadt ih ren Dank spruch ein:
‚Hier ruht John May nard!'
In Qualm und Brand
hielt er das Steu er fest in der Hand,
er hat uns ge ret tet, er trägt die Kron',
er starb für uns, uns re Lie be sein Lohn.
John May nard.“

Ich fand mich mit der letzten Silbe bestimmt schon gar nicht wenig ohne Stocken weit drin im Wald und kann freilich nicht sagen wo. Noch weit entfernt vermutlich nur vom halben Weg an der Kreuzung. Vielleicht! Vielleicht auch nicht. Vielleicht nicht mehr weit bis zur Hälfte des Walds? Und sehen tat ich den Weg sogar – sonderbar – ganz wenige, vielleicht zwei, drei Meter vor mir. War also nicht blind. „Sieh an!", dachte ich, „die Dunkelheit kann also auch helle sein!

Zur Hälfte ist nur die Hälfte", dachte ich. Und ich hatte versucht, große Schritte zu tun.

„Gut!", sagte ich mir. „Du hast ja vorgebaut. Dir nämlich gesagt, dann fängst du von vorne an mit dem Gedicht!"

Ich begann zu rechnen; ich brauchte vielleicht drei Schritte für einen Meter.

Für Tausend Meter also 3.000 Schritte. Für 5000 Meter nur durch den Wald sind: 15000 Schritte. Bis zur Kreuzung (der Hälfte): also 7.500 Schritte. Dann hätte ich die Hälfte geschafft.

Jetzt merkte ich plötzlich etwas: Während des Gedicht-Aufsagens hatte ich kaum Angst gespürt. Was die Aussage meiner Mutter bestätigte: Während ich aber eben gerechnet habe, war das Angstgefühl total verschwunden wegen der noch stärkeren Konzentration auf das Rechnen. Das Angstgefühl war weg. Das hieß: andere Gedanken – starke: Und die Angst ist weg!

Ich war stolz auf das uns Gesagte unserer Mutter!

„Ich werd es jetzt machen mit dem Gedicht: Und wenn einer kommen sollte, und von mir was will, nehme ich es mit ihm auf. Ich haue ihn dahin, wo er von einem kleinen Jungen nicht denken würde, dass er ihn dahin hauen würde. Was bei Männern sehr wehtun soll. Das soll unendlich wehtun, hat man mir gesagt. Aber es muss ein fester Schlag sein!", war mal die Rede dabei gewesen auf dem Schulhof.

„Aber es müssen mindestens zwei Schläge sein. Ganz kurz hintereinander. Am besten drei oder noch mehr! Und dann weg! Und verstecken. Nicht unendlich weit weglaufen: Verstecken und im Dunkeln ganz ruhig verhalten. Wie ein Igel auf der Erde verharren. Bis ich ihn weggehen höre. Bis er abhaut, der Lump", dachte ich.

Rundum vor mir war nur Dunkelheit. Nicht ganz so eng wie in der Bunkerzelle damals. Hier konnte man etwas sehen. In etwas mehr als in Armlänge und dann noch ein, zwei Schritte. Völlig blind war man also nicht. Ich streckte den Arm: Die Hand war gut zu sehen.

Dann: mein Blick nach oben: ein schmaler Streifen dunklen Graus. Links und rechts davon das Gezacke der Ränder von den Wipfeln der Bäume in Schwarz.

Ich brauchte nur unter dem Streifen herzugehen. Aber auf dem Weg war es dunkel. Einen Meter weit noch vielleicht vorauszusehen. Anderthalb Armlängen. Ungenau zu sagen: ein wenig vielleicht mehr. Erst dann Finsternis! Nur – was dann kommt, weiß man halt nicht. „Was soll schon kommen?", dachte ich. „Weg. Nur Weg. Darfst nur dein Geradeaus nicht verlieren. Eine starke Kurve gibt es auf dem Weg ja nicht. Er läuft beinahe immer geradeaus.

Aber das war es ja. Ja – aber bis hier hat es geklappt", war mein Gedanke. Also weiter …

Ich wollte schon weiter … da hörte ich rechter Hand von mir so was wie das Knacken eines Astes. Nicht sehr nah. Aber auch nicht weit.

Ich meinte, tapfer noch zu sein und blieb. Und wartete ab. Und wollte schon mit John Maynard weiter … Komme, was da kommt. Da hörte ich ein zweites Mal: Knack. Ganz laut und deutlich.

Ein Tritt?

Ich fragte mich leider nicht und ging: Um 180 Grad gedreht und schnurstracks geradeaus dort hin, woher ich nach Gefühl und halb sehend, halb blind hergekommen war.

Ich hörte meine Sohlen aus Holz: Pd – pd – pd – pd – pd – pd – pd – pd … und jetzt auch ihr Echo, das ich beim Reingehen nicht vernommen oder schlicht überhört hatte vor lauter Konzentration auf mein Gedicht!

Und kam wohl schneller, als ich reingekommen war, wieder raus, vorbei an der Ausbuchtung mit kühlerer Luft im Gesicht. Und weiter, dachte ich.

Und ich marschierte aber – sicherheitshalber – bis zum Beginn des Abhangs des Wegs ins Dorf. Wo ich Lichter am Hang unten sah.

197

Dort erst traute ich mich stehen zu bleiben.

Nein. Ich dachte, wenn einer dir nachkommt, hörst du seine Schritte und brauchst nur loszurennen ins Dorf von hier. Und Schreien hilft vielleicht auch!

Ich steuerte linker Hand auf einen dunklen Stamm eines Apfel- oder Birnbaums zu und hockte mich – leicht gebückt wegen des Inhalts meines Rucksacks – gegen den Stamm eines Baums.

Lockerte den Rucksack etwas zur Seite, um mich besser hinzu- setzen und zu verschnaufen. Und das Brot nicht zu zerdrücken. Und die Stutenkerle.

Und lauschte: Vom Wald her war nichts zu hören. Nur vom Dorf unten hinter mir leises Muhen. Sonst nichts. Ich musste mich verschnaufen, als sei ich durch den halben Wald gerannt.

Nahm meine Mütze ab und schnaufte weiter. Perlen von der Stirn mir mit dem Handrücken wischend.

Ich saß und sann und merkte: Jetzt war ich am Verzweifeln. Ich war am Ende. Und von Schneeflocken auch keine Spur mehr.

XXXIII

Das Gedicht war meine letzte Rettung gewesen, die ich meinte, gesehen zu haben. Die war jetzt aber auch dahin, die Rettung.

Denn es war ja nicht der Wald gewesen, der mich hat versagen lassen. Es war noch nicht einmal die Finsternis dort drinnen, die mir vom Bunker damals blitzschnell in den Sinn gekommen war. Es war das blöde Knacken eines Astes. (Oder eines Tritts?) Und dann das zweite Mal.

Ich merkte: Ich wehrte mich jetzt gegen Tränen.

„Verflixt! Versuchst du's noch einmal?"

Ich dachte nach. „Es könnte ja einfach nur der Tritt eines … ja … vielleicht nur eines Hasen gewesen sein. So was Dummes", sagte ich mir.

Denn die Augen würden sich gewiss nach einer Weile an die Dunkelheit etwas gewöhnen, da drin, dachte ich. Oder haben sich wohl schon. „Wie soll ich das vergleichen?", fragte ich mich. Im Bunker damals war gar nichts mehr an Licht. Hier war noch ein klein wenig von oben über dem Waldweg heruntergekommen. Das ist jedenfalls etwas. Ich müsste mehr nach dort oben blicken. Und vergleichen: wo oben ist, ist senkrecht unten – bei gedachtem Lot – der Weg. Ja! So müsste es gehen. Und mit Gedicht.

„Ja, aber unsichtbare Steine liegen vor dir auf dem Weg", kam mir in den Sinn. „Du darfst nur dahin blicken! Musst vorsichtig sein."

Ja – aber das Knacken der Äste. Es hatte mich wohl in Panik versetzt.

„Panik", dachte ich wieder. Das also ist Panik. Anders als im Bunker damals in der Nacht? Jedenfalls ist Panik, wenn man sich verloren glaubt und ohne Aussicht ist, sagte ich mir jetzt.

„Ohne nachzudenken bist du aber einfach raus. Dabei sind Tiere im Wald. Die treten achtlos doch auf alles auf der Erde.

Die gesuchten Kerle können doch nicht in den Wäldern ganz Deutschlands sein. Und jetzt dreieinhalb Jahre nach dem Krieg? Und ausgerechnet hier? Wo du bist, Heiner? In der Nähe zweier Dörfer. Warum nicht in der Nähe einer Stadt? Hier kennt doch jeder jeden. In der Stadt geht das nicht. Da verliert doch ein Einzelner sich unter vielen.

Aha!", dachte ich. Ein kluger Gedanke?

Und dann: trockene Äste im Wald sind unzählbar. Und Tiere mit vier Beinen können gleichzeitig sogar auf vier Äste treten, kam ich mir irgendwie klug vor.

„Ja, aber gesehen habe ich fast nichts. Keinen Weg mehr", meinte ich.

„Oder doch?", fragte ich mich. „Wie kommt's, dass du ohne Sturz oder Stolpern rein und zurückgekommen bist?

Du musst doch was gesehen haben! Du hast nur nicht drauf geachtet. Warst abgelenkt. Hast dich mehr vielleicht nur auf die Ohren konzentriert. Sonst wärst du mit Wahrscheinlichkeit vom Weg abgekommen, was du nicht bist. Aber was ist Wahrscheinlichkeit? Wahrscheinlich bedeutet so viel: es spricht alles dafür, dass alles so ist, wie du es annehmen kannst. Dass alles so ist, was dafürspricht, was du ehrlich meinst. Was gewesen war. Also hast du etwas gesehen. Jedenfalls so viel, dass du jedenfalls den langen Weg während des Hersagens des Gedichts auf dem Weg gegangen und geblieben bist. Das ist aber viel! Und … Und das Ganze ohne Gedicht sogar wieder zurück. Belüg dich nicht selber! Ja. Nee."

Und im selben Moment sah ich plötzlich viel mehr vor mir und vom Wald entfernt, als ich vorhin, beim Hochkommen vom Dorf gesehen habe. Zum Beispiel den Wald da vorne. Ich sah ihn von hier. Beim Hochkommen habe ich ihn nicht gesehen von hier aus.

Ich dachte jetzt noch vieles hin und her.

Und dann stellte ich mir die eine Frage: „Bist du feige?"

Ich ließ die Antwort noch nicht zu. Dann: „Nein – Ich geh!

Denn auch John Maynard stand, eisern! Kein Quäntchen feige", sagte ich mir. „Und wer ein Mann werden will, darf nicht feige sein!", dachte ich.

XXXIV

Und wie als Antwort fühlte ich plötzlich auf den Händen, und um meine Nase wieder Schneeflocken fallen. Sachte und klein. Wieder gab es sie.

Dann sann ich wieder nach: Eigentlich hatte ich wohl nichts falsch gemacht beim Mich-Wehren gegen meine Angst.

„Will sie vertreiben mit Ablenkung durch Gedanken auf ein Gedicht. Ist bestimmt eine gute Idee. Muss jetzt mal rechnen", dachte ich. „Für einen Meter brauch ich wahrscheinlich drei Schritte. Fünftausend sind's von Waldeingang bis Waldausgang nach Schätzung der Dorfbewohner.

Nur müsste ich das Gedicht so lange wiederholen, bis ich drüben raus bin aus dem Wald. Warum soll das nicht gehen?", fragte ich mich. „Vor allem ein so schönes Gedicht. Mit solcher Spannung. Aber je öfter du es vor dir hersagst, desto besser kannst du es auswendig und desto weniger brauchst du dich darauf konzentrieren. Dann abwechselnd: Gedicht und Weg! Mal das – mal das!

Auf sonst gar nichts", nach den Worten meiner Mutter. „Auf den Weg und das Gedicht musst du dich konzentrieren."

„Ein feiner Mann, der Theodor Fontane", dachte ich. Wusste aber nicht, ob er noch lebte. „So was sollte man sich merken. Im Sinne der Person", dachte ich!

Außerdem: „Vor Bösem sollte man nicht weichen", sagte mir mal unsere Mutter. „Man muss ihm mit Mut entgegengehen. Denn vor Mut hat Bosheit Angst, weil böse Leute wohl auch feige sind", sagte selbst unser Lehrer mal. „Ein einzelnes Reh vor einem Rudel Wildschweinen ist doch kein ängstliches – es ist sogar ein mutiges – Heiner, selbst wenn es zittert!", sagte mal unsere Mutter.

„Stimmt!", dachte ich.

Dann dachte ich: „Ich versuch's noch mal! Zittrig bin ich jedenfalls noch nicht."

Ich hockte mich aufrecht vor den Baum, machte mich fertig, setzte meine Mütze wieder auf und wollte mich erheben, da hörte ich plötzlich Schritte.

Hinter mir.

Hinter mir, aber noch entfernt!

Schritte hinter mir. Vom Dorf.

„John Maynard hätte statt mir trotzdem standgehalten, trotz der beiden Tritte", sagte ich mir noch. „Auch wenn da jetzt einer kommt. Versteck dich jetzt erst mal.

Wer ist denn das? Wo will der hin? Jetzt im Finsteren?"

Ich lauschte: Schritte – damit hatte ich nicht gerechnet. Keiner Maus begegnet auf dem Weg hierher, keiner damals im Sommer bis auf den Herrn mit den Papageienfedern und dem halben Gesicht wegen seinem Bart.

Ich wollte lauschen, aber brauchte es nicht: Schritte! Ganz sicher.

Erstmals nicht nur die eigenen, wie vorhin den Hang herauf. Jetzt Schritte den Hang herauf wohl kommend. Schwach – doch deutlich hörbar. Dug – Dug – Dug – Dug.

Noch schienen sie im Dorf zu sein oder gerade beim Verlassen.

Ich horchte weiter. Allmählich lauter werdend: übergehend vom Dug – Dug – Dug – Dug in der Ferne zum Dog – Dog – Dog – Dog beim Näherkommen. Das war ganz sicher: Es kam jemand jetzt aus dem Dorf. Wahrscheinlich sogar schon den Hang herauf. Ich sprang auf und zurrte meinen Rucksack fester.

Die Schritte kamen näher, mir schien, die kamen rasch und forsch. Wurden lauter.

War das Einbildung?

Mein Herz klopfte unterm Hals wie vorhin nach der Flucht aus der Schneise.

Der – denn eine sie, eine Frau, war ich mir sicher, ist das nicht mit diesen schweren Schritten. Nach einem Mann mit Stiefeln hörte es sich an.

Ja, ganz sicher Stiefel. Ich kannte sie vom Militär.

Und Stiefel riechen nach Militär, habe ich mal gelesen irgendwo.

„Deutschem Militär?", fragte ich mich. Dann: Bauern tragen aber auch gern oft Stiefel, wurde mir klar.

Trotzdem und egal: Was wollte der hier? Jetzt?

Ein Spaziergänger? Dafür ging er viel zu forsch nach meinen Ohren.

Dann doch einer von den Kerlen …?

Ein Bauer geht gewöhnlich bedachter und immer mit der Ruhe, dachte ich.

Die Schritte wurden ganz langsam lauter und hatten jetzt mit Sicherheit ein gutes Stück das Dorf verlassen.

Und eilig schien's der Geher auch zu haben: Doag – Doag – Doag. – Doag – Doag – Doag hörte es sich nunmehr an. Was sollte ich tun? Der kam hier rauf. Auf meinem Weg. Mir näher! Das Dorf schon hinter sich.

„Was ist das für einer?"

Mir jagten sich Gedanken mit Gedanken. Aus dem Dorf unten ist der nicht. Was sollte der jetzt hier im Wald? … Spazieren gehen …? Wozu?

Ein Fremder also! Ein Jäger könnte es aber sein aus dem Dorf. Auf Wildscheinjagd. Auf Hasen nicht, die sind jetzt zu klein, um sie im Dunkeln zu fangen. Rehe eher", dachte ich. „Und wenn nicht? Wenn es einer aus der Clique der Leute ist, die im Wald sich verstecken nach Hörensagen? Aber wenn das noch so ist, wie ich vermute, hätte meine Mutter mich ganz sicher aber nicht nach Marbach, sondern nur nach Menningen laufen lassen. Vielleicht noch nicht mal das!", sann ich nach. Denn von meinem Gehörten auf dem Schulhof über Kerle, die wegen ihrer Vergangenheit etwas auf dem Kerbholz hatten und sich versteckten in Wäldern, wusste meine Mutter ganz bestimmt nichts. Sie hätte mich sonst ganz sicher nicht alleine nach Marbach laufen lassen.

„Sei's, wie es sei", dachte ich und sprang auf.

Ich musste jetzt nun hier was tun. Nicht stehen bleiben hier am Weg.

Runter die Böschung in den Graben.

Dachte noch mal nach und an meine Mutter wegen der Angst. Ist das nur Einbildung, jetzt die Angst? – Unbegründet?

Die Schritte waren keine Einbildung. Davor hatte ich auch keine Angst. Vor dem, dem sie gehörten, vor dem wollte ich mich in Acht jetzt nehmen mit meinem Schutzengel vielleicht neben mir. Der nie wegrennt nach meiner Mutters Auffassung. Der ist da wie dein Schatten in der Sonne oder des Nachts beim Mondschein.

„Warum dann also weg?", fragte ich mich. „Mutig sich dem Bösen stellen", sann ich meiner Mutters Worte nach. Oder sollte ich den jetzt Kommenden womöglich fragen, ob er was auf dem Kerbholz hat?

Das wäre nicht barer Unsinn – Schwachsinn wäre das. Mut ist was anderes. Hat mit Schwachsinn so viel zu tun wie ein edles Pferd mit einem Krokodil. Macht dem gegenüber einen hohen Satz und lässt es nach einem fetten Batzen Luft halt schnappen.

Aber: Was könnte das für einer sein jetzt am dunklen Abend durch einen Wald. Schließlich gibt es genügend andere Abende auch im Winter, mit Sternen oder obendrein mit Mond.

Aber es könnte ja ein harmloser Wanderbursche sein, der Humor hat wie unser Lehrer und „Ja" sagt und „Nein" meint, wenn ich ihn nach seinem Kerbholz frage, was er da drauf habe. Etwas auf dem Kerbholz haben, könnte ja sogar der Wahrheit entsprechen – wer hat so was nicht? Die Frage ist was und wie viel? Denn wer ist schon völlig unschuldig und klar wie Quellwasser? Und was dann?

„Was mache ich dann? In die Buchse, wenn der Ja sagt? Oder lach ich mit?", dachte ich.

„Was bringt mir das Gerede jetzt?", meinte ich jetzt, oder das Geschwätz.

Meine Mutter hätte mich vielleicht wohl nun an die Stirn gefasst, um nach Fieber bei mir zu fühlen.

Ich musste mich verkriechen jetzt. Und nicht erst, wenn er oben ist, entschloss ich mich. Vorbei lassen! Die vernünftigste Lösung. Und irgendwann dann hintendrein, wenn er schon weit weg ist!

„Das ist die Lösung!", dachte ich. „Hintendrein und auf seine Stiefel hören. Wenn sie stehen bleiben. Bleibst du auch ... Ich müsste mir vielleicht die Schuhe ausziehen, dass er mich nicht höre hinter sich.

Geht er weiter: du auch!

Keine schlechte Idee!", kam mir in den Sinn. Aber das ginge nur im Sommer. Jetzt war's zu kalt. Die Füße erfrieren mir vielleicht auch ohne Schnee.

Er wurde lauter. Auch das war sicher: Dog – Dog – Dog hatten sich die Schritte zunächst angehört. Jetzt schon nach: Toag – Toag – Toag im Näherkommen. Härter werdend im Ton.

„Zum Glück hast du eben gesessen und auf alles achtgegeben. Wärst du langsam in dem Dunkeln im Wald weitergegangen, hättest du sie von hinten vielleicht nicht vernommen. Oder zu spät. Und er hätte dich vor sich schon wahrgenommen. Und hättest dann nicht gewusst, wohin dann so schnell auszuweichen, wenn du überhaupt nichts siehst. Denn am ganzen Weg sind doch beiderseits Wassergräben. Und siehst sie nicht und steckst dann drin. Bis über den Bauch. Oder vielleicht bis zum Hals? Im Herbst und Winter jetzt bestimmt gefüllt und eisig ...

Bei forschen, schnellen Schritten hinter mir näher kommend – wohin hätte ich ausweichen können?

Sollen?

Denn im Finstern und über wassertiefe Gräben nützt dir die Schnelligkeit und Ausdauer eines Zàtopeks so viel wie ein kräftiger Baumstamm einem jungen Elefanten hilft auf der Flucht vor einem Löwen.

Wären die Schritte dir immer näher gekommen und hätten dich von hinten überrascht, bei einem mit langen Beinen wie dem Schneider Lotterbek aus unserem Lesebuch auf der Jagd nach einem angeblich bösen Buben. Zumal bei einem Erwachsenen, der auch noch größere Ohren hat als du", war mein Gedanke.

Und der nun wusste, dass er jemand vor sich hat ...

Ich hätte nur zur Seite weichen können über einen Graben, aber mit Wasser drin! Gefahr! Dann hörte ich meine Mutter wieder sagen: „Denk nicht immer gleich das Schlimmste, Junge. Gut:

Vom Dorf wird es vielleicht keiner sein, der da jetzt kommt. Die melken und füttern ihr Vieh noch zurzeit im Stall. Und bringen ihnen Wasser für neue Milch. Ein Handwerksbursche ist's womöglich nur, der auf der Walz ist und keine Unterkunft gefunden hat und oder noch eine sucht. Oder halt ein anderer friedlicher Geselle. Warum hast du überhaupt Angst vor dem, der hier nur marschiert wie du? Du könntest mit ihm gehen. Neben ihm oder hinterdrein! Bedenke auch das! Vielleicht freut er sich sogar, Gesellschaft nun zu haben. Ansonsten verstecke dich jetzt und lasse ihn vorüber. Und geh erst dann los, wie du meinst es zu tun."

Ja – aber sie wusste sicher nichts von dem Gerücht wie ich; oder aber doch und nach dem heutigen Stand. Dass alle in den Wäldern Deutschlands vielleicht zwischenzeitlich geschnappt worden seien. Nichts mehr zu befürchten sei. Gut dreieinhalb Jahre nach dem Krieg. Ganz gefährliche oder gefährlich gewesene Leute. Pardon: Männer. „Alles nur Männer. Ich jedenfalls, weiß von keiner Frau dabei", sagte mal unsere Mutter nach einem Bericht aus unserem Radio. Später berichtigte sie sich aber mal und sagte: „Doch auch Frauen", sagte sie. „KZ-Aufseherinnen waren im Konzentrationslager Bergen-Belsen bei Celle in der Lüneburger Heide. Wo sie Anne Frank umgebracht haben", sagte sie mir mal.

Unsere Mutter wusste eben immer ein wenig mehr; denn sie las eine Zeitung und kaufte sich in Menningen allmählich wieder Bücher für ihre und unsers Vaters viele zu Hause verloren Gegangenen. Verbrannten.

Ich blätterte die Zeitung nur nach Bildern durch oder Schlagzeilen oder in der Hoffnung etwas von Emil Zàtopek zu lesen. Allerdings jetzt auch von erstmaligen Fußballspielen in den Städten. Müsste man sich für interessieren.

Nur die Abendnachrichten im Radio hörten wir – zumindest wir beide – zusammen.

„Du hast ja recht", dachte ich. „Vielleicht ist es dennoch einer vom Dorf unten, der nur jagen geht, der da kommt. Oder halt ein Wanderbursche."

Ich kletterte jetzt den Graben runter und hockte mich hin. „Nee. Ein Gewehr", dachte ich nun wieder, „Das hört man meilenweit, wenn der jagt – wenn er schießt …" Gewehre sind verboten in Deutschland für Deutsche. Waren abzugeben nach dem Krieg an die Franzosen, hier im Süden. Gleich am ersten Tag nach dem Einmarschieren. Wie bei uns im Dorf. Gab daher keine mehr wohl im ganzen Land. „Kann man den Deutschen auch nicht überlassen", hatte unsere Mutter gesagt. „Ist auch gut so", meinte sie.

„Ein Fallensteller vielleicht?", fragte ich mich jetzt, könnte es sein. Für Hasen? Rehe? Und auch Wildschweine, wenn es welche gibt.

„Ein Wildschwein? Wie will der das im Wald alleine schlachten? Nee, muss er gefangen am Strick vielleicht erst nach Hause führen.

Ist so was denn erlaubt? Und lässt ein Wildschwein sich das denn gefallen? Ein Wildschwein am Strick, eventuell an den Hunden im Dorf vorbei? Was dann los ist. Im Dorf dort unten gibt's sicher genauso wenig Gendarmen wie bei uns im Dorf. Es gibt sie nur in Städten, wie man hört. Die Dörfer scheinen ungefährlich zu sein", kam mir in Gedanken. Brauchen keine Gendarmen oder Polizisten, wie man bei uns zu Hause im Rheinland sagte.

Drum machte der aber gerade deswegen vielleicht hier, was er will?

„Und wenn das Wildschwein dann noch um sich beißt?

Nee, das geht wohl nicht."

Ich hörte erst mal auf zu denken. Obwohl das eigentlich gar nicht geht, sagt unsere Mutter. „Gedanken wandern wie Zugvögel durch den Kopf", meinte sie. Kommen und gehen, ohne dich zu fragen. Oder kommen vielleicht wie ein Zug nach dem anderen, hintereinander, Waggon für Waggon. Ohne aufzuhören. Einen ellenlangen, jedenfalls weiß Gott wie langen Zug habe ich mal erlebt am Bahnübergang bei uns nach Zottelbach. Du denkst, der nimmt kein Ende. Und darf der das überhaupt, andere Menschen einfach so lange stehen zu lassen und Waggon für Waggon an der Nase vorüber einfach ziehen?

Angeblich werde Deutschland jetzt eine Demokratie, hat unser Lehrer in der Schule gesagt. Was der aber sagte, stimmte bislang nach meiner Erfahrung und unserer Mutter, wenn ich ihr was zu Hause mal erzählte von ihm.

Gedanken unterbrechen ginge nur, „durch Konzentration auf solche, die man haben wolle im Kopf", hatte sie gesagt.

„Musst einen aussuchen, der dich vielleicht fesselt im Kopf. Oder pfeifst ein Lied. Oder singen", sagte sie, „ist noch besser! Eins aber, dessen Text du nicht so gut im Kopf hast. Auf den du daher genau achten musst, ist das Beste", meinte sie. „Ist jedoch nicht leicht! Muss man probieren. Oder halt ein Gedicht … Hält länger an als viele Gedanken wohl", meinte sie.

„Denn zwei Gedanken gleichzeitig im Kopf bewegen, geht eben nicht. Nur hintereinander. Der Kopf des Menschen lässt das schlicht nicht zu", waren ihre Worte.

Aber ein Gedicht aufsagen, hatte ich ja schon probiert! Hat mir nur ein Stück geholfen. Doch – dachte ich jetzt – der mögliche Tritt auf den Stock hat's gemacht, dass ich die Nerven verlor. Oder vielleicht doch was anderes? „Jetzt erst mal abwarten!", dachte ich.

Oder der hier kommende Marschierer, dachte ich, ist einfach ein Mensch, der vom Bahnhof kommt, aus dem Zug, der da beim Herkommen nach hier oben her gepfiffen hat. Er ist wahrscheinlich nach dem Aussteigen neben dem Bahnhof in das Wirtshaus dort eingekehrt, nach langer Reise, um etwas zu essen. Sonst müsste er schon vor mir hier angekommen sein, war mein Gedanke.

Aber dann: „Dann kann es trotzdem einer sein, der etwas auf dem Kerbholz …", fiel mir ein. Klar! Vielleicht ist es genau so einer, der hier im Wald wohnt und jetzt zurück zu seinem Versteck in einer Felswand oder Höhle eilt und sich nur was irgendwo besorgen musste. Neues Geld von Kumpanen. Oder sonst was. Was die im Krieg gemacht haben oder im Namen der Nazis gemacht haben, wollte ich wissen. Habe meine Mutter aber noch nie danach gefragt. Und in der Schule wurde über die Vergangenheit der letzten Jahre fast nicht gesprochen. Als ob es eine Lücke gebe. Oder man uns unwissend halten will, dachte ich heimlich.

Ich wurde allmählich wütend gegen eine solche unbekannte, unsichtbare Bande, die Feiglinge waren und sich versteckten. Ich würde dazu stehen, wenn ich was gemacht hätte.

Und die mir hier jetzt Angst einjagten, ohne Genaues von ihnen zu wissen … Denn als Junge aus einem Dorf mittlerweile, als Dorfbewohner, hatte ich allein im Wald eigentlich keine Angst! Am Tage jedenfalls. Im Finstern freilich sieht das anders aus. Hat ich ja auch noch nicht erlebt. Erst jetzt! Und Angst gehabt wegen dem Gerücht auch noch nicht, meinte ich. Schließlich war ich noch nie im Dunkeln im Wald. Allein schon gar nicht. Hätte mich meine Mutter nie gelassen. War ja heute selber schuld.

Ich rutschte mit meinem Rucksack noch etwas weiter den Abhang hinunter. Die Schritte waren schon recht nahe.

 Ich lauschte: schweres, grobes Schuhwerk. Stiefel! Vielleicht Nagelstiefel gar vom Militär. Wie die von der Wehrmachtseinheit im Dorf und der ungehobelten SS-Brigade: dem Kerl mit dem armen Gänserich.

Wenn ich ein Gewehr damals gehabt hätte bei dem: ich wäre raus. Ich glaube nicht, dass der das arme Tier überhaupt noch angefasst hätte, geschweige denn wegtragen hätte können. Da bin ich mir heut' noch sicher! Und merkte jetzt – gerade: Ich wollte dem noch immer einen über den Schädel hauen. Ohne Reue! Ging mir nicht aus dem Kopf.

Ich merkte oder fühlte die Wut von damals wieder in mir aufsteigen und sonderbarerweise: die Angst ließ dabei nach, meinte ich. Und ich fühlte nur noch Wut!

„Aha!", dachte ich. Zwei Gedanken: Die Wut macht ein Gedanke und die Angst macht einen. Und zwei wie hier geht nicht, sagte Mutter. Daher steigt die Angst; die Wut geht. Oder die Wut steigt, die Angst geht. Wut komm und Angst geh! Aber ich habe keinen Knüppel hier. Zur Wut brauche ich mindestens einen Knüppel! Im Wald müsste ich mir einen suchen. Wenn ich was sehen könnte.

„Aber der da kommt, kann ja ein ganz Unschuldiger sein. Der keinem Menschen was getan und auch nicht tun würde", dachte ich. Könnte ja vielleicht unser Pfarrer sein, der verreist war. Unser?

Also abwarten. Ich legte mich halb hin, mit dem Blick nach oben, zum Weg.

Ich nahm mir vor: Wenn der, der da kommt, wieder weg ist, gehe ich wieder los. Abgemacht! Mit oder ohne Gedicht!

Dachte dann aber sofort wieder an den, der da jetzt kam.

Die Schritte wurden noch lauter. Dröhnten geradezu hier in der Stille des Abends. Ein schwerer Mann. Dreimal oder viermal stärker als ich.

„Der muss groß sein", dachte ich. Groß und schwer: Toag – Toag – Toag machte es, gelegentlich auch mal – Toag – Toag – Toag – Te – Toag: gegen einen Stein oder eine Wegerhebung stoßend mit dem Absatz oder gar der Stiefelspitze, bei dem „Te" dazwischen, oder einfach nur ein Schlürfgeräusch über den Boden, weil die Stiefel zu groß für den Träger oder die Füße des Trägers zu klein für die Stiefel sind.

Auch einen Stein fliegen hörte ich. Doch Militär! Stiefel vom Militär … Von deutschem …?

„Also doch noch welche im Wald", dachte ich. Vielleicht. Blöde Angst: Hab heute hier her auch niemanden gesehen; am Tag mit meiner Mutter damals genauso wenig. Außer dem Mann mit den Federn am Hut und dem halben Gesicht. „Ob das einer war? Verkleidet und Bart bis zum Bauch?", fragte ich mich. „Damit man sein Gesicht nicht erkennt?"

Also legte ich mich nun unten am Beginn des Ackers auf gut Glück gegen den abschüssigen Hang ins kalte Gras mit dem Blick nach oben zum Weg. Zum Glück trug ich im Winter immer lange Trainingshosen, als Sohn einer Schneidermeisterin.

Er war jetzt schon sehr nahe mit seinem Toag – Toag – Toag.

Wenn er mit den Augen nur vor sich auf den Weg blickte, was er ja wohl tun musste bei dem unsicheren, unebenen Weg, um nicht zu stolpern, dachte ich, würde er mich hier unten wohl nicht entdecken.

Dann lasse ich ihn vorüber und warte, bis er weit vor mir ist, und werde es dann vielleicht leise hinter ihm her versuchen. Denn wenn der dort drin im Wald was sieht, warum nicht ich?

Der hat doch auch bloß zwei Augen. Und ist vielleicht schon alt und muss sogar 'ne Brille tragen. Ich aber nicht!

Mir tat sich Hoffnung auf.

„Aber sollte er im Gehen um sich blicken, könnte er Umrisse von mir vielleicht sehen", redete ich mir ein. „Womöglich hätte ich meinen Augen zum Gewöhnen vorhin dort drinnen auch nur etwas mehr Zeit geben sollen", sagte ich mir wieder.

„Was tun jetzt? Flach auf den Bauch legen. Nur mit den Augen nach oben schielen. „Der sieht dich nicht", hoffte ich. „Und abwarten, bis er vorüber ist. Dann erneut versuchen", dachte ich mir.

Das Poltern wurde jetzt so laut, dass er nun direkt oberhalb von mir erscheinen musste.

Toag – Toag – Toag und war anscheinend auch schon da.

Wieder flog ein Stein.

Dann erschien aber oben auf dem Weg von links auch schon die Figur: eine Silhouette in Schwarz. Wie ein Pfarrer. Jedenfalls dunkel gekleidet. Aber mit Hut. Unser Pfarrer trug nie einen Hut. Das wusste ich. Einen breitrandigen sogar, wie ein Schlapphut sah der hier aus. Eine Riesenkrempe. Eine Silhouette in Schwarz. Die Kontur eines Rucksacks auf dem Rücken. Unseren Pfarrer hatte ich immer nur mit Aktentasche gesehen. Denn ich war schon nahe dran gewesen, ihn zu rufen. „Herr Pfarrer. Nehmen Sie mich mit?"

Der Rucksack des Mannes schien nur halb ausgefüllt. So viel konnte ich sehen. Halb flach: nur unten etwas drin und ausgebeult. Und der Hut einem Schlapphut ähnlich. Oder wie sie Schäfer tragen. Aber ein Schäfer ohne Schafe?

Ich sah, weil ich unten dicht am Hang des Grabens lag, nur die obere Hälfte von ihm.

Der Rucksack schien oben leer und unten nur wenig drin. Das war erkennbar! „Der hat sicher vieles nötig", dachte ich. Schwarz gekleidet wie die Nacht. Damit man ihn nicht sehe. Ihn die Dunkelheit verschlucke.

Anscheinend unbekümmert lief er weiter auf den Waldrand zu. Toag – Toag – Toag. „Gottlob!" war noch mein Gedanke und ich holte etwas Luft. Sein Rucksack war bannig flach! War wirklich nicht viel drin, wie ich meinte, ausmachen zu können. Und: „Der kann bestimmt einiges gebrauchen", fiel mir aber ein.

Doch da blieb er, schon mir nur noch den Rücken zeigend, plötzlich stehen, wie ein Ackergaul auf ein „Brrrr" pariert. Auf der Stelle. Stand wie ein Baumstumpf unbeweglich und als lausche er. Aber nur ganz kurz: dann drehte er sich um seine eigene Achse knapp zur Hälfte wie ein Karussell. Blitzschnell! Um knapp hundertachtzig Grad. Den Blick anscheinend genau mir zugewandt.

Es war alles ohne vorherige Andeutung blitzschnell erfolgt. Vom Marschieren bis zum Stehen mit dem Blick wohl zu mir.

Mucksmäuschenstill für Sekunden, schien mir's, war es jetzt.

Doch dann mit der Nase tief Luft holend, hörte ich, als habe er einen Schnupfen, und dann seine Stimme: Dunkel. Eher leise als laut: Aber halb im Befehlston: „Ist da jemand?" Dann noch mal: „Ist da jemand? Ich frag nicht gern drei Mal."

Aber es war zu spät für mich. Das schien mir sicher! Der hatte mich entdeckt. Doch wie?

Sein Schuhwerk knirschte einmal kurz über den Kies, dann wieder Stille.

Ich bewegte nicht einen Teil von mir. Wagte nicht zu atmen. Wieder meldete er sich – jetzt leicht herrisch: „Ist da jemand? – Wer ist da? Antwort bitte!" Nun ziemlich laut.

Pause …

Nichts.

Noch eine weitere Pause. Doch dann noch mal – aber ironisch lang gezogen diesmal im Ton: „Hier ist doch jemand, sage ich! Es riecht nach Brot!"

Leicht singend im Ton: „Es riiieeecht nach B r o o o t !"

Und dann: „Und seehen tuuu ich auch e t w a a s s …!" Mehr Brummend als singend. Aber als amüsiere er sich.

„Verdammt!", dachte ich. „Der Geruch! Daran hast du nicht gedacht. Ich hätte mich weiter ins Feld schlagen sollen. Der frische Brotgeruch!"

Dann die Stimme wieder mit sichererem Tonfall: „Ich sehe da jemanden im Graben. Wenn der Betreffende sich jetzt nicht meldet, wird er wohl etwas auf dem Kerbholz haben. Oder? Was ist? – Melden! Ich bitte nicht noch mal!"

Das war ein Befehl – militärisch!

Eine Weile nichts.

Dann: „Wenn der dort unten hier im Graben nichts zu verbergen hat, soll er endlich Antwort geben. Ich will nichts von ihm. Ich will nur wissen, was hier los ist und warum, und ob vielleicht noch einer hier am Lauern ist auf mich. Und ob Gefahr jetzt droht? Also Antwort bitte!"

„Nee!", rief ich. „Ich bin allein."

„Allein? Du? Du bist doch noch ein Junge, wie ich höre. Oder ein angehender junger Mann?"

„Ja", sagte ich. „Ich war beim Bäcker hier. Der unsere ist krank und liegt im Bett. Und ich habe mich verspätet."

„So, so! Verspätet. Und wo willst du hin?"

„Ich wohn in Rielfingen."

„In Rielfingen. Aha! Das ist aber auch mein Weg. Und warum liegst du dann im Graben hier jetzt, wenn ich fragen darf, und bist nicht hier auf dem Weg nach Hause, wenn du dich verspätet hast?"

„Ich musste mal."

„Ach so! Du musstest mal. Das kann passieren. Ich dachte, ich hätte dich unbeabsichtigt eingeholt und du hättest vielleicht Angst gekriegt vor mir."

„Ja. Nee", sagte ich. „Ich musste wirklich mal!"

„Tja, dann können wir ja jetzt zusammen gehen. Rielfingen ist auch meine Richtung. Junge. Wie weit ist es denn noch bis nach dort?"

„Eine Stunde Marsch für Sie."

„Eine Stunde nur? Ach, das ist ja fein. Ich schlage vor, du gehst mit mir und ich geh etwas langsamer, wenn's sein muss. So eilig hab ich's auch wieder nicht. Kannst auch hinter mir gehen, wenn's dir lieber ist. Rufst halt nur, wenn ich mal zu schnell sein sollte. Aber warum hast du dich denn verspätet? Man weiß doch, dass die Tage jetzt kürzer sind und obendrein noch werden!"

"Ein Fußball ist aufgetaucht bei uns im Dorf. Heute Mittag! Ein Ball so groß wie ein Kürbis. Ich habe noch nie so was gesehen. Und die Jungs haben mich gebeten mitzuspielen. Einer Mannschaft fehlte halt ein Mann. Ich kam halt dran vorbei zum Bäcker hier. Es ist der Weg hier durch den Wald."

„Ah ja. Jetzt versteh ich. Fußball hab ich früher auch mal gespielt. Aber mehr mit Blechdosen, als mit einem Ball. Mit 'nem Gummiball mal kurze Zeit. Bei dem Spiel um den Ball rennt einem die Zeit weg wie die Schlusslichter eines Schnellzugs, wenn man an einem Bahnübergang steht. Ich weiß. Und immer noch kein Tor geschossen. Weil der Ball ja nicht so will, wie du willst. Ich weiß. Beim Spielen denkst du nur ans Spiel und vergisst dich selbst und was du wolltest. Deine Aufgabe aber. Und die Zeit eilt weiter. Die kannst du nicht halten, hab ich recht? Die ist wie die Sonne, die du auch nicht halten kannst. Die geht unter, ob das willst oder nicht. Da kannst du schimpfen oder drohen wie eine Ameise gegen einen Elefanten. Hab ich recht?", fragte er.

„Ja. So ist es gewesen", sagte ich. Und das mit der Ameise gefiel mir.

„Aber warum treffe ich dich dann hier so an? Im Graben liegend, statt nach Hause zu eilen?", fragte er.

„Ich sagte doch, ich musste mal", sagte ich und dachte: „Pass auf, der will dich vielleicht nur mit schönen Worten arglos machen, damit du ihm vertraust."

„Du muuusstest mal? Ach soo, ja!", wiederholte er meine Antwort mit der Betonung auf ein langes „u". „Ah – jetzt verstehe ich. Und nun habe ich dich hier eingeholt? Ich dachte schon, du verstecktest dich vor mir." „Nee", sagte ich. „Bestimmt nicht. Ich musste wirklich mal."

„So, so. Also Angst hast' mithin keine? Dann sicher auch nicht vor dem Wald da vorne – nehm' ich an? – Der sieht nämlich verdorri aus, als sei bei ihm gleich in der Dunkelheit nicht gerade gut Kirschen essen. Als sei's bei ihm drin wie in einem fensterlosen Keller um Mitternacht. Hast also keine Angst?"

„Angst habe ich eigentlich …" Er unterbrach mich: „Eigentlich hört sich wie zwei Antworten an, statt einer. Eigentlich hast du keine Angst. Und eigentlich doch, hab ich recht?"

„Ja. Nee!", sagte ich. „Angst hab ich eigentlich keine."

„Eigentlich – Ho, ha! Das hört sich an, als seiest du tatsächlich ein tapferer junger Mann. Gefällst mir. Der Angst verjagt wie ein Gaul mit seinem Schweif die Fliegen, wie? – Abwehren halt."

Ich schwieg.

Er sagte: „Weißt du was? Vorm Wald brauchst auch keine Angst zu haben, Junge. Der tut dir nichts. Es sind nur deine Gedanken über den Wald. Er ist harmlos wie ein Lamm, wenn's keine Menschen gäbe. Im Gegenteil: Der versteckt dich sogar vor anderen Leuten.

Und böse Tiere gibt es hier im Wald ganz sicher nicht. Von Wildschweinen vielleicht mal abgesehen. Aber auch die rennen bestimmt nur selten hinter einem Menschen her. Die lieben uns Menschen wie wir Menschen faule Äpfel. Und die riechen schon von Weitem, dass die Menschen sie auch nicht mögen. Sie riechen es wie Hunde schon aus der Ferne einen Hundehasser. Aber im Dunkeln schlafen Wildschweine sicher jetzt und grunzen nur."

„Au!", dachte ich. „Der kennt sich aus. Das ist ein Waldmensch. Ein Verstecker!"

„Aber du riechst nach frischem Brot, mein Freund, dass es nicht auszuhalten ist. Ich rieche es bis hier rauf. Kommst also gerade frisch vom Bäckerladen. Ha, ha! So, so", sagte er, das Letzte aber wohl nicht als Frage meinend.

„Ja", sagte ich aber.

„Na schön, mein Junge. Wenn du willst, dann können wir ja zusammen gehen, Richtung Rielfingen. Es ist bestimmt sehr dunkel jetzt da vorne drin. Bange werden kann es einem schon ein bisschen, wenn man fürchten muss, plötzlich gar nichts mehr zu sehen.

Aber etwas sehen tut man eigentlich immer noch. Und wenn es nur die sternenlose, von den Baumspitzen sich abzuzeichnende Decke des Himmels über uns ist. Oben zwischen den Bäumen. Ein dunkelgraues Band. Dem du eigentlich nur nachwandern musst und sicher auch kannst. Weil das wohl deinen Weg begleitet. Ob geradeaus oder um die Kurve. Denn wo unten nichts steht, kann oben nichts sein. Allenfalls abgelöst wird es durch einen anderen Weg. Dort drinnen guckt der wahrscheinlich nur als schmaler Streifen zwischen den Wipfeln runter. Aber immerhin etwas. Und schau: Je länger du im Finstern bist, desto mehr sehen nach einer Weile deine Augen."

„Au", dachte ich wieder. „Der kennt sich verflixt gut aus im Wald." Und mir wurde unwohl. „Das kann einer sein, der hier wohnt. Pass auf!", dachte ich wieder.

„Schau", sprach er aber weiter. „Du bleibst einfach erst mal stehen und studierst das Dunkel vor dir und um dich herum, wenn du meinst, du sähest nichts mehr. Und versuchst es mit allen deinen Sinnen zu durchdringen. Mit Nase, Augen, Ohren und Gefühl in deinem Bauch. Mit allem, was du hast. Siehst die eigene Nase wahrscheinlich nicht mal mehr – ich kenne das –, geschweige denn deine Füße. Aber der Wald tut dir nichts. Nicht mehr als ein Rabe dort drin auf einem Ast dem Jungen eines Eichhörnchens neben sich etwas täte. Oder ein Specht einem Sperling. Die Tiere alle sind friedfertiger als wir Menschen glauben.

Nur Angst darfst' keine kriegen. Wenn die dich packt, stürzt die vielleicht mit Tausend Dingen auf dich ein. Und du wirst schwach.

Aber vom Dunkeln allein lasse dich nicht bange machen. Das ist ja nichts als dunkel. Sie streichelt dir sogar die Haut vielleicht im Gesicht. Und dass du nichts siehst, das gibt sich nach 'nem Weilchen. Und halb blind sein heißt ja auch halb sehen! Und nur weil es dunkel ist, stirbt man nicht.

Du siehst halt nur ganz wenig. Man braucht womöglich noch einen sechsten Sinn. Vielleicht hab ich einen. Du kriegst ihn nur durch üben. Komm hoch, gehst aber einfach nur hinter mir, allein schon, damit ich dein Brot nicht riechen muss von vorn oder neben mir. Mann – riecht das gut! Bleibst also immer hinter mir! Womöglich lernst du ja dabei auch einen sechsten Sinn zu kriegen."

Dann sagte er noch: „Und zu zweit geht vieles sowieso besser."

„Einerseits hört sich's gut an", dachte ich noch. „Andererseits …" Da fiel mir plötzlich meine Mutter ein, die mir mal was von stoischer Gelassenheit erklärt hatte. Die Stoiker waren Philosophen, die zu der Zeit von Jesus etwa gelebt hatten. Ihr Lehrer war ein Mann namens Epiktet. Der sagte: „Nicht die Dinge machen den Menschen Angst, sondern die Gedanken, die sie sich über die Dinge machen." Mittlerweile seien dicke Bücher über ihre Philosophie geschrieben worden. Aber in Wirklichkeit sei deren Philosophie ganz einfach, hatte sie mir gesagt.

Das hieß hier auf mich zugedacht, überlegte ich: Nicht der Mann macht mir Angst hier, sondern meine Gedanken über den Mann.

In Wirklichkeit ist es vielleicht der freundlichste Mensch von der Welt, einfach ausgedrückt. Ich müsste einfach meine Gedanken nach Gründen untersuchen. Aber wie mach ich das? Ich kenn den doch gar nicht. „Eben!", würde meine Mutter sagen. „Warum machst du dir dann böse Gedanken über ihn, wenn du ihn nicht kennst? Lass sie weg!"

Da fiel mir sein riesengroßer Hut ein. Mit großer Krempe jedenfalls wie ein Schlapphut oder von einem Schäfer. „Der passt doch nicht zu einem Waldmensch. Dem stoßen doch überall die Äste und Zweige jeden Augenblick den Hut vom Kopf! Als Waldmensch schafft der sich 'ne schmale Kopfbedeckung an. Eine Mütze so wie meine, allenfalls mit Schirm nur zum Schutz für die Augen", dachte ich. „Das ist keiner von den Kerlen, an die ich die ganze Zeit dachte", beruhigt mich der Gedanke.

„Eben!", würde mir meine Mutter vielleicht jetzt antworten. „Jetzt hast wohl die richtigen Gedanken. Du schadetest dir selbst. Also, denke noch mal nach über ihn. Ist er freundlich? Unfreundlich? Hat er was gesagt, was ihn verdächtig macht?"

„Nee!", antwortete ich in Gedanken. „Der Hut macht ihn für einen Waldmensch unverdächtig. Das ist sicher!"

Da hörte ich ihn sagen: „Na, was ist? Willst du mit, dann komm!

Und bleib immer hinter mir!"

„Wieder ein Wort, das ihn unverdächtig macht", dachte ich. Umgekehrt ließe er mich neben sich laufen, um blitzschnell zugreifen zu können. Zum mich Fangen, wäre neben ihm viel günstiger.

Wenn ich hinter ihm mich plötzlich verstecken wollte, stehen blieb und mich zur Seite schlich, müsste er mich suchen. Und seine Ohren hören nach vorne besser als nach hinten. Ein gefährlicher Mann wüsste das und hätte gesagt: „Bleib schön direkt neben mir."

Ich dachte: „Was ich eben dachte über ihn, spricht für und nicht gegen ihn." Und ich antwortete auf seine letzten Worte: „Und zu zweit geht vieles sowieso besser." mit „Ja! Aber so schnell wie Sie kann ich vielleicht nicht laufen", in der Hoffnung noch, er sage dann: „Na, gut. Dann Ade! Dann mach's mal gut." Und ich könnte dann nach einer Weile hinter ihm her leise ... dachte ich.

Aber er sagte stattdessen: „In Ordnung. Wenn ich mal zu schnell bin, meldest dich. Rufst nur: Hallo, langsamer! Und wenn ich mal stehen bleiben sollte, weil ich vielleicht nichts mehr sehe –, das hörst du ja – weil ich vielleicht nur erst weiter vor mir den Weg erkunden muss, machst du es wie ich und wartest, bis ich etwas sage vor dir.

Richte dich nur nach mir. Benutze deine Ohren, denen kann die Dunkelheit hier nichts. Dazu sind sie da.

Auf, komm! Oder willst noch immer nicht?"

Eigentlich hatte er recht. Was er sagte, passte zu meinen Gedanken. „Ja!", sagte ich und kletterte, leicht zurück rutschend jetzt im etwas feuchten und nassen Gras, nach oben; gewahr dabei zu sein: sofort umzudrehen und nach links in Richtung Dorf zu rennen, falls ich mich doch geirrt und er nach mir greifen sollte.

Aber oben angelangt schien er mich kaum zu taxieren. Und trotz der Dunkelheit sah ich unter seiner Krempe nur kurz zwei helle Pünktchen schimmern, als spiegelten sich Lichter aus dem Dorf in seinen Augen unterm Hut. Was ich als ein gutes Omen hielt.

Dann sagte er nur noch: „Also los!" und drehte sich links um, exakt um einen knappen halben Kreis – und begann wieder zu marschieren in Richtung wie zuvor, als er gekommen war. Toak – Toak – Toak.

Und ich nun aber sofort hintendrein in Richtung auf die tintenschwarze Front des Walds, schwarz wie in der Schule die Tinte in unserem Tintenfass. Toak – Toak – Toak, hörte ich vor mir seine Schritte und die hohe Wand des Walds kam immer näher und groß über uns heran und auf uns zu. Doch er – ohne sich umzuschauen, unbekümmert schritt er gerade hinein in die Schneise.

Und ich watschelte wohl hinterdrein wie eine junge Ente hinter einem Enterich. Geradezu auf die nun hoch aufragende und sich dann über uns schließende Wand von Wald. Toak – Toak– Toak, polterte er. Und kaum hatte ich mich an meine eigenen Schritte gewöhnt, schon lag die Schneise hinter uns und Finsternis umgab uns rundherum, als steckten wir in einem dunklen Fass.

Er jedoch ging anscheinend unbekümmert weiter. Toak – Toak –Toak. Und Toak – Toak – Toak. Und Toak – Toak – Toak, hörte ich nur.

Und damit waren wir anscheinend schon mittendrin. Er vor mir und ich hintendrein!

Ich hielt zunächst ein geschätztes gutes Stück Abstand hinter ihm, nur mit meinen Ohren nach ihm lauschend.

Und schon verdoppelte auch das Echo nun seine Toaks – Toaks – Toaks der Schritte in dieser stillen Finsternis. Nur etwas schwächer im Ton: Tg – Tg – Tg nun das Echo meiner Schritte kaum hörbar neben den seinen.

Und im Nu oder doch danach schienen wir vielleicht schon so weit zu sein, wie ich womöglich zuvor schon drin gewesen, aber wieder raus geflüchtet war. Doch da bin ich mir nicht sicher, wo ich schon war.

Die Luft war jetzt jedoch sofort spürbar wärmer hier im Wald. Aber seine Schritte machten weiter unbekümmert: Toak – Toak – Toak vor mir, als ob nichts wäre. Und unbeirrt weiter deren Echo: Tak – Tak – Tak. Und die meiner Schritte mit den Holzsohlen nur: Tg – Tg – Tg.

Blind holte ich erst mal auf, nur nach dem „Toak" der Stiefel. Ich heftete mich nur nach Gehör an seine Fersen, den Kopf nach links gewandt, damit das rechte Ohr mehr hören könne. Dabei achtgebend, bloß nicht gegen seine Absätze gar zu treten.

Aber meine Schritte schien das Echo kaum zu hören, sie hörten sich zwischen seinen nur gerade an wie Pd – Pd – Pd. Obwohl ich ja noch immer Schuhe mit harten Holzsohlen trug.

Ich hörte den dunkel Gekleideten zum Glück mehr, als ich von ihm sah. Ich holte immer wieder zu seinen Schritten auf. Sah allmählich aber seine schwarze Kleidung immer besser sich vor mir bewegen wie ein Schatten, und auch darüber seinen Hut. Sehen konnte ich ihn daher zur Genüge.

Doch Nähe schien mir plötzlich wichtig. Nicht, dass ich meinte, mich könnte jemand von hinten greifen, ohne dass er vorne etwas merke. Nee, das dachte ich nicht! Ich machte nur hin und wieder ein Paar schnellere Schritte zu ihm hin, um den Lauten der Schritte vor allem mit den Ohren nah zu sein.

Toak – Toak – Toak. Ich versuchte immer dicht zu bleiben, mit Pd – Pd – Pd.

Und dachte plötzlich: „Schau mal einer an. Der schielt bestimmt immer halb nach oben, zu dem gezackten, kaum dunkelgrau erkennbaren Streifen Himmel zwischen den Wipfeln. Und wie einem Lot folgend nach unten auf das Dunkle vor seiner Nase, den kaum wahrnehmbaren Weg. Taxiert von dort die Richtung der Strecke vor sich hin: oben – unten. Oben – unten. Immer hinterher geradeaus. Es ist vielleicht nur Übungssache", dachte ich. „Statt links und rechts schaust nur immer rauf und runter. Hältst dir ein unsichtbares Lot vor die Augen: Rauf – runter. Rauf – runter."

Ich lief und lief hinterher und schwitzte. Mal dachte ich unverhofft an die zufriedenen Kühe vor einer Weile hinter mir im Stall und wusste nicht warum. Wahrscheinlich, weil es da drinnen so idyllisch war.

Und das Schaf, das solche Ruhe ausstrahlte durch das offene Scheunentor und Unbekümmertheit wie ein Elefant vielleicht vor einer Mücke. Überraschend dauerte es gar nicht lange, da überschritten wir auch schon die Kreuzung mit der nun links von uns bemerkbar hoch und dunkel aufragenden Trauerweide, die mächtig düster an uns vorüberging. Die im Sommer mit meiner Mutter so schön mit ihren Ruten sich hin und her bewegt hatte, wie Röcke unserer Schulmädels beim Tanz oder unsere Mutter mal zu Hause mit einem langen Rock zum Vorzeigen eines Tangos in der Wohnküche mit unserem unsichtbaren Vater, wie sie sagte.

Aber schon lag die Kreuzung hinter uns und das Licht wurde wieder dunkler unter dem schmalen Streifen Himmel über uns. Aber unaufhaltsam vor mir marschierte die große Gestalt des Mannes zielstrebig, wie von einem Motor angetrieben, auf der anderen Seite jetzt der Straße weiter in die rückkehrende Dunkelheit mit Toak – Toak – Toak.

Kaum merkbar verschwand die leichte Helligkeit wieder in Dunkelheit.

„Lernen die Augen dazu – im Dunkeln?", fragte ich mich jetzt. Und hatte die Antwort schneller parat mit meinen Augen, als ich den Mund aufgekriegt hätte. Es ist wohl so. Die vor mir marschierende Silhouette blieb gerade noch erkennbar als bewegender, schwarzer Schatten vor meinen Augen.

Denn schon umgab uns wieder das wenige Licht wie zuvor auf der anderen Seite. Dunkelheit: Toak – Toak – Toak. Aber Vorsicht: es kann auch mal oder öfter Took statt Toak gelautet haben. Die Laute seiner Schritte konnten wie bei einem Gewitterdonner variieren – von einem zum anderen immer etwas anders gewesen sein!

Aber meine Blicke wurden anscheinend wirklich besser … ich konnte etwas mehr erkennen, als ich noch vor einer Weile je gedacht hätte und schaute in das zackige Grau des Himmelstreifens über uns, dann wieder das Gehör aufnehmend von dem Toak – Toak – Toak der Stiefel vor meinen Ohren und der Sicht auf die sich im Dunkeln bewegende Figur.

Dann aber wieder nur auf die Figur vor mir mit dem Hut achtgebend, marschierte ich möglichst schnell hintendrein, um den bisherigen Abstand zu wahren. Ich Pd – Pd – Pd. Er dagegen gelassen: Toak –Toak – Toak. „Bist noch da?", rief er mal und ich erschrak wegen des gleichzeitigen Echos von links und rechts aus dem Unterholz mit: „… ist noch … da?"

„Ja", rief ich. „Ich schaff es schon!" Und hörte nun gleich darauf meine helle Stimme widerhallen, als sei's die Stimme eines Mädchens: „…aff es schon – …aff es schon."
Ich holte ihn etwas auf. Und wir verloren nun aber keine weiteren Worte, was mir bannig recht war, denn ich schien zu dampfen von meinem Schweiß.

Auf meinen Schultern im Rücken und in meiner Trainingshose spürte ich ihn als Bäche fließen.

Als jedoch dann nach gar nicht mehr so langer Zeit unverhofft und überrascht ein leichter Lichtschein sich auftat vor unseren Nasen: merkbar erst kaum. Dann sich allmählich verbreiternd. Zunehmend an Helligkeit. Formend zu einem Dreieck wie ein riesen Heuschober; und gleich darauf erschien auch schon vor mir mittendrin in diesem Licht mein marschierender Begleiter wie in einem Scherenschnitt, unbekümmert weiter auf das Helle vor uns zu bewegen. Und plötzlich auch schon umgeben von merklich kühler Luft.
Wir waren draußen aus dem Wald.
Und ich wollte schon was rufen, aber er ging unverdrossen erst mal weiter mit seinen Toaks – Toaks – Toaks, worauf auch schon der Berghang nahe kam und die ersten Lichter aus der Tiefe des Dorfs den Berghang heraufschauten. Sodass ich beinahe weinen musste hinter meinem Vordermann.
Doch da blieb er auch schon stehen. Wartete, bis ich nur noch zwei, drei Schritte hinter ihm war, und fragte dann, als ich stand, in sanftem Ton: „Ist das dein Dorf, mein Junge?"

Ich blieb aber stehen, wo ich war und sagte. „Ja! Rielfingen."

„Gut", sagte er. „Das ging ja schneller als gedacht! Aber Angst hast anscheinend immer noch vor mir?!"

„Ja, nee", sagte ich und überlegte, was ich sagen sollte. Ich machte noch einen Schritt zu ihm ran.

„Macht nichts, Junge. Vorsicht walten lassen ist immer gut. Mir scheint, ich hab 'nen klugen Jungen hier bei mir."

Dann – ich war ihm jedoch ungewollt nahe – sagte er: „Mann, riecht dein Brot aber gut! Wie viel haste denn in deinem Sack?"

„Mann!", dachte ich, „der muss 'ne gute Nase haben. Aber jetzt pass auf!", dachte ich. „Jetzt geht es doch vielleicht noch los. Etwas will er mir vielleicht noch lassen. Wenn er wissen will, wie viel?"

Und ich überlegte schon: Links oder rechts an ihm vorbei?

Jedenfalls nicht zurück. Ich hätte es ihm jetzt vielleicht gezeigt, dass ich rennen kann. Mein Dorf war nah! Und ich könnte schreien.

„Drei", sagte ich.

„Drei? Und sonst hasst nichts?"

„Nee", sagte ich. „nur noch zwei Kleinigkeiten wie Mehl und Salz." Die Stutenkerle und das dritte, die Hefe, waren mir nicht eingefallen.

Ich stand ungewollt und unversehens nah bei ihm. Die Lichter meines Dorfs links und rechts seiner Figur blendeten ein wenig.

Dann hörte ich ihn, jetzt etwas leiser sagen: „Ich nehme an: Angst hast auch vor mir. Hmm?"

Dann noch leiser: „Brauchst aber nicht. Das Brot ist deines, mein Junge, auch wenn es noch so frisch gebacken riecht.

Man riecht das aber immer noch!

Aber deins, ist deins. So einfach sollte es überall sein auf der Welt. Vermach' ich dir jetzt als Abschiedswort! Ich habe mir eben nämlich etwas überlegt: Hör zu: Ich möchte, dass du jetzt, auch von Angst befreit vor mir in dein Dorf da unten nach Hause gehst. Vor mir. Aber brauchst nicht zu rennen; ich warte derweil noch ein Weilchen hier. Bis du unten angelangt bist, im Dorf. Ich hab Zeit, vielleicht mehr als ich mir wünsche.

Und du hast sogar ein Recht darauf, vor mir dort zu sein, du warst auch dort drüben, hinter uns, vor mir am Wald, und ich habe dich, leider oder Gott sei Dank, nur eingeholt!

Ich war ja auch einmal noch so klein wie du. Und Eile ist für mich jetzt nicht mehr nötig. Ich hab mir was gedacht: Ich muss mich noch besinnen, bevor ich weiter will ins Dorf. Brauch noch eine Auskunft von dir. Hab etwas zu tun in deinem Dorf. Muss jemanden besuchen. Eine Frau Berger. Muss ihr eine gute Nachricht bringen. Kennst du die? Frau Berger aus der Bergstraße?"

„Berger aus der Bergstraße – nee", sagte ich. „Die Adresse kenne ich nicht. Aber am Bergweg gibt's eine Frau Berger …! Am Bergweg 7."

„Ja! Junge!!", sagte er hörbar erfreut. „Bergweg! Bergweg 7! Richtig! Da will ich hin. Lebt die allein? Ich mein mit oder ohne Mann?"

„Ja. Ihr Sohn geht mit mir zur Schule. In meine Klasse. Ihr Mann ist noch im Krieg. Vermisst oder in Gefangenschaft."

„Krieg? Gefangenschaft? Ach so! Ja, aber da will ich hin – zu der Frau. Wie groß ist denn euer Dorf eigentlich? Ich mein, wie viel wohnen denn hier?"

„Dreihundert noch. Es sollen mal mehr gewesen sein!"

„Und wo ist der Bergweg 7 – wenn ich nachher, nach dir hier alleine weitergehe?"

„Die dritte Straße gleich rechts, wenn Sie von hier ins Dorf rein kommen.

Gleich die dritte. Und Haus Nummer 7 kommt auf der linken Seite."

„Danke, Junge. Gut, dass ich dich getroffen habe. Vergelt's Gott. Sagt man ja bei euch – hab ich gehört. Stimmst?"

„Ja."

„In Ordnung, Junge. Danke und vergelt's dir Gott! Und was ich dann vielleicht noch möchte, da muss ich erst noch forschen. Mal sehen, wie's weitergeht und was auf mich zukommt. Denn was vor einem liegt im Leben, weiß man ja nie, mein Junge. Das wisse nur der liebe Gott, sagen die Leut'. Kennst du den? Schon mal was von dem gehört?"

„Kennen? Ich? … Gott? … Ja, nee! Meine Mutter sagt immer, den kennt man nicht, den kann man nicht sehen. Der ist unsichtbar. Der ist wie der Wind. Du siehst nur, wenn er was bewegt. Die Bäume zum Beispiel oder das Meer, wo meine Mutter herkommt."

„Wie der Wind die Bäume. Oder wie die Wogen des Meers, schön gesagt, mein Junge. Eine kluge Mutter musst du haben, Junge. Ich kenne auch jemanden, der so klug ist. Ich ziehe meinen Hut vor deiner Mutter!"

Was er dann auch tatsächlich tat und sagte: „Gruß an sie. Und deinen Vater. Sag ihnen einfach, ein Wanderbursche sei ich, der dich begleitet hat, aber den Duft von deinem Brot im Rucksack schlecht ertragen konnte. Ich verweil hier nur noch jetzt einen Augenblick, bis du unten bist. Mach's gut. Und grüß deine Eltern!"

„Ja", sagte ich. „Und Vergelt's Gott! Aber mein Vater ist noch im Krieg."

„Krieg?", fragte er nur.

„Ja", sagte ich. „Ist auch noch nicht zurück."

Und ich wollte jetzt aber nur noch an ihm vorbei. Wollte schon in Tempo und Bogen um ihn herum, verharrte jedoch noch rechtzeitig und ging dann Schritt für Schritt, schon der Höflichkeit wegen Angst vor ihm nicht mehr zeigen wollend, und eigentlich jetzt auch nicht mehr habend, wenig entfernt an ihm vorüber; dachte, ich sollte die Hand heben zur Mütze, um sie zum Gruß zu lupfen.

Tat's und bemerkte im Vorbeigehen aus den Augenwinkeln, dass auch er zu seinem Schlapphut griff.

Das machte mich riesig stolz, muss ich sagen. Und plötzlich war auch die letzte Angst vor ihm und überhaupt von mir verflogen.

XXXV

Und dann ging ich, ihm auch heimlich noch mal dankend, fröhlich beinah werdend und entspannt, und gemächlich erst, als sei ich „Hans im Glück", dann nur wenig schneller werdend – den mir etwa nachblickenden Mann hinter mir nicht enttäuschen wollend – den abschüssigen Weg meinem Dorf entgegen. Nach dem Licht unseres Häuschens in der Ferne beim Näherkommen in der Dorfmitte neben dem Brunnen Ausschau haltend.

Erst als ich vermutete, er nähme mich nicht mehr wahr, wechselte ich einmal für einige Meter zum leichten Dauerlauf und die Lichter vom Dorf vor mir begannen zu tanzen und hüpfen, als freuten sie sich über mein Kommen.

Erst am Dorfeingang mit unserem Fußballplatz vom Nachmittag jetzt zur Rechten und der ersten Scheune – die mich als Erste an die Zeit beim Fußballspielen heute Nachmittag erinnert hatte – begann ich wieder im Schritt zu gehen und mich meines Leichtsinns vom Nachmittag zu erinnern. „Nur wegen dieses Balls!", dachte ich. Ließ es aber. Wollte nicht mehr daran denken. „Ist doch ein feiner Kerl. Er hat's ja wohl nur gut gemeint. Er kann ja nichts dafür", drängte es sich mir auf. „In Ordnung ist der schon. Hoffentlich lebt er lange! Dem Hannes, dem Schustersohn, ist's zu gönnen. Der hatte schon seinen ersten Ball, den kleinen Tenni mit uns geteilt." Und dann dachte ich: „Die Zeit ist nun mal so, wie unser Lehrer sagt: Sie bleibt nicht stehen. Sie ärgert keinen. Ist weder mal schneller noch mal langsamer. Sie ist, wie sie ist und Gott sie wohl geschaffen hat", dachte ich.

Ich dachte auch noch mal an den Mann hinter mir. „Wir haben halt jetzt nur kurze Tage. Meine Mutter hatte mich ja gewarnt.

Mehr konnte sie nicht tun. Aber alles ist noch gut geworden", kam mir in den Sinn.

Doch immer noch schweißgebadet kam ich dann zu Hause an.

Meine Mutter umarmte mich lange und sagte dann gleich: „Thomas, euer Torwart, ist hier gewesen und hat gefragt, ob du zurück seiest. Ihm sei aufgefallen, dass du vom Ballspielen plötzlich wie erschreckt losgerannt seiest, aber nicht nach Hause, sondern Richtung Wald und 'nen Rucksack trugst. Finde ich toll von ihm, hier nach dir zu fragen.

Das hat uns etwas beruhigt, dass du vielleicht nur wegen des neuen Balls dich verspätet hast. Und dachten dann erst einmal, der wird schon noch kommen. Keine Panik!

Aber er wollte dir schon entgegenlaufen. Und ich sagte ihm, dass könnten wir beide zusammen immer noch …

Ich sagte ihm, wenn du in einer halben Stunde jetzt immer noch nicht kämest, käme ich zu ihm und wir könnten losgehen und dir entgegengehen. Er besitzt nämlich eine sturmsichere Petroleumlampe an einer Kette zum Halten und Mitnehmen unterwegs, sagte er. Er ist erst vor Kurzem wieder nach Hause gegangen von hier. Wir hatten abgemacht, wenn ich in einer halben Stunde nach seinem Weggehen nicht käme, seiest du angekommen.

Ja. Wir wären dir auf alle Fälle bald entgegengekommen. Ist der Thomas ein guter Torwart?"

„Und ob!", antwortete ich und hörte meinen Bruder weinen, was wohl Freudentränen nun bei ihm waren.

„Aha!", sagte unsere Mutter. „Aber wegen seines Herkommens und dem Gesagten, habe ich jedenfalls nur des neuen Fußballs wegen mit Verspätung bei dir gerechnet", sagte sie. „Und keine Angst bekommen um dich. Jedenfalls nicht sehr viel! Und der Ball?"

„Eine wahre Wucht", meinte ich und sagte dann: „Aber wegen dem werde ich nie wieder leichtsinnig meine Zeit vergeuden und ein Versprechen nicht halten, pünktlich zu sein, Mutter. Gewiss nie wieder!"

Meine Mutter wuschelte mir nur durch die Haare, sagte nichts, drückte mich gegen sich und verriet dabei viel mehr, als sie wohl sagen wollte. Wie sie's immer tat.

„Sie ist 'ne kluge Frau", dachte ich. „'ne kluge Mutter." Klug, wie ja auch der Mann im Wald gesagt hatte; und sie war nie böse zu uns beiden.

„Du bist ja da! Vielfach lernt man erst durch Schaden, drum hat Schaden auch was Gutes", sagte sie. „Wer niemals Schaden hat, kann oftmals nur deswegen nicht mehr klüger werden, sagen die Leut!"

Ich bekam zwei große Gläser verdünnten Apfelmost, dann einen Becher warme Milch, und noch immer nicht ganz verschnaufend, aß ich dann zusammen mit meinem Bruder und ihr am Küchentisch neben unserem warmen, vom Holz knisternden kleinen Küchenherd, frisches Brot, mit Butter und dick bestrichener Leberwurst drauf, die meine Mutter bei der Nachbarbauersfrau heimlich immer umsonst bekam. Ohne Lebensmittelmarken. Deren Mann auch nicht aus dem Krieg gekommen war, wie nicht wenige andere und unser Vater.

Wir saßen dann noch eine Weile am Tisch eine Limonade schlürfend, und irgendwie war es, als hätte ich mich noch nie so wohlgefühlt wie jetzt in diesen Augenblicken hier zu Hause.

Eine Geschichte jedenfalls mit Glück am Ende.

Aus den Blicken meines kleinen Bruders zu schließen, schien mir, er habe aber Angst gehabt um mich. Ich drückte ihm die Schultern und hielt sie fest. Und sah dann wieder Tränen von seinen Augen fließen.

Uns unterhaltend am Tisch auch über den Stiefelmann, rätselte meine Mutter dann und meinte: „Wahrscheinlich ist es ja wirklich ein Handwerksbursche. Hört sich ganz so an. Vielleicht auch nicht. Wen geht das etwas an? Ein guter Mensch scheint er zu sein. Nach dem, was du berichtest. Der kam vielleicht mit einem Zug aus Sigmaringen zum Bahnhof Marbach." „Ja", sagte ich. „Und das Pfeifen einer Lokomotive habe ich heute Abend vorm Ankommen im Dorf oben am Berg auch gehört. Und der Mann kam womöglich mit dem Zug und hat mich mit seinen Riesenschritten irgendwann einfach eingeholt", meinte ich. „War vielleicht nach einer langen Reise noch im Gasthof neben dem Bahnhof eingekehrt. Denn ich hatte ja beim Bäcker auch eine ganze Weile warten müssen. Und vom Bahnhof durchs Tal bis Marbach ist es wohl auch keine kurze Strecke."

Wir wurden aber unterbrochen, weil es an unsere Haustür klopfte.

Klingeln wie früher bei uns zu Hause an den Haus- und Wohnungstüren kannten wir im Ort hier nicht.

Meine Mutter stand auf und ging im Flur zur Tür. Durch die offene Küchentür sahen wir sie die Haustür nach innen öffnen: Dicke Flocken von Schnee segelten draußen wie Bettfedern senkrecht vor der Haustür nieder.

Doch unter den Flocken im nach draußen fallenden Licht stand der Mann in Schwarz mit dem großen, schwarzen Hut aus dem Wald.

Meine Mutter aber schrie auf, wie ich sie noch nie gehört hatte – und ich erschrak und rannte hinaus, um ihr beizustehen, aber da war sie auch schon draußen in den Schneeflocken und umschlungen von Armen und Schultern; und der Hut des Mannes fiel dabei zur Erde und blieb da liegen, aber ich hatte ihn ja erkannt: den Mann aus dem Dunkeln. Der Mann mit dem großen Hut und den Stiefeln. Mit Schäften aus grauem Filz, wie ich jetzt erstmals sah. Russische Stiefel – wie ich sofort wusste. Weiß aber nicht, woher.

Ich schlüpfte an dem Mann vorbei und erhob den Hut.

Meine Mutter war umschlungen von Armen und Schultern und für mich war das überhaupt keine Frage, wer das war, der sie so hielt. Der, auf den sie Tag für Tag, Woche für Woche, ja, Jahr für Jahr gewartet und jetzt nie mehr hergeben und nie wieder loslassen würde, ihr Leben lang.

Ich stand im Gang mit dem Hut und schaute nur.

Ich bemerkte plötzlich meinen Bruder neben mir und er stupste mich an und flüsterte: „Ist das Papa?" „Ja", sagte ich einfach nur und fasste ihn um. „Das ist dein Papa, mein Junge! – Und meiner! Unser!"

Was soll sich sagen: Der Mann mit dem Schlapphut war nach der Soldatenzeit und langer, langer russischer Gefangenschaft, zurückgekehrt von Krieg und Gefangenschaft.

Auch er hatte – wie viele gefangene Soldaten – nie nach Hause schreiben dürfen. Und später ja auch keine Anschrift von uns gekannt. Und konnte daher auch keine Post von uns empfangen und uns wenigstens mitteilen, dass er noch lebe.

So blieb er vermisst.

Für uns war er vermisst und für unsere Mutter aber ganz gewiss nie und niemals aufgegeben.

Er kam über das Lager Friedland, das Entlassungslager für Kriegsgefangene in Niedersachsen. Hatte dort etwas Geld und Papiere bekommen und kam dann über unsere Heimatstadt im Ruhrgebiet hier her. Hatte dort unsere Adresse erfahren beim Amt im Rathaus und war sofort hierher gereist.

Er wollte nicht erst schreiben und auf Antwort warten. Er wollte nur noch zu uns. Unser gemeinsames Zuhause, die Straße damals neben dem Bunker, war zwar jetzt ein aufgeräumtes Trümmerfeld, aber halt immer noch ein Trümmerfeld, wie er sagte.

Aber er hatte einen Kameraden in seinem Lager, der hier aus Rielfingen war – der oft von seinem Dorf gesprochen habe – unser Vater aber dabei nicht wissen konnte, dass dies das Dorf war, in dem auch wir nunmehr wohnten. Und er sich dann aber der Gespräche seines Kameraden entsann, der immer von Rielfingen gesprochen hatte und von einem Bergweg 7. Der Berger hieß. Daher er hier jetzt erst dessen Frau besuchen und – ohne Wissen seines Kameraden – die Nachricht überbringen konnte und wollte, dass ihr Mann noch lebe und vielleicht auch bald nach Hause komme.

Erst dort habe er erfahren, wo wir genau wohnten und dass unsere Mutter immer noch auf ihn warte. Keinen anderen Mann, wie er in unserer Heimatstadt vom Schicksal eines Kollegen von ihm aber hatte erfahren müssen, dessen Frau einen anderen Mann inzwischen hatte. Er habe nicht geglaubt, dass unsere Mutter nach all den Jahren immer noch auf ihn warte, sagte er. Und weinte dabei. Die Frau Berger habe es ihm bestätigt. Drum aber auch der Grund für seinen Weg erst zur Frau Berger.

Und nichts anderes wissen wollend.

Meine Mutter kannte die Frau Berger sogar sehr gut und freute sich riesig für sie …! Es ist die Frau mit der Stimme, die unseres Nikolauses so ähnlich ist.

Unseren Vater hatte ich zuletzt gesehen, bei seinem Heimaturlaub im Jahr 1942. Ich war jetzt zwölf Jahre alt. Wie hätte er mich da erkennen können, schon gar in der Dunkelheit da draußen? Und meinen Bruder, der jetzt ohnehin gerade erst sechseinhalb Jahre alt war, hatte er nicht mal als Baby gesehen! Gar nichts von ihm gewusst!

Ich weiß nicht, wer jetzt stolzer auf ihn war: mein Bruder oder ich. Unsere Mutter aber hatte ich noch bis dahin nie in meinem Leben mit solch leuchtenden Augen und so dick rollenden Tränen gesehen … Und einem solchen, über alles, noch nie gesehenen glücklichen Gesicht …

Aber ich begriff: Deshalb am Waldrand nicht der Versuch einer Frage an mich, ob ich seine Familie kenne, da er erst zur Frau Berger wollte.

Und von Berni, meinem Bruder, hatte er ja nichts gewusst.

Aber überzeugen, was aus uns geworden sei, habe er sich so schnell wie möglich wollen. Deshalb mit dem Zug gleich hier her, statt den Versuch mit einem Briefaustausch.

XXXVI

Das Leben schreibt viele Geschichten und eine jede ist anders.

Keine gleicht der anderen, hatte mir unsere Mutter auch mal gesagt, als wir noch ohne unseren Vater lebten.

Wenige Jahre später, ich lief zwar immer noch gerne Marathon, aber John Maynard hatte mich irgendwie nicht losgelassen, trotz meines damaligen Versagens im Wald, und ich war entschlossen so was wie dieser Mann zu werden. Und vielleicht auch Kapitän, aber zuvor musste man ja erst einmal Seemann und dann Steuermann werden und sich bewähren.

Mein Vater arbeitete längst wieder in seinem Beruf als Brückenbauer.

Aber eines Tages fuhren er und ich erstmals an den Bodensee auf die Suche nach einer Seefahrtsschule – später dann nach Hamburg.

John Maynard hatte mich halt nicht mehr losgelassen. Trotz meines Versagens im Wald.

Ich bin tatsächlich Kapitän geworden. Aber jetzt bin ich pensioniert. Altersbedingt. Und mein Vater und meine Mutter lebten als glückliches Paar in unserer Stadt bis an ihr Lebensende. Dafür danke ich Gott. Denn ihnen verdanke ich, dass es mich gibt. Mein Bruder hat es nach mir ebenfalls zum Kapitän geschafft. Auch dank unseres Vaters.

Ich selbst hatte nur eine Grippe. Aber die schweren Stiefelschritte vor meinem Haus erinnerten mich an meinen Vater und dann an die Geschichte, die ich hier erzählen wollte.

Epilog

Über die Leute, die gemeint waren mit „etwas auf dem Kerbholz haben", und nach dem Krieg gesucht wurden wegen ihrer Verbrechen in der SS und den Konzentrationslagern des Dritten Reiches, erfuhr die deutsche Öffentlichkeit erst Jahre später nach dem Krieg und auch nur peu à peu.

Ausführlicher damals dann aus den regelmäßigen sonntäglichen Radioberichten eines Schriftstellers und Rundfunkjournalisten namens Axel Eggebrecht. Ich hab die Sendungen auch als junger Mann immer im Radio vernommen. Er gehörte damals für uns Heranwachsenden zu unseren Vorbildern nach dem Krieg.

Axel Eggebrecht ist Erhebliches zu verdanken an Aufklärung über die Verbrechen des sogenannten Dritten Reichs. Die Täter hatten sich verkrochen vor einer gerechten Strafe bis nach Südamerika. Und noch immer wird nach Untergetauchten von ihnen gesucht. Keiner hat sich nach meinem Wissen je wegen seines Tuns entschuldigt oder gar um Verzeihung gebeten und sich freiwillig gestellt. Was man von einer gestandenen Person nach unserer Mutters Meinung aber müsse erwarten können.

HERZ FÜR AUTOREN A HEART FOR AUTHORS À L'ÉCOUTE DES AUTEURS MIA ΚΑΡΔΙΑ ΓΙΑ ΣΥΓΓ
ΡΤΑ FÖR FÖRFATTARE UN CORAZÓN POR LOS AUTORES YAZARLARIMIZA GÖNÜL VERELIM SZ
RE PER AUTORI ET HJERTE FOR FORFATTERE EEN HART VOOR SCHRIJVERS TEMOS OS AUT
ZÖINKÉRT SERCE DLA AUTORÓW EIN HERZ FÜR AUTOREN A HEART FOR AUTHORS À L'ÉCO
ΑΙΖΑΟ ВСЕЙ ДУШОЙ K ABTOPAM ETT HJÄRTA FÖR FÖRFATTARE À LA ESCUCHA DE LOS AUTC
URS MIA ΚΑΡΔΙΑ ΓΙΑ ΣΥΓΓΡΑΦΕΙΣ UN CUORE PER AUTORI ET HJERTE FOR FORFATTERE EEN
ARLARIMI ERB ZERZÖINKÉRT SERCE DLA AUTORÓW EIN HERZ FÜ
SCHR S AS A ORAÇÃO ВСЕЙ ДУШОЙ K ABTOPAM ETT HJÄRTA FÖ

Der Autor

Manfred Sporken wurde 1936 geboren. Er lernte
den Beruf des Stahlwerkers im Hüttenwerk Oberhausen, später arbeitete er an verschiedenen Orten
als Maler und Industrieanstreicher, bis er schließlich
auf einer Lübecker Werft landete. Dort kam er erstmals mit der betrieblichen Gewerkschaftsarbeit in
Kontakt und begann sich darin zu engagieren. Es
folgten mehrere Weiterbildungen und Tätigkeiten
in diesem Bereich; zuletzt war er bis zu seiner
Pensionierung als Rechtssekretär des Deutschen
Gewerkschaftsbundes in Oldenburg tätig und ver-
trat dort Gewerkschaftsmitglieder vor den Arbeits-
und Sozialgerichten. Mit Beginn des Rentenalters
begann er literarisch zu schreiben, unter anderem
veröffentlichte er Kurzgeschichten in Zeitungen
und nahm erfolgreich an einem Lyrikwettbewerb
teil. „Gott ist wie der Wind" ist seine erste große
Veröffentlichung.

Der Verlag

Wer aufhört
besser zu werden,
hat aufgehört
gut zu sein!

Basierend auf diesem Motto ist es dem novum Verlag
ein Anliegen neue Manuskripte aufzuspüren, zu ver-
öffentlichen und deren Autoren langfristig zu fördern.
Mittlerweile gilt der 1997 gegründete und mehrfach
prämierte Verlag als Spezialist für Neuautoren in
Deutschland, Österreich und der Schweiz.

Für jedes neue Manuskript wird innerhalb
weniger Wochen eine kostenfreie, unverbind-
liche Lektorats-Prüfung erstellt.

Weitere Informationen zum Verlag und
seinen Büchern finden Sie im Internet unter:

w w w . n o v u m v e r l a g . c o m